福建師範大學文學院百年學術論叢　第五輯

小說修辭研究論稿

郭洪雷　著

本成果受「開明慈善基金會」資助

第五輯

總序

　　光陰似箭，歲月如流。從西元二○一四年福建師範大學文學院與臺北萬卷樓圖書公司合作刊印「百年學術論叢」第一輯，至今已經走過了五個年頭，眼下論叢第五輯又將奉獻給學術界。

　　回顧已刊四輯，前兩輯的作者，大多數為德高望重的老先生；後兩輯，約有一半是中青年學者。由此，我們一方面看到老輩宿師攘袂引領的篤實風範，另一方面感受到年輕後學齊頭並進的強勁步武。再看第五輯，則幾乎全是清一色中青年英彥的論著。長江後浪推前浪，我們的學術梯隊已經明顯呈現出可持續發展的勢頭。

　　略覽本輯諸書，所沁發出的學術氣息，足以令人精神一振，耳目一新：陳穎《中國戰爭小說綜論》，宏觀與微觀交替，闡述中國戰爭小說發展史跡及文化意義，並比較評析海峽兩岸抗日小說創作；郭洪雷《小說修辭研究論稿》，綜括小說修辭研究史及中國小說修辭意識的發展現狀，力圖喚醒此中被遺忘的文學意識；黃科安《現代中國隨筆探賾》，梳理現代中國隨筆的發展歷程及其對中外隨筆傳統的傳承與創新，總結隨筆創作的經驗教訓；陳衛《聞一多詩學論》，以意象、幻象、情感、格律、技巧為核心，展開對聞一多詩學與詩歌的論述；林婷《出入之間──當代戲劇研究》，結合入乎其內、出乎其外兩種研究思路，為中國當代戲劇研究獻一家之言；黃鍵《京派文學批評研究（修訂版）》，考察中國現代文學史上「京派」的文學批評成就，發掘其對當代中國現代文藝批評的啟示性意義；李詮林《臺灣現代文學史稿》，從文本創譯用語的角度構建臺灣現代文學史，研究臺

灣現代文學進程中獨特的語言轉換現象；劉海燕《從民間到經典——
關羽形象與關羽崇拜生成演變史論》，研究關羽崇拜及關羽形象塑造
的宗教接受，深入闡釋關羽形象的文學生成與宗教生成；高偉光《神
人共娛——西方宗教文化與西方文學的宗教言說》，以宗教派別之外
的視角審視西方宗教文化內涵及其發展軌跡，用理智言說一部宗教文
化；王進安《明代韻書《韻學集成》研究》，將《韻學集成》與相關
韻書比較，探尋其間的傳承或改易情實，為明代早期韻書的研究添磚
加瓦。凡此十種專著，無論是學術觀點之獨到，還是研究方法之新
穎，均讓我們刮目相看。

　　讓我尤感欣喜的是，本論叢各輯的持續推出，不斷獲得兩岸學
界、教育界的良好評價與真誠祝願。他們的讚許，是激發我們學術進
步的一大鞭勵，也是兩岸學術交流互動的美贍見證。我堅碻不移地認
為：在當今自由開放的學術環境中，兩岸文化溝通日趨融暢，我們的
學術途程必將越走越寬闊久遠。

汪文頂

西元二〇一九年歲在己亥春日序於福州

目次

代前言
近三十年小說修辭研究述論

　　一九八七年，韋恩·布斯的《小說修辭學》被譯介到中國，並且一年內就有了兩個譯本。[1]如以此書的翻譯作為臨時性標記，中國的小說修辭研究已經有了三十年歷史。當然，這個標記是臨時性的。一方面，作為小說藝術的重要維度，無論是微觀的「小說中的修辭」，還是宏觀的「作為修辭的小說」，修辭意識在以往小說研究中或多或少都有體現；另一方面，中國的小說修辭研究也是一種後發研究。自上世紀八十年代以來，西方前現代、現代、後現代各路語言學、敘事學、修辭學理論一時並至，使得中國的小說修辭研究在理論路徑和話語資源方面出現了多頭並進、多元共舉的局面。在這樣的學術格局中，《小說修辭學》翻譯的標記作用並不具有絕對性。但是，就三十年的發展歷程看，它的翻譯的確又可以起到「標記」作用。因為《小說修辭學》不僅給我們帶來了一系列具有可操作性的概念，而且增強了以往小說研究中所缺乏的實踐意識、交流意識和倫理意識。毋庸置疑，在中國小說研究和批評的話語實踐中，《小說修辭學》的出現，促進了「小說」與「修辭」充分黏合，使小說修辭研究獲得了獨立的話語形態，清晰的話語邊際。

一　小說修辭研究的多向探求

　　就總體而言，八十年代中前期，在小說與修辭的交叉地帶，我們

---

[1]　付禮軍譯本一九八七年二月由廣西人民出版社出版；華明、胡蘇曉、周憲譯本同年十月由北京大學出版社出版。

見到的更多是「小說中的修辭」研究，或者說是修辭格和具體修辭手法和技巧的研究。其研究重心顯然在傳統語言學、修辭學一面，小說只不過為其提供了材料和樣品。這類研究大多是微觀的，靜態的，其目的是在語言層面加深對某一辭格或修辭手法的認識，而不是從修辭行為層面，對小說創作進行宏觀的、動態的藝術把握。及至八十年代中後期，小說修辭研究首先在觀念、理論和方法方面取得突破。而實現突破的背景主要有兩個方面：一是新時期小說創作的活躍，王蒙、阿城、何立偉及馬原、洪峰、余華等人的先鋒寫作，在語言和形式方面呈現出新的美學品質，批評實踐亟需新的理論支撐；二是八十年代中後期，文學研究的方法意識、主體意識不斷增強，理論思維極其活躍。觀念、理論和方法的多方湧動，為「小說」和「修辭」的遇合，提供了難得的歷史性機緣。正是在這樣的背景下，來自語言學、文藝學、海外研究、翻譯界及小說理論自身的眾多努力，使小說修辭研究在理論方面取得了突破性進展。

在觀念、理論、方法的對話和碰撞中，首先引起人們注意的，是從傳統語言學研究領域突圍而出的力量，其中以譚學純、唐躍等人的研究最具代表性。八十年代中後期，譚學純、唐躍從新時期小說語言變異現象入手，對小說中的語言情緒、語言功能、語言表現、語言節奏、語言距離、語言造型和作家的語言能力進行了深入、系統的研究。他們攜帶著以往語言研究極為敏銳的語言感覺，在理論上大膽跨界，多方汲取，在具體批評實踐中不拘泥於理論成規，顯示了清晰而靈活的闡釋方略。例如〈語言情緒：小說藝術世界的一個層面〉以新時期幾位活躍作家的創作為對象，既有「畫龍點睛」式的評點掃描，又有極為精到的文本解讀。在對路東小說《！！！！！！》的解讀中，他們從「語詞平面的意象封閉圈」、「語式層面的結構封閉圈」、「語調層面的情感封閉圈」出發，對小說的語言情緒進行了多維的、

立體化的把握。[2]文章雖是牛刀初試，卻能充分反映這一研究路徑的
優勢和特長。對於他們合作研究的價值和意義，何鎮邦先生曾給出過
充分肯定：「他們把西方有關文學語言新的理論引進，但不止於介紹
這些語言學理論，而是以他們為參照、為武器，去剖析新時期文學創
作中各種新的語言現象。他們的系列論文在全國一些刊物推出後引起
了相當強烈的反響」；「他們的初步成果值得重視」。[3]

　　從表面看，他們的系列論文並未特別標舉「修辭」，但從文章對
小說語言、結構和文體的分析看，已經呈現出非常明確的修辭意識。
這樣，我們也就能夠理解，為什麼他們將「修辭學視角」放置在小說
語言體驗的首位，並對布斯的《小說修辭學》和王一川對小說的修辭
論闡釋給出高度評價了。[4]在後來的研究中，譚學純、朱玲進一步拓
展領域，在一系列高水準修辭文化研究的基礎上，推出了《廣義修辭
學》、《接受修辭學》兩部著作，從而完成了對此前批評實踐的理論定
型和體系建構，同時也完成了在小說修辭研究領域的理論站位。兩部
專著雖非專論小說，但他們在研究中呼籲走出封閉的修辭技巧，對修
辭功能從「修辭技巧」、「修辭詩學」、「修辭哲學」三個層面進行把
握，從而使作家的修辭行為轉化為修辭文本的語符化過程得到了立體
呈現。他們從「表現」、「接受」、「互動」三個環節理解人的修辭行
為，強調修辭行為的過程性和動態性。這在無形中形成了與布斯和詹
姆斯·費倫之間的理論對話，彌補了前者一味強調作者控制的理論偏
頗，與費倫對小說修辭中「過程」、「互動」的強調遙相呼應。尤為難
得的是，他們把對「修辭」的理解提升到哲學層面，認為修辭不僅僅
是被動地反映社會現實和主體生存，同時也主動地參與主體生存模式
的建構。「修辭話語的意義模塑著主體，反過來，主體的行為方式又

2　譚學純、唐躍：〈語言情緒：小說藝術世界的一個層面〉，《文藝研究》1988年第6期。

3　何鎮邦：〈建設中國現代文體學〉，《新創作》2005年第3期。

4　譚學純、唐躍：〈小說語言體驗的五種視角〉，《南方文壇》1995年第2期。

被不斷地寫進語義空框的『召喚結構』。一方面，人賦予修辭話語以意義；另一方面，修辭的意義世界像一個模子，模塑著人的行為方式和生存樣態。因此，人創造了修辭，修辭也塑造著人。」[5]這樣的理論建構，已然觸及人類行為的價值領域和精神世界。對於小說修辭研究而言，《廣義修辭學》具有奠基作用，其理論高度具有深刻的啟示意義。

上世紀九十年代初，王一川對小說人物的修辭論闡釋，也引起了學界的極大關注。一九九一年，他在《文藝爭鳴》推出系列論文《卡里斯馬典型與文化之境——近四十年文藝主潮的修辭學闡釋》（共四部分），二○○一年，在個案拓寬和理論定型的基礎上，出版了專著《中國現代卡里斯馬典型——二十世紀小說人物的修辭論闡釋》。王一川理論視野開闊，他將西方新理論與中國傳統文論相撢合，以「卡里斯馬」為貫穿性的核心概念，附以格雷馬斯符號矩陣分析方法，對中國現代卡里斯馬典型進行了系統闡釋。他在理論和方法上的突破主要體現在兩個方面：其一，借用韋伯的「卡里斯馬」概念研究典型問題，從文化語境闡釋典型在小說中的存在方式、演變過程和興衰緣由。為「典型」問題研究開闢了新思路。其二，打造了具有可操作性的修辭論闡釋框架。王一川認為，卡里斯馬典型處於藝術、文化和歷史相交織的邊緣地帶。與此相對應，其闡釋框架也由「個人文本闡釋」、「文化語境闡釋」、「歷史闡釋」三個闡釋圈的循環運行構成。「文本闡釋」關注獨特的、個體化的修辭風範；「語境闡釋」揭示個人話語行為與文化語境的互賴關係；而「歷史闡釋」則探求話語行為的歷史動力源。王一川認為，與以往闡釋模式相比，修辭論闡釋體現了新的理論追求，即：「內容的形式化」、「體驗的模式化」、「語言的歷史化」、「理論的批評化」。而這些內容，也構成了他所建構的修辭

5　譚學純、李洛楓：〈修辭學批評：走出技巧論〉，《遼東學院學報》2008年第5期。

論美學的核心。[6]童慶炳先生認為，王一川的方法探索和理論建構具有重大意義，「建立了文藝學研究的一個新的格局。」[7]

在小說修辭研究領域，王一川修辭論闡釋框架具有很強的示範性。雖然挪用「符號矩陣」有「強制闡釋」嫌疑，但就個案研究看，大多能夠達成理論的自圓。例如，在以往文學史研究中，梁三老漢作為典型人物始終受到肯定和重視，而對梁生寶的理解則比較單薄。在「符號矩陣」分析中，王一川將梁生寶納入到四組關係加以考察，從而揭示出這一卡里斯馬典型背後深廣的意識形態內涵，極大推進了對這一文學形象的認識。特別值得一提的是，小說修辭研究是開放性、多元性的話語空間，是各種理論路徑交匯、碰撞的話語場域，而這樣的交匯和碰撞，往往意味著既互動又互補的建設性的學術對話。例如，王一川和譚學純都注意到了李準《李雙雙小傳》中人物名字和稱謂問題。在修辭論闡釋框架中，研究者看到了「新語境」和「歷史動力」的作用[8]；而後者則將身分符號作為修辭元素，闡釋其所承擔的文本建構功能。[9]

上世紀九十年代初，白春仁的《文學修辭學》也非常值得關注。該書在語言學與文藝學、中國文論與外國文論的結合中尋求突破，體現出與譚、王等人相近的理論追求。白春仁的理論資源主要來自蘇俄，他為小說修辭研究提供了一條不同於歐美的理論視鏡。例如，他

6　王一川：〈走向修辭論美學——90年代中國美學的修辭論轉向〉，《天津社會科學》1995年第3期。

7　童慶炳：〈成功的探索　有益的嘗試——《中國現代卡里斯馬典型》序〉。王一川：《中國現代卡里斯馬典型——二十世紀小說人物的修辭論闡釋》（昆明市：雲南人民出版社，1995年），頁2。

8　王一川：《中國現代卡里斯馬典型——二十世紀小說人物的修辭論闡釋》（昆明市：雲南人民出版社，1995年），頁195-198。

9　譚學純：〈身分符號：修辭元素及其文本建構功能——李準《李雙雙小傳》敘事結構和修辭策略〉，《文藝研究》2008年第5期。

詳細引述了 B・B・維諾格拉多夫的「作者形象」理論。維諾格拉多
夫認為，「作者形象」是研究文學作品語言的科學所要解決的最本質
的問題之一，是一部作品真諦的集中體現。「它囊括了人物語言的整
個體系，以及人物語言同作品中敘事者、講述者（一個或多個）的相
互關係；它通過敘事者、講述者，而成為整個作品思想和修辭的焦
點，作品整體的核心。」[10]維氏「作者形象」概念提出於一九二六年
底或一九二七年初，韋恩・布斯的「隱含作者」概念提出於一九五二
年，二者之間是否有實質性影響關係，值得詳加考訂。但這種關係無
論存在與否，「作者形象」概念對理解布斯的「隱含作者」都是一個
重要的理論參照。

二　布斯和巴赫金帶來的啟示

　　在中國小說修辭研究的成長期，海外學者的研究起著重要的推動
作用。傑姆遜《後現代主義與文化理論》、浦安迪《中國敘事學》、高
辛勇《修辭學與文學閱讀》、王德威《想像中國的方法──歷史・小
說・敘事》等書的翻譯出版，對中國的小說修辭研究產生了深遠影
響。王一川對符號矩陣的接受和運用，就經過了傑姆遜的修訂。浦安
迪借徑布斯《小說修辭學》和《反諷修辭學》，對中國奇書文體修辭
展開研究，揭示了中國式反諷修辭的特殊形態。他和王德威在研究中
都借用了韓南的「虛擬情景」（simulated context）和「說話人的虛擬
修辭策略」（simulated rhetoric of the storyteller）等概念，他們對小說
修辭情境的重視，給中國的小說修辭研究帶來極大啟發。[11]而高辛勇

10 轉引自白春仁：《文學修辭學》（長春市：吉林教育出版社，1993年），頁248、252。

11 〔美〕浦安迪：《中國敘事學》（北京市：北京大學出版社，1996年），頁99；王德
　　威：《想像中國的方法──歷史・小說・敘事》（北京市：生活・讀書・新知三聯書
　　店，1998年），頁80。

的研究，則使大陸學界對保羅・德曼後現代修辭批評有了初步了解。當然，就影響而言，理論翻譯的作用更為直接，其中韋恩・布斯的《小說修辭學》最為重要。

布斯《小說修辭學》在歐美聲譽甚隆，被視為「二十世紀小說美學的里程碑」。但一段時間裡，在中國的小說研究和批評實踐中，始終被視為一般性小說理論加以對待，其理論特質並未得到有效提取。對《小說修辭學》給出全面評價的是李建軍。李建軍認為，布斯《小說修辭學》指出了作者修辭性介入的必然性和必要性，解決了講述與展示的關係問題，對小說修辭技巧作了細緻研究，強調小說修辭道德化和倫理化、作者與讀者進行交流和溝通所具有的意義。[12]其理論的問題和不足主要表現為：沒有把人物和情節這兩個對小說來講至為重要的因素擺放在中心位置；忽略了小說的精神、小說家所擁有的思想資源以及民族性格和習慣對技巧選擇和運用的制約和影響；缺乏歷史感和時代感，缺乏對制約小說修辭的語境因素的考察；未能徹底擺脫「新批評」的消極影響等。[13]在系統清理布斯理論遺產的基礎上，李建軍的專著《小說修辭研究》對小說修辭的主體關係、宏觀修辭技巧、講述與展示、微觀修辭技巧、修辭效果等進行了系統探討。

在學術研究上，人們對某一理論的認識，往往隨著理論視野的拓展而得到不斷深化。對於布斯的小說修辭理論而言，申丹主持的「新敘事理論譯叢」就起到了這樣的作用。該譯叢中詹姆斯・費倫的《作為修辭的敘事——技巧、讀者、倫理、意識形態》是後經典修辭性敘事理論的代表，反映了西方小說修辭理論的最新發展，在發展中能夠更好地認識布斯的理論侷限。正像申丹所指出的那樣，布斯強調作者是文本的建構者和闡釋的控制者，強調作者意圖在文本意義方面的重要性。與布斯不同，費倫的理論模式以（人物與讀者）「多維」、（敘

12　李建軍：〈論布斯小說修辭理論的貢獻和意義〉，《中國人民大學學報》1999年第6期。
13　李建軍：《小說修辭研究》（北京市：中國人民大學出版社，2003年），頁23-26。

事的）「進程」、（作者、文本與讀者）「互動」為主要特徵。費倫認為
作者意圖並非可以完全復原，作者也無法完全控制讀者的反映，不同
的讀者會依據不同的經歷、不同的標準對文本做出不同的反應。在費
倫看來，自己的闡釋只是多種可能闡釋中的一種，讀者的主觀能動性
和積極參與具有更重要的意義。[14]

　　對中國的小說修辭研究而言，「隱含作者」是布斯理論中影響最
大、爭議最多的概念。在這方面，尚必武〈隱含作者研究五十年：概
念的接受、爭論與衍生〉和何青志〈「隱含作者」研究在中國〉兩篇
文章已做了很好的總結。前者在德國學者穆勒《隱含作者：概念與爭
議》一書的基礎上，系統鉤沉了「隱含作者」概念在西方學界的研究
狀況，並肯定其在批評實踐中存在的必要性和價值；後者則對中國的
研究狀況進行了系統梳理。由於後續研究沒有更新進展，本文對「隱
含作者」問題不再做具體述論。

　　布斯對修辭倫理的關注，對小說道德效果的強調，也給中國小說
修辭研究帶來了重要影響。布斯認為：「當給予人類活動以形式來創
造一部藝術作品時，創造的形式絕不可能與人類的意義相分離，包括
道德判斷，只要有人活動，他就隱含在其中」。所以，「一位作者負有
義務，盡可能地澄清他的道德立場」[15]對於布斯理論呈現的道德熱
情，李建軍給出了積極回應。在他看來，小說是一種與倫理、道德問
題關係最為緊密的文學樣式。小說所敘之事既包含人物的道德反應，
也反映著作者的道德立場和倫理態度。在批評小說修辭中道德冷漠和
道德狂熱的基礎上，李建軍接續布斯對現代小說「非人格化敘事」的
批評，對二十世紀小說「去作者化」問題進行了深入思考。李建軍認

---

14 申丹：〈多維　進程　互動——評詹姆斯‧費倫的後經典修辭性敘事理論〉，《國外文
　　學》2002年第2期。

15 〔美〕W‧C‧布斯撰，華明、胡曉蘇、周憲譯：《小說修辭學》（北京市：北京大學
　　出版社，1987年），頁441、434。

為，「去作者化」必然導致小說創作的「去倫理化」，造成道德意識的淡化和倫理作用的弱化，導致作者、人物、讀者之間倫理關係的斷裂。有鑑於此，李建軍主張糾正「去讀者化」的小說理念，克服非道德化、反交流的敘事方式，繼承發揚以托爾斯泰、陀思妥耶夫斯基為代表的倫理現實主義的敘事傳統。[16]值得注意的是，李建軍繼承了布斯注重小說修辭道德效果的精神，並在理論研究和批評實踐中加以發揚。他的批評雖有保守傾向，被視為「酷評」，但在「高言大詞」滿天飛的當下批評界，李建軍的批評不失為一種理論立場的堅守。

在小說修辭倫理方面，汪建峰和江守義的研究有新的推進。汪建峰研究的長處在於，除《小說修辭學》外，還將布斯後來的《我們所交的朋友——小說倫理學》、《修辭的修辭學——有效溝通之探索》等著作納入研究視線，從而認識到布斯倫理修辭的發展和變化。汪建峰認為，布斯後來已接受後現代、後結構主義思潮以及讀者反應批評理論的影響，從作者控制讀者的單向模式向文本、語境、讀者互動的雙向模式過渡。[17]江守義對布斯修辭思想的發展變化也有一定的了解，並認為其修辭學批評主要包括小說修辭和求同修辭。小說修辭體現出了保守的一面，求同修辭富有多元主義色彩，由於採取「非相對主義的多元主義立場」，使二者在布斯修辭思想中得以並立共存。[18]

在外來影響中，巴赫金是一個值得關注而又沒能充分展開研究的對象。在這方面，譚學純、朱玲進行了深入探討。譚學純從《長篇小說的話語》入手，結合中西小說文本，詳細闡釋了其中所反應的巴赫金的語言觀念和小說修辭統一體思想，並在此基礎上反思了國內不同

---

16 李建軍：〈小說倫理與「去作者化」問題〉，《中國社會科學》2012年第8期。

17 汪建峰：〈布斯的倫理修辭與當代西方倫理批評〉，《福建師範大學學報》2012年第2期。

18 江守義：〈倫理保守主義與多元主義——論布斯的修辭學批評〉，《文藝研究》2012年第7期。

學科在接受巴赫金小說修辭理論時存在的問題。[19]與譚文相呼應，朱玲回答了修辭學界接受巴赫金時可能存在的質疑，對《巴赫金全集》中有關修辭的論述進行了全景掃描，並立足廣義修辭學，從技巧、詩學、哲學三個層面，與巴赫金的修辭思想展開了富有建設性的理論的對話與對接。[20]兩篇文章學術視野開闊，在重申廣義修辭學理論立場的同時，呼喚學科對話與兼容的大視野，實現學術研究由廣博向專精的提升。譚學純將巴赫金小說修辭理論稱為「『巴赫金熱』中的冷凍層」，但就學術研究而言，「冷凍」之處也許正是大有可為之地。

三　研究路徑與批評實踐

　　注重批評實踐是小說修辭研究最重要的理論品格。在某種程度上，中國小說修辭研究的實踐能力，是相關理論研究成熟程度的直接反映。小說修辭所涉領域廣泛，小至字詞句段、技巧方法，大到篇章結構、文體風格，均可成為修辭研究和批評介入小說的「切口」。為反映小說修辭研究三十年來的發展狀況，在批評實踐方面，下文僅就古典小說修辭研究和現當代小說反諷修辭研究做簡要考察。前者致力於發掘中國傳統小說的修辭智慧；後者則能充分反映現當代小說批評實踐中修辭意識的新變化。

　　「修辭」是文化的產物，文化、小說傳統不同，小說的修辭形態自然不同，其中所隱含的修辭智慧也存在極大差異。在古代小說方面，吳禮權、朱玲、李桂奎的研究值得特別注意。吳禮權的研究注重文本分析，追求立論的科學和準確。例如，在對《史記》和傳奇小說

---

19 譚學純：〈巴赫金小說修辭觀：理論闡釋與問題意識——以《長篇小說的話語》為分析對象〉，《中國比較文學》2012年第2期。

20 朱玲：〈修辭研究：巴赫金批評了什麼——兼談廣義修辭學觀〉，《當代修辭學》2014年第2期。

結構修辭模式的比較中，作者從整體篇章結構、起首結構、起首之「生平」次結構、結尾結構、「文備眾體」修辭模式等五個方面，深入剖析二者之間的淵源關係及其成因。[21]這樣的研究，從結構修辭方面揭示了傳奇小說與史傳文學之間的內在關聯，有力地佐證了「千古小說祖庭，應歸司馬」的論斷。再如，在對話本小說「頭回」結構形式的研究中，吳禮權通過定量統計與計算分析的方法，從修辭學角度對「頭回」運用頻率、「頭回」結構形式及「頭回」故事「發端語」類型進行了考察，並在對其歷史演進進行系統研究的基礎上，揭示了話本小說「頭回」在結構形式方面的共時基本狀態與歷時演進軌跡。[22]

　　話本小說興於市井，起於民間，是「說話」藝術的文本結晶。「頭回」與「正話」之間的關係形態，不僅反映了「說話」表演的修辭情境，而且也呈現出極富民族特色的修辭智慧。在小說修辭方面，話本小說影響深遠，而中國小說的修辭智慧所以能自具形態、自成特色，與小說中的教化觀念、道德意識和修辭倫理意識緊密相關。不同於吳禮權從結構關係入手，朱玲則從三種話語類型——議論句、祈使句和陳述句——入手，揭示話本小說道德修辭在語義上的一致與衝突。朱玲認為，華夏文化多元共存，道德話語兼收並蓄，源自不同文化的道德話語的語義往往因為無語境而不可變更，而市民階層豐富的生活閱歷和生命感覺則需要為道德話語設置隨機語境，如此，各種道德話語很容易出現語義衝突。[23]朱玲的研究很好地從語境轉換角度解釋了話本小說道德修辭的內在矛盾問題，顯示了傳統句型研究在廣義修辭學視野內的學術潛力。

---

21 吳禮權：〈《史記》史傳體篇章結構修辭模式對傳奇小說的影響〉，《福建師範大學學報》2008年第1期。

22 吳禮權：〈話本小說「頭回」的結構形式及其歷史演進的修辭學研究〉，《復旦學報》2006年第2期。

23 朱玲：〈話本小說：市民道德修辭的話語類型及其語義〉，《福建師範大學學報》2007年第3期。

　　李桂奎從古代小說寫人角度入手，主張一種文化修辭批評。在他看來，要想實現中國古代小說寫人研究的突破，應從古代小說的「寓言」性質及「寫」與「人」的修辭性出發，探索本土化的現代修辭批評。在具體應用中，以狹義的「語言修辭」為基礎和紐帶，在「戲劇修辭──社會修辭──語言修辭」與「語言修辭──詩性修辭──哲學修辭」兩個層面上融通，重構古代小說寫人理論體系，展開「擬劇」批評、「擬畫」批評以及其他各種形式的文化修辭批評。[24]就理論實質而言，李桂奎通過理論對接，拓展了修辭批評的寬度，強調透過「文化」領悟傳統小說的修辭智慧。這一理論追求，在他對小說人物坐、立姿態和服飾顏色的修辭闡釋中得到了充分體現。

　　另外，中國小說修辭研究三十年來的發展變化，在古代小說研究領域也有充分體現。八十、九十年代，研究者大多關注經典文本中辭格、技巧和手段的運用；進入新世紀，這類研究雖然還在延續，但廣義修辭觀念已然深入人心，日漸成為主導性的研究方式。例如，王平借用浦安迪、高辛勇使用的「辭式」、「辭轉」概念，對《紅樓夢》中的對仗、排比、諧音、比喻展開研究。從表面看，文章所論還是辭格、技巧，但作者更多是從修辭詩學層面來理解它們所具有的功能。[25]再如，馬理借用「隱含作者」概念，以巴赫金對話理論為立足點，對《金瓶梅》中的互文現象展開研究。在理論的融合與跨界中，作者揭示了《金瓶梅》諷刺性語義關係的多維性。[26]雖然沒有接觸過「文本間性」概念，但理論的跨界和融合，卻使作者無意間抵達了這一概念的理論源頭。又如，余岱宗通過對關羽、曹操、劉備等人物形象的分析，闡發了小說敘事技巧的修辭本質及其背後所隱含的作者的意識形

24　李桂奎：〈中國古代小說寫人研究的新變期待與修辭維度〉，《文學評論》2009年第6期。

25　王平：〈論《紅樓夢》的敘事修辭〉，《紅樓夢學刊》2000年第2輯。

26　馬理：〈文本間的諷刺模擬──《金瓶梅》與《水滸傳》《西廂記》對話的修辭藝術管窺〉，《浙江學刊》2003年第2期。

態立場。[27]以上研究表明，廣義修辭研究擁有開闊的空間，從語言、技巧、詩學、文化、哲學任何一個層面出發，修辭研究都能找到進入中國古代小說的「切口」和路徑，並釋放出不同尋常的學術能量。可以預見，會有更多的學者借徑廣義修辭學，進入中國古代小說研究，打破以往研究的狹隘格局，使其成為新的學術增長點。

相較於古代小說，修辭批評在現、當代小說領域表現得更為活躍，展開得更為充分。限於篇幅，下文只就現當代小說反諷修辭研究做簡要回顧。

中國傳統小說中反諷修辭發育並不充分，即使有反諷意識的萌芽，也大多滲透、流散在諷刺、諷喻之中。浦安迪所言「奇書」中的反諷修辭，更多是理論「照亮」的結果，實質上是一種修辭成規或者說無意反諷，並非作者的有意策動。而有意反諷的實施，有賴於作者反諷精神的建立。王際兵通過對許地山、巴金、張愛玲、錢鍾書等人作品的闡釋，初步考察了中國現代小說中的反諷精神。在他看來，《春桃》、《寒夜》、《傾城之戀》、《圍城》等是「真正的反諷作品」，這些作品不著力表現特定的歷史環境，並不試圖解決某一現實問題，並不從中歸納某種真理，「作家所沉思的是人的生活方式，是存在的可能性。反諷就是在個人沉思中不斷地向真理的相對世界敞開。」[28]文章對反諷修辭的理解帶有存在主義傾向，研究重心主要在精神和哲學層面。

在中國現代小說家中，能夠全方位、多層面呈現反諷修辭的是魯迅。葉世祥較早從反諷修辭角度對魯迅小說進行了系統研究。他首先對「油滑」作了修辭學解讀，認為「油腔滑調」無非是話語欲望為了

---

27 余岱宗：〈《三國演義》：小說敘事修辭與意識形態〉，《福建師範大學學報》2006年第6期。

28 王際兵：〈「反諷」與「真理」──中國現代小說中的反諷精神〉，《文藝爭鳴》2006年第5期。

滿足反諷效果而不節制的播撒，「油滑」充分暴露了魯迅小說的反諷外觀。在此基礎上，葉世祥又從言語反諷、情境反諷、總體反諷三個層面對魯迅小說進行了全面而深入的研究，既揭示了魯迅作為「反諷家」的一面，又看到了魯迅對反諷修辭的矛盾態度。[29]就文本解讀而言，魯迅小說反諷修辭研究也取得了令人矚目的成果。例如，都是從反諷修辭入手，研究者對《狂人日記》有著不盡相同的認識和理解。溫儒敏、曠新年認為，《狂人日記》在整體上是一個反諷的結構。「小序」與「日記」的矛盾所造成的多重反諷，使作品的認識意義更加豐富、深刻，並產生不同的美學效果。[30]而在宋劍華看來，《狂人日記》是一篇思想啟蒙的反諷之作。作者以「自喻」和「他喻」的強烈暗示，傳達著魯迅本人對於思想啟蒙的「絕望」情緒。[31]前一篇文章對《狂人日記》反諷修辭的理解是整體的、結構性的，並最終上升為一種哲理認識；後一篇則是歷史性的，帶有強烈的反思傾向。

　　當然，在現代小說家中，像魯迅這樣具有反諷精神，且能嫻熟運用反諷修辭的畢竟是少數，真正的反諷作品並不多見。及至當代特別是新時期以後，反諷修辭的運用已成為重要的創作現象。在王蒙、王朔、方方、莫言、張煒、王小波、劉震雲、鐵凝、格非、李洱等人的創作中，反諷成為了非常自覺的美學追求。吳文薇較早注意到了這一現象。她闡釋了先鋒小說、新寫實小說及王朔作品反諷修辭所具有的審美意蘊和產生的政治文化背景，在肯定其解構、破壞作用的同時，也表示了在意義和價值建設層面的擔憂。[32]進入九十年代，反諷修辭

---

29 葉世祥：〈反諷：從一個新角度解讀魯迅小說〉，《魯迅研究月刊》1995年第5期。

30 溫儒敏、曠新年：〈《狂人日記》反諷的迷宮——對該小說「序」在全篇中結構意義的探討〉，《魯迅研究月刊》1990年第8期

31 宋劍華：〈狂人的「病癒」與魯迅的「絕望」——《狂人日記》的反諷敘事與文本釋意〉，《學術月刊》2008年第10期。

32 吳文薇：〈在靈魂失卻了棲居之所後——論當代小說中的反諷〉，《文藝理論研究》1994年第5期。

被廣泛運用，流風所及，甚至出現了濫用現象。黃發有認為，九十年代小說對反諷的濫用使「反諷」蛻變成了「泛諷」，這樣的反諷並不是索求意義的精神光照，「它恰恰是無根時代逃避反省與追問的文化策略，是對無意義的生存境況的隱瞞和粉飾，是一種貌似真理的謊言」。[33]黃發有的反思和批判讓人們看到了反諷修辭可能存在的消極作用和負面影響。相較於象徵、隱喻，反諷修辭研究起步較晚，但發展迅速，批評實踐極為活躍。以上回顧「挂一漏萬」，但足以反映小說修辭批評的實踐能力和成果。

　　不容否認，中國的小說修辭研究取得了長足進步，「修辭」特別是「廣義修辭」越來越受到研究者的青睞。但是，從以上對理論建構、外來理論研究和批評實踐的梳理看，我們的研究還存在許多問題，以下三個方面尤為突出：其一，外來理論翻譯明顯不足。僅以布斯為例，他的《小說修辭學》在小說修辭研究領域影響巨大，但他的《修辭的修辭學──有效溝通之探索》、《我們所交的朋友──小說倫理學》和《反諷修辭學》等理論著作，始終沒有完整翻譯。後來雖有《修辭的複習──韋恩‧布斯精粹》翻譯出版，但零星片段，遠遠不能滿足研究需要。其二，本土理論建設亟待加強。這一點給筆者留下的印象最深。在理論研究和批評實踐中，我們的研究者彷彿遭遇了「鬼打牆」：在幾種外來理論之間來回兜圈子，在理論和批評之間做無效循環。但是，理論消費的快感永遠也代替不了理論生產的歡悅，我們應該有足夠的自信和勇氣，發掘中國小說的修辭智慧，建構基於自身傳統的小說修辭理論。在這方面，譚學純、王一川等學者做出了值得尊重的探索。在他們的啟發下，在研究者的共同努力下，我們有理由期待一部高水準的《中國小說修辭學》的出現。其三，在以往研究中，小說修辭作為研究的路徑和方法，大作集中在理論建構和作品

---

33 黃發有：〈90年代小說的反諷修辭〉，《文藝評論》2000年第6期。

解讀方面，對中國小說修辭的歷史發展進程關注較少。尤為重要的
是，近代以來，中國小說修辭經歷了由古典向現代的轉型，在這一進
程中，小說家的修辭觀念和具體的技巧方法都發生了巨大變化，我們
只有從這一歷史基點出發，從現代小說修辭觀念和修辭技巧發展的實
際狀況出發，才能對中國小說修辭的整體研究進行科學的、客觀的概
括和總結。

上輯

第一章
小說研究：從敘事學到修辭學

　　長期以來，小說敘事學在小說研究中已經成為了最基本的理論範式和批評方法。相形之下，與小說敘事學淵源頗深的小說修辭學的發展則不能令人滿意。甚至有人在具體的批評實踐和理論研究中，不承認小說修辭研究的「合法性」，認為小說修辭學就是小說敘事學，或者充其量不過是敘事學的一個組成部分。所以產生這種現象，顯然是由於人們對二者之間的關係尚未進行深入、系統的辨析，忽視了二者之間存在的區別與差異，沒有注意到它們之間存在的「黏連」現象，以及這一現象所掩蓋的，二者各自不同的理論淵源、學理背景和理論訴求。這樣也就難免產生這樣或那樣誤讀、誤用。也許二者之間真的淵源太深，有時甚至使用的概念和範疇都交叉在一起。敘事學在小說研究領域成績斐然，對於這種現象，自然可以神閒氣定，置之不理。但對於「先發後至」的小說修辭研究而言，於此則不能不細加推究。只有認識到小說敘事理論自身的侷限性，認識到小說修辭研究的理論優勢和特長，認識到小說修辭理論自身的完整性和系統性，我們才能認清小說研究理論範式和批評方法修辭學轉向背後堅實的理論支撐，認清這一轉向給小說研究帶來的廣闊前景。更為重要的是，對二者關係的思考，可以為中國小說修辭現代轉型研究提供更為清晰的理論視野，為本課題研究方法的確定，技術路線的選擇，提供理論依據。

一　小說敘事研究的理論侷限

　　華萊士・馬丁在總結西方小說研究的發展趨勢時認為：「在過去

十五年間，敘事理論已經取代小說理論成為文學研究主要關心的一個論題。」[1]這段話不僅反映了西方當代小說研究發展的事實，而且也可以用來概括中國當下小說研究的狀況。二十世紀八十年代中期以來，中國小說敘事研究取得了令人矚目的成果。可以毫不過分地說，敘事學已經成為小說研究中主導性的理論範式和批評方法。如陳平原先生的《中國小說敘事模式的轉變》，楊義先生的《中國敘事學》，都成為了這方面研究的典範之作，其他小說敘事研究論著和文章更是數不勝數。

一九六九年，在《〈十日談〉語法》一書中，茨維坦·托多洛夫第一次為「敘事學」（Narratology）命名，在不到四十多年時間裡，小說敘事理論所以能夠迅速崛起，顯然有著深廣的社會、歷史和文化背景。對此以往研究已多有論述，概括起來主要有以下四個方面：一、十八、十九世紀以來，小說的興起為敘事學的發展和敘事研究的興旺提供了豐富的對象和廣闊空間；二、科學主義的神話向人文領域的不斷滲透，使得「科學性」伴隨著「結構」，經由語言學的催化，在小說敘事理論中生根發芽。正是研究者對「科學性」的渴望，使敘事學在小說研究中獨擅勝場；三、文學研究對「內部研究」的強調，使敘事學在小說研究中如魚得水；四、小說敘事學在其發展過程中，不斷吸納其他理論和方法的精華，使自己不斷得到發展和完善。

這裡需要進一步強調的是最後一點。小說敘事理論對結構主義、俄國形式主義、語言學的吸納和借鑑已經成為研究者的共識，但它對小說修辭學的理論汲取，則未能引起大家的充分注意。艾布拉姆斯在《歐美文學術語詞典》中描述了小說敘事學「定型」的過程，我們從中可以看到小說敘事學走向完善的大致情形：

1　〔美〕華萊士·馬丁撰，伍曉明譯：《當代敘事學》（北京市：北京大學出版社，2005年），頁1。

　　近年來，文壇出現了對小說理論與創作技巧——「小說學」或曰「敘述學」的濃厚興趣。小說理論一方面繼承了從亞里士多德的《詩學》到韋恩‧布斯的《小說修辭學》有關小說體裁的傳統理論，另一方面它又吸收了舊大陸「形式主義」，尤其是法國「結構主義」的新理論。敘述學的基本興趣在於探討一個故事（依據時間順序排列的一系列事件）是如何被敘述組織成統一的情節結構的。敘述學的領域裡包括對「情節」、「人物塑造」、「視點」、「文體」、「言白」以及「意識流」手法等方面的系統討論。[2]

其實，敘事學對修辭理論和布斯《小說修辭學》的借鑑，不僅侷限在「小說體裁」上，還體現在對「隱含作者」、「可信敘事者」、「不可信敘事者」、「講述」、「顯示」等諸多概念的引用和轉化上。例如，上個世紀八十年代末，里蒙-凱南的《敘事虛構作品》被譯介到國內，當時頗有影響。該書第七章「敘述：層次與聲音」，就是在布斯對敘事者進行分類的基礎上展開論述的[3]；第八章「敘述：言語再現」，也是通過對布斯所提出的「講述」與「顯示」這對範疇的轉化構成的，只不過她又填充了對「自由間接引語」的論述。[4]仔細閱讀就會發現，在對相關問題進行論述時，里蒙-凱南甚至直接採用了布斯對亨利‧詹姆斯等人作品的分析。再如，華萊士‧馬丁的《當代敘事學》中對「敘事交流」的論述，也是建立在布斯對「作者」、「隱含作者」、「戲

2　〔美〕M‧H‧艾布拉姆斯撰，朱金鵬譯：《歐美文學術語詞典》（北京市：北京大學出版社，1990年），頁111。

3　〔以色列〕里蒙-凱南撰，姚錦清等譯：《敘事虛構作品》（北京市：生活‧讀書‧新知三聯書店，1989年），頁155-191。

4　〔以色列〕里蒙-凱南撰，姚錦清等譯：《敘事虛構作品》（北京市：生活‧讀書‧新知三聯書店，1989年），頁191-210

劇化作者」、「戲劇化敘事者」等概念的區分基礎之上的，並描述了一條非常有名的敘事交流「鏈條」，由「作者」到「真實讀者」，多達九個構成因素。[5]可以說，敘事學之所以能長盛不衰，與它在理論上的不斷自我完善有直接的關係。也正是因為如此，小說修辭研究的價值和意義，長期以來始終處於被遮蔽的狀態。

雖然敘事學在小說研究領域成績多多，但也難掩其理論的侷限性。對於中國小說研究而言，這種侷限性主要包括兩個方面：一方面敘事學理論本身的；另一方面是敘事理論對漢語小說研究來說不可避免的語言問題。

對於敘事理論的侷限，喬納森・卡勒有著清晰的認識，針對敘事學所極力追求的所謂「科學性」，他指出：「科學解釋事物的方法是把它們置於規律之下，也就是說只要具備了 a 和 b，那麼 c 就一定會發生——而生活並不總是像規律一樣。它遵循的並不是科學的因果邏輯，而是故事的邏輯，在這個邏輯中理解就是要設想一件事是怎樣導致另一件事的，設想某些事為什麼發生……」[6]卡勒說的可能有點兒簡單，但道理還是清楚的。

的確，小說敘事學的不足就像它的優點一樣突出。給人印象最深的是，深受結構主義影響的敘事學研究，往往將小說的內容排除在研究視野之外，完全集中於形式。形式被看成符號，其意義取決於慣例、關係和系統，而不取決於任何價值和意義方面的規定性。因此，對一部作品來說，內容並不重要，重要的是要探明和掌握各敘事單元之間的關系結構。對於這一點，不知敘事學為何物的左拉曾有過極端的表達。在談論「良好寫作」的道德時左拉說：「當你寫的糟糕時，

5　〔美〕華萊士・馬丁撰，伍曉明譯：《當代敘事學》（北京市：北京大學出版社，2005年），頁154。

6　〔美〕喬納森・卡勒撰，李平譯：《當代學術入門　文學理論》（瀋陽市：遼寧教育出版社，1998年），頁86。

你完全該受責備。這是我能承認的文學的唯一罪過。如果他們自稱要把道德放在什麼地方，我看不出他們可以把它放在哪裡。一個結構精巧的短語，就是一個良好的行為。」[7]左拉所說的「結構」，肯定不同於結構主義所強調的「結構」，但在強調「形式」這一點上，二者則是相通的。當時左拉的這一信條頗有市場，但卻受到了布斯的強烈質疑：「當我們說藝術中的道德在於『寫好』的時候，我們便悄悄地把實現一個有價值的目的的概念放入了我們的論點。一個結構精巧的短語能夠像為左拉的文學目的服務一樣，為希特勒的演講的目的服務。」[8]在敘事學尚未命名以前，布斯就已經對以「為了藝術」的名義出現的各種形式主義提出了自己的詰難：

> 如果藝術是「為了藝術」，就這種具有侷限性的存在意義說，僅僅通過抽象的形式和結構提供快感，那麼，人們就會以為對一種真實的追求與對另一種真實的追求實際上是一樣的，就會認為這種追求得以實現的方式才是好壞之間唯一重要的區別。[9]

其實，這樣的批評和忠告也同樣適用於小說敘事學。

　　小說的敘事學研究另一明顯的欠缺是，作為研究對象，經典與平庸之作沒有實質性差異，敘事學研究只關心作品的結構分析，而不作評價。例如，被視為敘事學經典的普洛普的《民間故事形態學》，通過對俄國一定數量的民間故事的分析，來揭示民間故事的三十一種敘事功能。普洛普迴避每一篇故事的具體人文內涵，抹平了不同故事在

7　〔法〕左拉：《實驗小說及其他論文》，轉引自W·C·布斯撰，華明、胡曉蘇、周憲譯：《小說修辭學》（北京市：北京大學出版社，1987年），頁433。

8　〔美〕W·C·布斯撰，華明、胡曉蘇、周憲譯：《小說修辭學》（北京市：北京大學出版社，1987年），頁433。

9　〔美〕W·C·布斯撰，華明、胡曉蘇、周憲譯：《小說修辭學》（北京市：北京大學出版社，1987年），頁324。

藝術水準上的差異，完全無視作品蘊涵的意義，拒絕進行審美價值的闡釋。

　　如從更大的背景來看，小說敘事研究的這一特點，也是二十世紀西方小說創作「非人格化敘述」潮流的間接表現，表面的客觀和所謂的「價值中立」，只不過是創作中「虛無主義」在理論上的反映。對以加繆等人為代表的這股「虛無主義」潮流，布斯有充分的警覺，整個《小說修辭學》第三編就是對「非人格化敘事」的集中反思。布斯認為，在理論上，一部不打算提供任何趨向於結論或最終說明的小說是能夠設想出來的，「但是根據什麼價值標準來確定其優越性呢？任何回答都必然與完全的虛無主義相矛盾。對於完全的虛無主義者來說，自殺不是有意義的形式的產物，它不過是一貫的姿態而已。」[10]布斯這段話，主要針對的是加繆將一切文學問題歸結為自殺問題的極端的虛無主義立場。在布斯看來，創作上的虛無主義和「價值中立」雖然可以設想，但在具體寫作中幾乎是不可能的。

　　此外，小說的敘事研究還有一個侷限就是「去主體化」。在小說敘事研究中，創作主體的中心地位被小說文本所取代，作者意圖被大大弱化。羅蘭・巴特對此的極端表達就是「作者已死」。的確，在小說敘事研究中，我們雖然經常看到「作者」、「敘事者」、「人稱」、「視點」等標誌著人的存在的概念，但它們在敘事研究的整體中只不過是一種符號，敘事研究看重的是它們的符號功能，而不是「有血有肉」的現實存在。

　　除小說敘事理論自身的侷限外，還有一點不能不引起中國小說研究的注意。敘事學深深地植根於索緒爾以來的結構主義語言學，在它的概念體系中，充滿了基於西方表音文字的術語，有的直接加以引用，如「語式」、「語域」、「語法」、「語態」、「主語」、「謂語」、「句法

---

10 〔美〕W・C・布斯撰，華明、胡曉蘇、周憲譯：《小說修辭學》（北京市：北京大學出版社，1987年），頁329。

形態」、「動詞形態」、「話語」、「語境」、「能指」、「所指」、「深層結構」、「表層結構」等等。當它被運用到像漢語這樣不同語系的小說研究時，就不可避免地產生這樣或那樣的理論隔膜。正如楊義先生所言，以上語言學術語，對中國人都是「洋腔洋調」，完全建立在西方語言的認識基礎上的。如果對此視而不見，生搬硬套，最終只能是隔靴搔癢，緣木求魚。[11]

二　小說修辭研究的理論優勢

　　人類的敘述行為在語言產生之後就開始出現了，它是一種超越歷史、超越文化的古老現象，任何時代、任何地方、任何社會都少不了敘述。可以說，古往今來，哪裡有人，哪裡就有敘述。但敘述的本質究竟是什麼？敘述究竟是知識的來源，還是幻覺的來源？它意欲表明的究竟是結果還是欲望？不同時期的思想者和研究者對此有不同回答。

　　眾所周知，尼采思想激烈，在整個十九世紀，對西方思想傳統的衝擊和顛覆無出其右者。然而，就是這樣一個人，對修辭學卻鍾情有加，將其視為「共和政體的藝術」。[12]在他看來，「語言本身全然是修辭藝術的產物。……因為它欲要傳達的僅為意見（doxa），而不是系統知識（epistēmē）」。[13]所以尼采認為，科學與邏輯論述，不僅沒有比其他論述在認識論上有任何優越性，科學邏輯論述可以說是最為自欺欺人的。這是因為它以為修辭可以被駕馭，所以忽略了修辭的滲透力。這樣我們也就能夠理解，為什麼他認為從柏拉圖到康德到黑格爾

---

11 楊義：《中國敘事學》（北京市：人民出版社，1997年），頁190。

12 〔德〕弗里德里希·尼采撰，屠友祥譯著：《古修辭學描述》（上海市：上海人民出版社，2002年），頁3。

13 〔德〕弗里德里希·尼采撰，屠友祥譯著：《古修辭學描述》（上海市：上海人民出版社，2002年），頁20。

的哲學裡的真理表述，其實都建立在修辭的運作上。尼采甚至認為：「真理只是經過不斷使用而失去了比喻性的比喻，猶如鑄文被磨平而失去銅幣價值的銅版。」[14]從尼采的話中，我們不難推知他對前面提出的問題的回答。在尼采的認識中，敘述的本質只能是修辭，敘述意欲表明的只能是欲望，因為「構成語言的人，並不感知事物或事件，而是體察飄忽而至的欲願：他不溝通感覺，卻僅僅是端呈感覺的摹本，與人共享。此感覺，經由精魂的衝動而煥發，不會占據事物本身：此感覺經由形象外在地呈現出來。」[15]

不同於尼采的徹底和決絕，喬納森・卡勒對上面問題的思考非常謹慎。他認為我們不大可能回答這些問題。「我們只能在兩者之間徘徊，一是把敘述看作一種修辭結構，這種結構產生睿智的幻覺，一是把敘述作為一種主要的、可以由我們支配的製造感覺的手段去研究。」[16]徘徊表明他也許還心存疑慮，但在對人類敘述行為的思考中，卡勒還是明確地看到了對敘述進行修辭理解的可能和潛力。

在尼采的激烈和卡勒的穩妥之間，布斯堅守著修辭學在敘述虛構文體──小說這塊「陣地」。他的《小說修辭學》被認為是經典小說修辭理論的奠基之作。陳平原先生認為此書「論戰性質太強」[17]，所以如此，其中一個重要原因是布斯必須為小說修辭學的「合法化」進行抗爭。二十一年後，在〈第二版跋文〉中，布斯的態度已經自然、和緩許多，他對小說修辭的普遍性，小說修辭學不同於小說敘事學的價值和意義，有了更為清晰的認識。他寫道：「在全書中隱含著一種

14　〔加〕高辛勇：《修辭學與文學閱讀》（北京市：北京大學出版社，1997年），頁43-44。

15　〔德〕弗里德里希・尼采撰，屠友祥譯著：《古修辭學描述》（上海市：上海人民出版社，2002年），頁20。

16　〔美〕喬納森・卡勒撰，李平譯：《當代學術入門 文學理論》（瀋陽市：遼寧教育出版社，1998年），頁97-98。

17　陳平原：《中國小說敘事模式的轉變》（上海市：上海人民出版社，1988年），頁251。

觀念，我今天仍然堅持的一種觀念，即修辭研究是可以普遍適用的，如果我們是透過這雙瞳孔去看小說，那麼任何小說都會包含有趣的材料。」[18]從布斯的話中，可以看到他對小說研究中「人」的因素的強調，而這正是修辭學契入小說研究的關鍵所在，不是「時間」，不是作為空洞能指的「視點」，也不是堅硬的「結構」，而是「人」構成了小說修辭研究的核心和基礎。在〈跋文〉中布斯承認，小說修辭學「沒有提供一種完整的『小說理論』，或者一種『敘事可能性的結構分類學』……它不是關於什麼東西的一種系統科學；甚至也不是關於『敘述學』的系統科學。」[19]但是他堅持認為「敘述的修辭」在原理上適用於一切講述的故事。在他看來，「只有那些用計算機根據隨機程序產生出來的作品不適於修辭分析，然而，即使對這種作品來講，只要一個讀者從打印的計算機結果中發現了敘述的意思，那麼，修辭問題立即就出現了。」[20]

　　對於小說修辭學與小說敘事學之間的區別這一問題，布斯是通過對熱奈特《論敘述》（今譯為《敘事話語》）的分析和批評來闡述的，布斯指出：「讀熱奈特的著作，人們很少會想到，即使最老練的讀者的體驗也很少包括諸如希望、恐懼或渴望幸福一類的情感，也很少包括某種戲劇性反諷產生的強烈的焦慮。他的著作幾乎完全侷限於認識，認知，以及對觀念和結構的形式觀照。甚至讀者通常有的對結果的好奇心，對懸念的愛好，也被忽視了」。[21]當然，布斯對敘事學並不

18　〔美〕韋恩‧布斯撰，付禮軍譯：〈第二版跋文〉，《小說修辭學》（桂林市：廣西人民出版社，1987年），頁416。

19　〔美〕韋恩‧布斯撰，付禮軍譯：〈第二版跋文〉，《小說修辭學》（桂林市：廣西人民出版社，1987年），頁15-16。

20　〔美〕韋恩‧布斯撰，付禮軍譯：〈第二版跋文〉，《小說修辭學》（桂林市：廣西人民出版社，1987年），頁420。

21　〔美〕韋恩‧布斯撰，付禮軍譯：〈第二版跋文〉，《小說修辭學》（桂林市：廣西人民出版社，1987年），頁453。

只是簡單地加以否定，他非常肯定熱奈特「對於材料的時間順序和實現了的敘述時間的三種交互關係」的描述，認為是自己「曾見到的最系統的描述」。在批評、分析的基礎上，布斯更為清晰地看到了小說修辭學的理論優勢。他認為不同於敘事學對「純粹的知識」的追求，「修辭研究的是應用，研究目的，研究擊中或錯過的目標，研究實踐並非為了獲取純粹的知識，而是為了進一步（更好地）實踐。」[22]在〈跋文〉的論述中，布斯表現出了寬廣的理論胸懷，他不但要抗拒多年來小說敘事學對小說修辭學的「掠奪」，他還要吸納、倒採小說敘事學的理論精華，將「關於語言、符號、故事的一切真正的科學發現」據為己用。他在〈跋文〉中強調說：

> 我們高興地偷襲科學家的領域，拖回一大批戰利品，卻只是為了應用於自己的研究課題。我們總想懂得一個故事或一個技巧比另一個故事或另一個技巧更好，因為我們知道，不管理論是否能夠永遠站得住腳，我們作為講述者或聽眾的實踐卻被改進了。[23]

通過布斯的論述，不僅使我們看到了小說修辭與敘事之間的區別與聯繫，更為主要的是，他還使我們認識到，小說修辭研究在對效果的強調、對實踐智慧的追求、對人的因素的肯定中，顯示出了自身獨特的理論價值。

---

22 〔美〕韋恩‧布斯撰，付禮軍譯：〈第二版跋文〉，《小說修辭學》（桂林市：廣西人民出版社，1987年），頁455。

23 〔美〕韋恩‧布斯撰，付禮軍譯：〈第二版跋文〉，《小說修辭學》（桂林市：廣西人民出版社，1987年），頁455。

三　作為修辭的敘事：批評實踐中的跨界與互滲

　　在布斯的影響下，二十世紀後半期，小說敘事理論被修辭化的傾向日益引人關注。特別是九十年代以後，西摩·查特曼、詹姆斯·費倫、邁開爾·卡恩斯等人，都以不同的方式推進著小說修辭理論的成長和發育。在他們中間，詹姆斯·費倫的工作更為引人注目。在《作為修辭的敘事》（1996）一書中，他謀求對小說敘事作徹底的修辭學解讀，有力地推進了小說敘事理論修辭化的進程。他借鑑韋恩·布斯、肯尼斯·博克及保羅·德曼等經典和後經典修辭理論，強調敘事是作者向讀者傳達知識、情感、價值和信仰的一種獨特而有力的工具。在費倫看來，敘事的目的既然是傳達知識、情感、價值和信仰，敘事就不可避免地被看作修辭。他在談到「作為修辭的敘事」這一「說法」時認為：「這個說法不僅僅意味著敘事使用修辭，或具有一個修辭的緯度。相反，它意味著敘事不僅僅是故事，而且也是行動，某人在某個場所出於某種目的對某人講一個故事。」[24]

　　《作為修辭的敘事》一書並非一時之作，作者也是逐漸意識到自己在努力創造一個自成體系的東西。這個體系就是要闡明「為什麼說敘事是修辭的」。[25]在該書的寫作中，費倫的思想也在不斷變化，他對小說修辭的認識也在不斷地調整、深入。在他研究的原有模式中，修辭含有一個作者，通過敘事文本，要求讀者進行審美、情感、觀念、倫理、政治等多緯度的閱讀，反過來，讀者試圖公正對待這種多緯度閱讀的複雜性，然後做出反應。在不斷的批評實踐中，在對博克、費什、拉比諾維茨、解構批評、女性主義理論、精神分析的借鑑基礎上，

---

24 〔美〕詹姆斯·費倫撰，陳永國譯：《作為修辭的敘事——技巧、讀者、倫理、意識形態》（北京市：北京大學出版社，2002年），頁12。

25 〔美〕詹姆斯·費倫撰，陳永國譯：《作為修辭的敘事——技巧、讀者、倫理、意識形態》（北京市：北京大學出版社，2002年），頁5。

他對原有模式進行了修正。在修正後，閱讀的多維性依然得到保留，但作者、文本現象和讀者反應之間的界限模糊了。在其修正後的模式中，「修辭是作者代理、文本現象和讀者反應之間的協同作用。」[26]

通觀《作為修辭的敘事》一書，費倫不僅大大推進了由布斯開創的小說修辭學發展的理論進程，而且有效地捍衛了小說修辭理論的自主性和獨立性。特別是通過自己的批評實踐，顯示了小說修辭研究與小說敘述研究不盡相同的理論路徑。他所強調的「作為修辭的敘事」（Narrative as Rhetoric）與所謂的「修辭性敘事學」（Rhetorical Narratology）有著迥然不同的理論訴求。這在他的理論建構中主要表現在以下幾個方面：

首先，費倫堅持了經典小說修辭理論的實踐性原則。在前面的論述中我們已經看到，布斯的小說修辭理論，始終關注自己的理論是否切於實用，他始終將自己的研究目標指向實踐，研究實踐的目的是為了更好地服務於實踐，而不是為了獲取純粹的知識。與布斯私交甚好學理淵源頗深的費倫秉承了經典小說修辭理論的這一傳統，在自己的理論建構中，在對具體問題的闡述中，始終貫徹著實踐原則。他在序言中寫道：「我認為，如果作者、文本和讀者處於一種無限循環的關係中，那麼，任何一篇文章都要倚重那種關係的某些方面而輕視另一些──而這是我在與敘事之關係進程中某一特定時刻寫下的。因此，本書中任何一篇特定文章都應該具有潛在的實用性，而其推論又不是終極的，不管我在過去的幾年中何時將其寫成。」[27]的確如其所言，在《作為修辭的敘事》中，從前言中「作為修辭的敘事」這一「說法」的提出，到第九章通過利用閱讀現象學來論證「作為修辭的敘

26　〔美〕詹姆斯・費倫撰，陳永國譯：《作為修辭的敘事──技巧、讀者、倫理、意識形態》（北京市：北京大學出版社，2002年），頁5。

27　〔美〕詹姆斯・費倫撰，陳永國譯：《作為修辭的敘事──技巧、讀者、倫理、意識形態》（北京市：北京大學出版社，2002年），頁6。

事」，費倫始終將自己的論證和分析建立在對具體的作品的解讀之上，這樣，就使其任何觀點的提出，任何結論的獲得，都奠基於具體的文本現象和批評實踐之上；並且，在理論的整體設計上，書中每篇文章都是其所提出的理論模式在某一方面的展開，從而使其理論的體系性和實踐性獲得完美的結合。

其次，在費倫的理論建構中，經典小說修辭理論比較薄弱的讀者環節得到發展和完善。布斯置身的芝加哥學派屬於「新亞里士多德派」，他的小說修辭學理論，繼承了亞里士多德模仿學說中對作者重視的傳統，更為強調作者如何運用技巧制約、引導、控制讀者。相對而言，他對讀者環節的重視明顯不足。他在《小說修辭學》第一版序言中寫道：

> 讀者不難看出，為了探討作家制約、引導讀者的手段，我任意地把技巧從影響作家與讀者的社會因素和心理因素中孤立出來。在很大程度上，我只好擱除不同時代的不同讀者對小說修辭的不同要求……。其次，我不得不更加嚴格地撇開關於讀者心理的問題，儘管對它的研究，有助於解釋人們普遍對小說感興趣的原因……。[28]

雖然布斯在序言中對自己的做法進行了解釋，但細讀之下就會發現，布斯的讀者是受控的、失去了主動性的讀者，是脫離了具體社會歷史文化語境的讀者。所以產生這種情況，顯然是由於他「劃分我們閱讀時變成的各類讀者與處於不斷變化的文化之中的實際活著的讀者」造成的。後來在第二版跋文中，布斯受巴赫金的影響，對自己的做法進

28　〔美〕韋恩·布斯撰，付禮軍譯：〈第二版跋文〉，《小說修辭學》（桂林市：廣西人民出版社，1987年），頁1-2。

行了反思，但是其小說修辭理論在讀者環節的欠缺始終未能得到有效的改進。[29]

在費倫的理論模式中，修辭是作者代理、文本現象和讀者反應之間的協同作用，任何的修辭目的和效果都只能在三之間的無限循環中才能實現和達成，所以，讀者在費倫的理論構想中成為了不可或缺的因素。可以說，在《作為修辭的敘事》的每一部分，在闡釋分析的每個環節，讀者因素都得到了充分的考慮，全書也是在「走向修辭的讀者－反應批評」的論述中結束的。

在《作為修辭的敘事》中，費倫借鑑了拉比諾維茨的讀者模式，從四個層面對讀者進行把握：一、實際的或有血有肉的讀者——特性各異的你和我，我們的由社會構成的身分；二、作者的讀者——假設的理想讀者，作者就是為這種讀者構想作品的，包括對這種讀者的知識和信仰的假設；三、敘述讀者——「敘述者為之寫作的想像的讀者」，敘述者把一組信仰和一個知識整體投射在這種讀者身上；四、理想的敘述讀者——「敘述者希望為之寫作」的讀者，這種讀者認為敘述者的每一句話都是真實可靠的。[30]

需要指出的是，費倫的借鑑並非簡單的理論套用，而是從實踐出發從具體作品出發，來理解和運用這一讀者模式。例如對拉比諾維茨「理想敘事讀者」概念的處理就說明了這一點。在《小說修辭學》第二版後記（1983）中，布斯就採用了拉比諾維茨的模式，但略去了「理想敘事讀者」。拉比諾維茨本人在《閱讀之前》（1987）中也把這一範疇從有關讀者的討論中刪去了。在《解讀人物，解讀情節》（1989）中，費倫考慮到雖然理想敘事讀者是一個邏輯的範疇，但卻

---

29 〔美〕詹姆斯・費倫撰，陳永國譯：《作為修辭的敘事——技巧、讀者、倫理、意識形態》（北京市：北京大學出版社，2002年），頁426-427。

30 〔美〕詹姆斯・費倫撰，陳永國譯：《作為修辭的敘事——技巧、讀者、倫理、意識形態》（北京市：北京大學出版社，2002年），頁111。

不足以產生他所想要達到的分析結果，所以也放棄了這個範疇。在
《作為修辭的敘事》中，費倫分析洛里・穆爾《如何》的第二人稱敘
事時認識到：「理想敘事讀者可能與受述者相偶合，也可能不相偶
合，而敘事讀者則可能與理想敘事讀者的前提相一致，也可能不相一
致。在《如何》中，如在大多數第二人稱敘述中一樣，理想敘事讀者
與受述者在『你』這個人物上相偶合，而敘事讀者則與『你』處於波
動的關係中——有時相偶合（感到成為說話的對象），有時則從一段
情感的、倫理的和／或心理的距離進行觀察。」[31]這樣，意識到不同
的讀者角色以及不同角色之間的不同關係，能夠為小說的修辭分析提
供重要的解釋方法，用以說明一些敘事話語，特別是第二人稱敘事話
語的複雜性。我們可以看到，費倫這種基於實踐的理論借鑑，不僅使
「理想的敘事讀者」這一術語在批評和分析的實踐中重新獲得價值和
生命，而且也使小說修辭理論在讀者環節上日趨完善。

　　最後，費倫的小說修辭理論擺脫了以布斯為代表的經典小說修辭
理論對修辭的單向理解，使修辭由作者通過技巧控制讀者，轉變為由
讀者、文本和讀者共同參與的不斷循環往復的動態進程。這樣，小說
修辭研究就獲得了理論的動態性。這一點突出地體現在他對「作為修
辭的敘事」理解上，當他談論作為修辭的敘事時，談論作者、文本和
讀者之間的一種修辭關係時，修辭就是指寫作和閱讀中一個複雜和多
層次的進程，一個要求我們的認知、情感、欲望、希望、價值和信仰
全部參與的進程。

　　在費倫的研究實踐中，對具體作品的解讀和批評就是在修辭這一
動態的進程中完成的，並且他還不斷對自己的實踐進行理論昇華，不
斷完善對這一動態進程的理論構建。例如在《作為修辭的敘事》中，
他對海明威《我的老爸》的「進程」作了深入的分析，並展開了自己

---

31 〔美〕詹姆斯・費倫撰，陳永國譯：《作為修辭的敘事——技巧、讀者、倫理、意識
　　形態》（北京市：北京大學出版社，2002年），頁116。

對讀者參與這一動態進程的論述。在分析中,他將自己的修辭方式聚
焦於文本,把文本作為進入讀者經驗的入口,他認為這樣的讀者經驗
至少在兩個方面是能動的:一方面,這種經驗主要受敘述時間的影
響;另一方面,這種經驗是多層面的,同時涉及到讀者的理智、情
感、判斷和倫理。他在文中接著寫道:

> 進程指的是一個敘事藉以確立其自身前進運動邏輯的方式(因
> 此也指敘事作為能動經驗的第一個意思),而且指這種運動自
> 身在讀者中引發的不同反應(因此也指敘事作為能動經驗的第
> 二個意思)。結構主義就故事和話語所做的區別有助於解釋敘
> 事運動的邏輯得以展開的方式。進程產生於故事諸因素所發生
> 的一切,即通過引入不穩定性——人物之間或內部的衝突關
> 係,它們導致情節的糾葛,但有時終於能夠得到解決。進程也
> 可以產生於話語諸因素所發生的一切,即通過作者與讀者或敘
> 述者與讀者之間的張力或衝突關係——涉及價值、信仰或知識
> 之嚴重斷裂的關係。[32]

在分析中,費倫借鑑了結構主義敘事學對敘事中「故事」和「話語」
的區分,從兩個不同層面對修辭進程中讀者的參與及讀者經驗的能動
性進行了闡釋。在《作為修辭的敘事》的其他章節,費倫通過實例,
對寫作和閱讀中修辭這一動態進程的各個方面進行立全面的論述,從
而使小說修辭的動態進程得到整體呈現。

　　通過以上對西方小說修辭和敘事理論關係的梳理,通過對小說修
辭理論自身發展軌跡的描述使我們認識到:我們再也不能像艾布拉姆
斯那樣,將「小說學」直接稱之為「敘述學」了,這是因為,在「敘

事學」的對象──文本的周邊，有太多的因素需要納入到小說研究中來，小說研究的實踐要求我們，必須對這些因素進行更為徹底的理論整合。當人們認識到小說敘事理論的侷限和欠缺，當人們謀求對小說研究的理論範式和批評方法進行調整和修正時，小說修辭學最起碼是理想的選擇之一。從小說修辭理論的發展進程看，小說修辭學與小說敘事學更像「連體嬰兒」，「頭腦」是兩個，個別「器官」則必須共用。對於處於弱勢的小說修辭理論而言，首先必須強調的是別具一幅「頭腦」，在此基礎上，貫徹小說修辭研究的「實踐」和「效果」原則，並不斷吸收相關小說理論的精華，使自己不斷走向成熟和完善。只有這樣，小說修辭研究才能在保持本色的前提下，獲得相對的靈活性和開放性，才能使自己成為一種富於生命力的理論範式和批評方法。

第二章
中國小說修辭的理論自覺

　　中國小說修辭的現代轉型是一個漸變的過程，從晚清到五四，這一轉型所帶來的影響，在小說家身上或多或少都有體現。值得注意的是，當時小說家雖然都在利用著轉型中逐漸生成的各種修辭成規，但他們並沒有獲得真正的理論自覺。加之中國現代修辭學創建之初，「受辭格派影響較深」[1]，重微觀，輕宏觀，修辭學等同於修詞學，影響了修辭理論的完整和小說修辭理論的發育，使得中國小說修辭的現代轉型未能進入人們的研究視野。如果我們能夠從小說修辭角度入手，重構現代小說研究的修辭之維，不僅可以澄清現代小說修辭意識的成長脈絡，還可以使原本不被重視的理論論爭獲得新的闡釋，使其理論價值得到彰顯。

一　話語轉換中的修辭意指

　　一九〇二年初，流亡日本的梁啟超創辦《新民叢報》，鼓吹「新民」；沿承這一啟蒙思路，同年十一月他又創辦了《新小說》雜誌，並發表〈論小說與群治之關係〉一文，文章開頭寫道：「欲新一國之民，不可不先新一國之小說。故欲新道德，必新小說；欲新宗教，必新小說；欲新政治，必新小說；欲新風俗，必新小說；欲新學藝，必新小說；乃至欲新人心、欲新人格，必新小說。何以故？小說有不可思議之力支配人道故。」[2]雖然沒有統計，但可以肯定地說，這段文

1　駱小所：《現代修辭學》（昆明市：雲南人民出版社，1994年），頁13。
2　梁啟超：〈論小說與群治之關係〉，《新小說》1902年第1號。

字是梁啟超文章中被引用最多的段落之一。從詞頻看，重複率最高的是「新」，梁啟超強調的是「新」，引用者看重「新」。我們應該看到，小說所以能「新」，能夠使之「新」，著力點終在「支配」二字。然而，在梁啟超修辭激情感染下，研究者卻輕輕放過了「支配」二字，也就無意間錯過了中國小說現代轉型的修辭之緯。

　　梁文以「新民」為依歸，以「支配」為樞軸，描述了小說支配人道的四種力：「熏」、「浸」、「刺」、「提」。對於梁氏「四力說」，以往研究多取徑接受美學、心理學、傳播學，雖褒貶不一，多角度闡釋還是揭示了「四力說」內涵的豐富和複雜。「四力說」之關鍵在「支配」，梁氏正是從時空、漸頓、內外等方面描述了小說支配人道的四種方式。需要強調的是，解釋「四力說」須結合梁啟超的思想背景和知識構成，尤其要重視其描述所用之話語、例證和運思方式。梁啟超自言其論著，「往往推挹佛教。」[3]他以「應用佛學」推許譚嗣同[4]，而他自己論著所遵循的恰是將佛法貫注於現實的「應用佛學」。明乎此，其借鑑唯識學理，徵用佛學話語，選取佛經例證，來闡發小說支配人道的四種方式，也就可以理解了。[5]然而，梁氏習佛而不佞佛，熟諳佛史而又能放眼歐美，他正是通過佛教辯難與宣教，通過對古代希臘、羅馬「政治學藝」[6]的了解，來認識小說本身的修辭力量，來描述小說修辭的運作肌理和效果的。梁啟超的文章詳於描述小說「支配」人道的方式，亞里士多德則將修辭術定義為：「一種能在任何一個問題上找出可能的說服方式的功能。」並強調「修辭術的功能不在

3　梁啟超：《清代學術概論》（上海市：上海古籍出版社，1998年），頁99。

4　梁啟超：〈論佛教與群治之關係〉，《飲冰室合集・文集之十》（北京市：中華書局，1989年），頁49。

5　孫昌武：《中國佛教文化史》（北京市：中華書局，2010年），卷5，頁2711。

6　梁啟超：〈論辯術之實習與學理序〉，《飲冰室合集・文集之三十六》（北京市：中華書局，1989年），頁65。

於說服，而在於在每一種事情上找出說服方式。」[7]「支配」與「說服」，雖詞色不同，但都在強調著修辭運作方式的重要意義。

　　梁啟超視野開闊，由政、教兩端認識到小說所具有的修辭力量，他還身體力行，創作了一部充滿演說與辯論的小說《新中國未來記》，但他畢竟沒有直接使用「修辭」一詞。從現有資料看，首先直接使用修辭學來探討小說的是惲鐵樵。一九一五年，惲鐵樵在《小說月報》發表〈論言情小說撰不如譯〉一文，從五個方面加以立論，其中第五項認為，中國作者沒有系統的修辭學訓練，在小說的「結構意趣」方面不及國外作者。惲鐵樵的論述有三點值得關注：一、闡明修辭學三原則：理、力、美。其中「理」是關鍵，意近古文家之「提挈剪裁」；二、小說為文學，不能違背「修辭之公例」；三、為文者以詞藻自炫，餖飣滿紙，有背「修辭公例」[8]。從文章看，惲鐵樵對修辭學的理解肯定存在誤讀，對小說修辭的論述也頗為粗糙，但他對小說修辭的理解還是比較完整。他對小說中微觀修辭和宏觀修辭的自覺區分，尤其值得肯定。此種關注小說「結構意趣」的宏觀意識，當時頗為難得。從現有資料我們很難推斷惲鐵樵對修辭學的論說源出何處，他雖觸及了修辭學訓練對小說創作的意義，但終究是偶然論及，未能充分展開。直到一九二二年，在《文學旬刊》上，鄭振鐸與宓汝卓就小說要「寫」還是要「做」的問題展開探討，中國現代小說修辭的一些重要理論問題才得到系統思考。

二　「寫」還是「做」：這是個問題

　　一九二二年四月，沈雁冰在《文學旬刊》發表〈創作壇雜評：一

7　〔古希臘〕亞里士多德撰，羅念生譯：《修辭學》（北京市：生活・讀書・新知三聯書店，1991年），頁24。

8　惲鐵樵：〈論言情小說撰不如譯〉，《小說月報》第6卷第7號。

般的傾向〉一文，批評當時短篇小說，太過執板，缺少變化。並認為原因有二：一是「以做詩的態度去做小說」，創作全憑一時靈感，缺乏構思和修改；二是不尚實地考察，對人生世態的描寫多是書上讀來的，「不是自己捉來的。」[9]文章發表後，很快有人跟進討論。先是宓汝卓致信主編鄭振鐸：「近來有許多人主張以做詩的態度做小說——這就是說小說也是『寫』出來的——不過是一種舊文人以『做小說為遊戲』的一種反響，並不是做小說的『經常大道』」。並認為像葉聖陶那樣的「寫」出的作品，「我們與其稱之曰小說，無寧稱之為散文詩呢。」鄭振鐸覆信說，原來與朋友口頭討論過小說「寫」與「做」的問題，小說雖結構複雜、情節曲折、人物眾多，但他與葉聖陶還是堅持小說是「寫」下的，不是「做」出來的。「因為極端的無所為的客觀的描寫的小說，決不是好小說，而且也沒有做的必要。凡是做小說至少也要有極深刻的觀察，極真摯的欲訴的情緒，或欲表現自己的衝動，才能去寫。雖不是全為教訓主義，傳道主義，至少要有一個欲吐的真情鬱塞在心中，做寫這小說的無形的墨水，做寫下的文字的靈魂，做這篇小說的河水的泉源，然後才能真，才能寫得感動人。」他還說：「現在這種主張，雖還未變，卻已承認在寫小說以前應該注意Plot，在寫了以後應該注意他的文字上的修飾。」並在信末總結說：「小說的靈魂，是思想與情緒，如果沒有要說的話，沒有欲吐的真情，就使極力去『做』小說，也是『做』不出來。在藝術方面講，小說描述的好壞，也不一定靠『做』，藝術手段高，涵養有素的人寫出來就是很好，沒有手段的人雖是努力的『做』也是不會好的。」[10]針對鄭振鐸的答覆，宓汝卓發表長文〈關於小說「做」的問題〉（連載於《文學旬刊》第四十二、四十三期），對鄭的觀點進行了剖析反駁，並申述了自己的觀點。

9　玄珠：〈創作壇雜評：一般的傾向〉，《文學旬刊》1922年第33期。

10　宓汝卓與鄭振鐸通信刊於《文學旬刊》一九二二年第三十八期。

　　對於這次討論，以往關注不多，且認識不一：有學者認為爭論不會有什麼結果，因為「概念本身相當模糊」[11]；也有學者認為宓汝卓的見解有道理，「可供小說家和研究創作心理學的學者參考。」[12]如僅從這次討論本身看，不僅概念相當模糊，討論的前提及許多相關問題也都不夠明確。我們只有弄清本次討論的背景，才能揭示其內涵和價值，而這個背景就是在《小說月報》展開的「自然主義的論戰」。一九二二年二月《小說月報》第十三卷第二號《通信》欄，沈雁冰在答覆周贊襄的信中認為：「一向落後的我們中國文學若要上前，則自然主義這一期是跨不過的」。由此引起大家關注，紛紛來信討論自然主義問題。同年五月，《小說月報》第十三卷第五號《通信》欄展開「自然主義的論戰」。論戰持續近半年，一九二二年七月，沈雁冰在《小說月報》第十三卷第七號發表長文〈自然主義與中國現代小說〉，可視為對論戰的總結。《小說月報》與《文學旬刊》是「姊妹」刊物，了解《小說月報》上的「自然主義的論戰」，可以澄清以下事實：一、小說「寫」與「做」的討論，在某種程度上可以說是「自然主義的論戰」在小說創作技巧層面的延伸；二、就討論前提看，沈雁冰〈創作壇雜評：一般的傾向〉對當時短篇小說創作的批評和分析，與他對「自然主義」的倡導緊密相關。宓汝卓所持觀點，既受到了沈雁冰的影響，也自己的獨立思考[13]；三、鄭振鐸所謂原來與朋友口頭討論，其中應包括沈雁冰、謝六逸、葉聖陶等人，他們對提倡「自然主義」存在分歧，但鄭振鐸接受了沈雁冰的部分意見，承認小說「寫」前應注意構思，寫後注意修改。

---

11 陳平原：《中國小說敘事模式的轉變》（上海市：上海人民出版社，1988年），頁243。
12 嚴家炎：〈前言〉，《二十世紀中國小說理論資料》（北京市：北京大學出版社，1997年），卷2，頁13。
13 汝卓：〈觀察與幻想〉，《文學旬刊》1922年第4號。

三　詩與小說之間的界線

　　明確了鄭、宓二人討論的背景和前提，為我們揭示討論的理論內涵提供了幫助。鄭振鐸與宓汝卓都承認小說創作中修辭問題的存在，並且在反對「純客觀描寫」和「支支節節地字斟句酌的做」的問題上，觀點也是一致的。而這個一致的達成，主要來源於論戰對「自然主義」本身存在問題的反思。論戰中沈雁冰在答覆周志伊的來信時就曾指出：「自然派文學大都描寫個人被環境壓迫無力抵抗而至於悲慘結果，這誠然常能生出許多不良的影響，自然派最近在西方受人詬病，即在此點。」他還引用周作人的觀點，認為：「專在人間看出獸性來的自然派，中國人看了，容易受病。」[14]後來沈雁冰對「純客觀描寫」雖有辯護，但他還是承認「左拉主義」的創作態度「是很不妥當的」。[15]在小說修辭學論域內，對「純客觀描寫」有著深刻的質疑和批判[16]，它背後所呈現的創作態度，有悖小說修辭的基本倫理精神。但是我們應該看到，鄭、宓二人對小說修辭理解存在很大分歧。鄭振鐸堅持小說創作中修辭介入的絕對性和必然性，強調「寫」所具有合理性，強調小說修辭運作中情緒、情感的作用和意義，反對只注重局部的修飾而影響情緒的自然抒發，從而也就影響了小說的整體修辭效果。而宓汝卓所謂的「做」，不僅針對當時小說「太過詩化」的侷限性和負面影響，更重要的是它還涉及了如何處理情緒、情感，如何處理狹義修辭與廣義修辭的關係等問題。

　　在當時的小說理論和批評中，從修辭主體和受眾之間的關係出發，來思考小說創作問題的很少，而這恰是「做」的關鍵所在。宓汝卓文中寫道：「我所主張的做，是先要有感情的挑撥的做；是儘量應

14　〈通信〉，《小說月報》第13卷第6號。
15　郎損：〈「曹拉主義」的危險〉，《文學旬刊》1922年第50期。
16　〔美〕Ｗ・Ｃ・布斯：《小說修辭學》（北京市：北京大學出版社，1987年），頁433。

用心理學上的原則和藝術上的技巧使固有的情緒格外具體化的表現出來的做。是努力分析自己的情緒，使讀者格外容易感受——格外容易動人的做。」[17]顯然，宓氏所論不是針對修辭主體而言的，而是指憑依接受心理，施展藝術技巧，通過對作者情緒的處理，來調動讀者的情緒。這是他與鄭振鐸的最大不同，而鄭之所論是從修辭主體出發的。文中他還以蘇秦、張儀的政治修辭為例，來說明自己的觀點。在宓汝卓看來，縱橫家遊說諸侯，僅有好的願望、好的計謀，未必就被採納，他們取得成功關鍵在於「出言有方」。[18]也就是說，包括政治修辭在內的任何修辭活動，要想取得理想效果，必須考慮受眾。這樣，在宓汝卓強調的「做」中，讀者不僅僅是一個外部的存在，它是小說修辭內部不可缺少的有機構成。

宓汝卓文章對當時小說「太過詩化」批評，顯然是受沈雁冰的影響，通過對觀察和比較，宓汝卓認為，五四以來「以詩的態度做小說」的主張在青年作家中影響很大，「但我現在覺得這種趨勢只能夠為真文藝開一條進行之路，絕非做小說的經常辦法，這種『以詩的態度作小說』的趨勢，不過是由『雕刻字句』進於『控馭情感』的一種過渡罷了。」[19]通過對葉聖陶的《一生》、徐玉諾的《遣民》和自己的《破襪》的分析，宓汝卓認為「詩化」不過是作家能夠採取的諸多策略之一，具有過渡性，並非「經常辦法」，只有對小說所涉情緒、情感進行有效控馭，在一種「人為」的、跳出特定情感之外的「操作」中，小說藝術才能走向成熟，達到理想的修辭效果。

就本質而言，五四小說普遍採用的詩性修辭，是一種依附性修辭，詩歌畢竟不同於小說，二者可以混合、「雜交」，產生新的文體形式，但二者在語言和體式等方面存在很大差異。在詩歌、戲劇、散

---

17 宓汝卓：〈小說「做」的問題〉，《文學旬刊》1922年第42期。
18 宓汝卓：〈小說「做」的問題〉，《文學旬刊》1922年第42期。
19 宓汝卓：〈小說「做」的問題〉，《文學旬刊》1922年第43期。

文、小說等文類中，詩的語言最具藝術性和獨立性，而小說的語言則是「散文化」的，具有日常用語的實用性。正如托多洛夫所指出的那樣，實用語言在自身之外，在思想傳達和人際交流中找到它的價值，它是手段不是目的；「相反，詩的語言在自身找到證明（及其所有價值）；它本身就是它的目的而不再是一個手段，它是自主的或者說是自在目的（autotélique）的。」[20]這也就意味著，詩歌語言存在著抑制交流與對話的因素，詩歌語言的「表達意向」、「自在目的」，決定了詩歌語言不假外求，在自身中尋求審美價值的特點。這也就決定了它與小說語言之間的區別。五四小說往往借重中國古典詩文的抒情傳統，追求小說詩化，從而在修辭方式上表現出明顯的「獨語」傾向。宓汝卓主張「做」小說，強調「用心理學上的原則和藝術上的技巧」，使得作者與讀者之間能夠進行有效的對話與溝通，正是看到了詩歌與小說在修辭方式上的不同。他以〈三都賦〉和〈戰爭與和平〉為例，來說明這種區別，認為後者成了世界名著，前者卻成了「脂粉堆成的死美人」，主要是因為「前者是支支節節的斟句酌字的意圖嚇人的做，後者是運用正真的藝術手段（正真的藝術手段，只是企圖動人）志在充分傳染自己的感情給別人：這一些區別罷了。」[21]宓汝卓舉例未必恰當，但有一點是明確的，〈三都賦〉中大量的偏詞僻字，阻抑了後人對作品本身的欣賞，無法體會其中情感的傳達。

四　操作：宏觀修辭的自覺

這次討論還涉及到小說修辭中處理情緒、情感的問題。在這個問題上鄭、宓二人有錯位，也有分歧。鄭振鐸更鍾情於傳統文人作文吟

20　〔法〕茨維坦・托多洛夫撰，王東亮、王晨陽譯：《批評的批評》（北京市：生活・讀書・新知三聯書店，2002年），頁3。

21　宓汝卓：〈小說「做」的問題〉，《文學旬刊》1922年第42期。

詩「提筆立就」無所點定的自然瀟灑。他反對雕琢，反對「支支節節」、「句斟字酌」，因為這樣拘泥於局部的調整與修飾，會破壞表達的自然流暢，也就破壞了傳統詩文的情調和境界；宓汝卓也反對「支支節節」、「句斟字酌」的「做」，反對局部的調整與修飾，認為那樣不過是傳統詩文的煉字析句，與他所說的「做」本質不同。他認為「做」是指 OPERATION（操作）。他在文中寫道：「我所主張的『做』，並不是字斟句酌地做。我以為情緒有發展，揮發，分析，具體化的必要，這種將自己的情緒開展，揮發，分析，具體化，企圖將自己的感情表現得格外強烈，企圖別人了解，感受我們的情緒，格外深厚的手續 OPERATION，便是我之所謂的『做』了。」[22]這裡所涉及的情感控制是小說修辭研究的重要內容，也是作者在修辭運作中操控讀者的重要方法，它是指作者通過對自己情感的有效節制、調配，採取具有針對性的技巧和手段，成功左右讀者的情感變化和情緒反應，最終順利地達到自己的修辭目的。在《小說修辭學》中，布斯對此多有論述，如他在論述「作者的聲音」問題時，將「控制情緒」作為作者通過議論控制讀者的主要手段之一加以探討。他寫道：「作家只須努力將戲劇化的事物的本質揭示出來，方法則是通過提供確鑿的事實，或者建立一個觀念的世界，或者把細節和這些觀念聯繫起來，或者把故事同普遍真理聯繫起來。作家努力使讀者對材料的同情或超脫程度同隱含作者保持一致，實際上，作者是在仔細控制讀者對故事情感介入的深淺或情感距離的遠近。」[23]布斯還通過愛倫·坡、麥爾維爾等人作品的對比，來考察作者如何通過議論控制讀者情緒。

　　在小說創作中，作者控制讀者情感、情緒的方式和方法是多樣的，議論只是其中一種而已。宓汝卓在文章中以葉聖陶的《一生》為

---

22 宓汝卓：〈小說「做」的問題〉，《文學旬刊》1922年第42期。

23 〔美〕韋恩·布斯撰，付禮軍譯：《小說修辭學》（桂林市：廣西人民出版社，1987年），頁211。

例，來說明小說中作者對情緒的「控禦」。葉聖陶為了要表現鄉下婦人非人的生活，「他只描寫那個婦人如何被厄於翁姑，如何逃走，……但我們看完了，便悠然地發生一種哀感。」所以產生這樣的效果，正是因為作者使用了「哀感之挑撥」。宓汝卓認為，哀感情緒本身十分簡單，本沒有什麼可寫的，「作者如不儘量把他展開，分析，將如一幅捲攏了的西洋名畫，究竟不能讓讀者領略到絲毫之美。」[24]相反，葉聖陶的另一篇小說〈恐怖的夜〉，由於只是任情的「寫」，不能對小說中的情緒、情感進行有效的「控禦」，到了後半截，則給人窘迫勉強之感。宓汝卓認為：「這是因為作者落筆前雖然有些情感，落筆後卻僅僅靠『寫』。感情亦是暫時的，作者不能因勢利導的把他開展，一霎時就會消滅。及到感情消滅了，文章還沒有做好，這才要勉強窘迫了！而且僅僅靠寫的作品，情緒常常是愈做愈弱。作者興致完了，筆就擱起來了；讀者看完了，翻攏書本看別的書去了，並不能夠得到十分深刻的印象。……決不能達到『感情傳染』的目的。」[25]通過兩篇作品的比較分析，宓汝卓比較完整地論述了小說修辭中「控禦情緒」的問題。

　　一方面為了顯示情緒控制在文學中的普遍性；另一方面也是為了能在論爭中提供成功進行情緒控制的範例，宓汝卓又對〈葬花吟〉的情緒控制進行了細緻的闡釋，分析黛玉如何進行「情緒的展開」、「情緒的揮發」、「情緒的分析」。在宓汝卓看來，〈葬花吟〉雖為詩歌，但正是因為作者有條不紊地控禦情緒，才能最終在作者和讀者之間產生情感共鳴。他認為這樣的「做」，只會「因文生情」，不但不會減弱破壞作品的情感表達，而且使小說中的情緒、情感帶給人眾流歸海、蔚為大觀的感覺，可以使讀者在「文雖盡而情彌長」的地方，領受到更深的印象，從而「感染到無窮的歡哀。」

---

24 宓汝卓：〈小說「做」的問題〉，《文學旬刊》1922年第42期。

25 宓汝卓：〈小說「做」的問題〉，《文學旬刊》1922年第43期。

　　相對於中國文學的抒情傳統和修辭倫理，宓汝卓將小說中的情感處理，理解為「因文生情」，在當時頗為難得。劉勰《文心雕龍》將文學作品中的情感分為兩類，他在〈情采〉篇中寫道：「昔詩人什篇，為情而造文；辭人賦頌，為文而造情。何以明其然？蓋〈風〉、〈雅〉之興，志思蓄憤，而吟詠性情，以諷其上：此為情而造文也。諸子之徒，心非郁陶，苟馳誇飾，鬻聲釣世：此為文而造情也。故為情者要約而寫真，為文者淫麗而煩濫。」[26]在劉勰的觀念體系中，「為情而造文」與「為文而造情」，自然有真偽高下之分。「為情」者簡要、真實，「為文」者淫麗、誇飾，虛假濫情。在傳統的價值觀念中，儒、道二家雖有諸多差異，但在情理與文辭關係上，態度卻十分相近。儒家認為「巧言令色鮮於仁」，道家講「大音希聲」，「大美不言」。劉勰在這個問題上，繼承了儒、道二家在情感真偽問題的倫理精神，強調情正、理定為「立文之本原也」[27]。雖然，劉勰所針對的對象，主要是「詩人什篇」、「辭人賦頌」，它們是中國傳統文學的主流形式，劉勰所論之「情」，也更多指向抒情主體，在情感模式與情感內容上，與後世小說不可「同日而語」。但是劉勰在這一問題上所體現的倫理態度，在中國文學發展中影響深遠，人們始終從倫理的角度，將修辭主體的情感與文學作品中的情感緊緊地聯繫在一起，甚至等同起來。

　　宓汝卓所謂的「做」小說，在情感處理上強調「因文生情」的合理性主要體現在兩個方面：一、在小說修辭中，修辭主體的情緒、情感與小說中敘述者和人物的情緒、情感雖然相通，但畢竟不同。鄭振鐸、葉聖陶主張的「寫」，更多是從前者出發，而宓汝卓強調的「做」更多指向後者。宓汝卓所強調的「做」，讓人們清晰地意識到二者之間的差別；二、在小說的情緒、情感處理中，為了達到理想的

26　陸侃如、牟世金：《文心雕龍譯注》（濟南市，齊魯書社，1995年），頁405。

27　陸侃如、牟世金：《文心雕龍譯注》（濟南市，齊魯書社，1995年），頁402。

修辭效果，允許必要的、合目的的虛構和想像；而這一點不僅反映了宓汝卓本人的理論自覺，而且反映了五四時期小說家在創作上突破傳統觀念的侷限，試圖營構新的修辭倫理價值譜系的自覺意識。宓汝卓以自己的小說《破襪》為例，來說明在新的倫理視域中，虛構與杜撰的合法性。《破襪》的後半段是作者隔了半年之後加上去的，而大家覺得「比較的最能動人」。「前面一段倒還是親身經歷過的事實，倒還是因為欲吐的感情侵通我寫的。這最末一段的事實全是虛構，而落筆描寫時又沒有怎樣強烈的感情；何以寫來反較為動人呢？」宓汝卓解釋其中的原因時說：「文學家僅僅有真摯欲吐的感情，未見得寫來就能動人。欲吐的真情，不過是『小說的河水的泉源』罷了」[28]，「泉源」要想能夠「奔騰澎湃」，「匯為巨觀」，只有通過「做」，通過冷靜的 OPERATION（操作），才能最終實現這一目的。

雖然論爭中宓汝卓不可能對小說修辭進行系統深入的思考，更不會在讀者與作者之間，剝離出若干可供操作的理論層面。但是，通過對「做」的多方面闡釋，對依附於古典抒情傳統的「寫」的批評剖析，宓汝卓不僅對五四時期小說創作中「詩性修辭」的侷限性進行了反思，而且讓我們看到了五四時期小說理論與批評在修辭意識上的自覺。

---

28 宓汝卓：〈小說「做」的問題〉，《文學旬刊》1922年第42期。

第三章
五四寫實小說的修辭困境

　　以往對五四寫實小說的研究存在一種現象，研究者往往將「寫實主義」等同於「現實主義」。原因很簡單，詞是一個（realism），翻譯不同而已。行文中研究者每當提及其中一個時，後面再加個括號，綴上另一個。表面看不過是翻譯問題，沒有必要深加推究。但是，結合特定的話語環境我們會發現，當時的「話語實踐」存在著一個從「寫實主義」到「現實主義」的換名過程。這一過程不僅關涉到五四小說家在創作和理論兩個方面對「寫實主義」的艱難探索，而且還反映了他們在「寫實」問題上面臨的修辭困境。

一　真實：作為一種修辭的幻覺

　　「寫實」一詞來自日語，最早由梁啟超引入。一九○二年，梁啟超發表〈論小說與群治之關係〉一文，將小說分為「理想派」和「寫實派」[1]。這一劃分為當時人們所沿用。「寫實」這一話語能在當時的批評實踐和理論思考中被保留下來，顯然與人們對中國舊小說「不合實際」、「向壁虛造」[2]的認識相關。所以，文學革命伊始，「寫實」也就成為了倡導者破舊立新的必然選擇。胡適倡導白話小說，「以此種小說皆不事模仿古人，而惟實寫今日社會之情狀，故能成真文學。」[3]陳獨秀宣揚「三大主義」，其中重要內容之一就是「建立新鮮的立誠

1　梁啟超：〈論小說與群治之關係〉，《新小說》第1號。
2　管達如：〈說小說〉，《小說月報》第3卷第5號。
3　胡適：〈文學改良芻議〉，《新青年》第2卷第5號。

的寫實文學」。[4]二人的推波助瀾使「寫實」一詞作為理論話語慢慢凝固下來。

　　更為重要的是,「寫實」當時不僅被視為文學變革的出路,而且寫實文學的提倡、譯介,對文化啟蒙起到了極大的推動作用。當時文化啟蒙的基本策略就是整體否棄幾千年的封建文化,全面認同西方文化。而這樣的認同「並不是將『特別國情』來衡量容納新思想。乃是將新思想來批判這特別國情,來表現或解釋他。」[5]對於新文學的倡導者來說,「中體西用」已難堪其用,他們不僅要效仿西方文學的結構、技巧,而且還要整體肯定和接受西方文學觀念。而「寫實」無論是作為技巧,還是作為觀念,都極大地滿足了文化批判的要求。

　　此外,就「寫實主義」理論自身看,它與文化啟蒙所倡導的「科學」與「民主」有著內在的一致性。可以說,「寫實主義」就是在對「科學」與「民主」的希求中成長發育起來的。其實,十九世紀中葉西方文學對「寫實主義」的提倡,始終攜帶者作家、藝術家對科學與客觀的承諾。被視為現實主義鼻祖的司湯達認為,要想研究人,必須「從生理現象起步」。[6]左拉更是宣稱:「文學由科學來確定」。[7]對「科學」的追求,反映在小說創作上就是要求客觀,所以,在西方現實主義的歷史中,「鏡子」這一喻像為人所常道。從柏拉圖提出「鏡子」說以後,莎士比亞,菲爾丁、司湯達、巴爾扎克,托爾斯泰等人的創作在不同的歷史時期,都被人們肯定為社會的、現實的、甚至革命的「鏡子」。艾布拉姆斯《鏡與燈》正是以「鏡子」為喻,來概括西方

4　陳獨秀:《文學革命論》,《新青年》第2卷第6號。

5　周作人:〈文學上的俄國與中國〉,《小說月報》第12卷號外《俄國文學研究》。

6　〔蘇〕米·貝京撰,任光宣譯:《藝術與科學》(北京市:文化藝術出版社,1987年),頁122。

7　〔法〕左拉撰,柳鳴九譯:《實驗小說論》,《自然主義》(北京市:中國社會科學出版社,1988年),頁466。

重模仿的理論傳統和特點。[8]「寫實主義」的理論品性很好地滿足了文化啟蒙者的理論訴求和對文學社會功能的想像。

再有，就是讀者變化，這種變化並不非指讀者數量的增加，而是指讀者閱讀期待的變化。五四時期小說的主要讀者層已經從「出於舊學界而輸入新學說者」[9]轉變為受科學、民主思想薰陶的小資產階級知識分子，「他們有更開放更健全的審美需求，迫切希望擺脫『瞞與騙』的封建傳統文學，尋找真實反映人生的文學。」[10]不管新小說家在修辭動機與目的之間出現了怎樣的偏差，乃至使其社會影響受到限制，在受文化啟蒙影響成長起來的青年學生和知識分子的身上，一種全新的「閱讀期待」正在逐漸形成，並隨著時間的推移，為「寫實主義」的接受和傳播確立了難以動搖的閱讀基礎。

五四時期的小說家和小說理論家在接觸「寫實主義」之初，深深為「科學」與「客觀」所吸引，紛紛以不同方式談論它們。周作人強調寫實小說「受過了『科學的洗禮』，用解剖學心理學方法，寫唯物論進化論的思想。」[11]瞿世英在《小說研究》中，更是歷數科學精神對小說的貢獻：

> 一、小說家的材料增加了，小說家更學了一種新方法。二、小說家因受了科學的濡浸，對於人生肯老老實實地寫出來，不論是如何齷齪污穢、貪婪狡詐都赤裸裸地寫出來。這真是近代小說的特別優點。三、因為科學發達，人們的世界觀與人生觀都改變了，於是小說家也不得不改其對於人生之見解，另從一個

8　〔美〕艾布拉姆斯撰，酈稚牛、張照進、童慶生譯：《鏡與燈》（北京市：北京大學出版社，2004年），頁34-35。

9　覺我：〈餘之小說觀〉，《小說林》1908年第10期。

10　溫儒敏：《新文學現實主義的流變》（北京市：北京大學出版社，1988年），頁7-8。

11　周作人：〈再論「黑幕」〉，《新青年》第6卷第2號。

方面去觀察人生。於是出產的作品也因以不同。[12]

文中他更是直接借用了「鏡子」的比喻，寫道：「說寫實派小說努力描寫事物的實在狀況，描寫現實的人生不避免平常的凡庸的事情，亦不避免不痛快不悅意的事情，譬如用一個鏡子，鏡子照著怎樣，便怎樣地寫，毫不加粉飾，更不用遮掩。」[13]再如陳鈞將小說創作構思過程分為三個階段，即：「科學觀察」、「哲學理會」、「藝術表現」，而「科學觀察」是指：「小說不能憑空杜撰，故構造之先必有一番之觀察，搜集事實，以為小說之材料。其觀察務真，一如科學家之研究生光化電然，雖毫釐微末之間，亦必辨析精確。此種科學的精神，小說家必備也。」[14]

　　當時不僅在理論上，小說家在創作中也將「科學」視為創作不可或缺的因素。如魯迅在回憶《狂人日記》的創作時就曾寫道：「大約所仰仗的全在先前看過的百來篇外國文學作品和一點醫學上的知識，此外的準備，一點也沒有。」[15]在魯迅自己看來，「狂人」也是在科學的燭照下誕生的。

二　「寫實」修辭困境的內在性

　　「科學」只是「寫實主義」理論品性的一個方面。另一方面，「寫實主義」在其歷史生成過程中始終保有的大眾性、民主性甚至革命性的基因。對此西方理論界多有論述。伊恩・瓦特認為，西方現代

12　瞿世英：《小說研究》（上篇），《小說月報》第13卷第7號。

13　瞿世英：《小說研究》（下篇），《小說月報》第13卷第9號。

14　陳鈞：〈小說通義〉，《文哲學報》1923年第3期。

15　魯迅：〈我怎麼做起小說來〉，《魯迅全集》（北京市：人民文學出版社，1981年），頁512。

小說的興起，正是以大眾的產生和現代資本主義民主意識的生成為背景的。笛福被認為是「我們的作家中第一個使其全部時間的敘述具體化到如同發生在一個實際存在的真實環境的作家。」笛福、理查遜、菲爾丁等對「逼真」的追求，使他們有能力把人完全置於具體背景之中，在這個意義上，他們開啟了司湯達、巴爾扎克等人「現實主義」寫作的先河。他在肯定《魯濱遜漂流記》的意義時寫道：

> 小說的傳統就應該始於一部消滅了傳統社會秩序中各種關係的作品，由此，引起對以新的自覺的模式構成的人際關係網的機會和需要的注意；當舊道德和舊社會的關係秩序被魯濱孫・克魯梭用個人主義翻騰大浪毀滅之時，小說的尚成問題的地位和現代思想的地位，才一道得以確立。[16]

也就是說，在笛福的「形式現實主義」的寫作中，基於「個人主義」而在小說中出現的平民、大眾傾向，對於舊道德和舊的社會關係是一種具有破壞和顛覆作用的「革命」力量。

在皮埃爾・布迪厄對法國十九世紀中葉「現實主義」命名者的描述中，我們也看到了同樣的情況。「迪朗蒂和尚弗勒里需要的是一種純觀察報告式的、社會的、大眾的文學，排除任何博學，他們把風格看成是次要的東西。對庫爾貝、米爾熱和蒙瑟萊這樣的人來說，他們的天職是在殉道者啤酒館宣稱反對安格爾和官方美術，也就是說，是為了破壞，而不是為了建設。……由於他們對政治場和藝術場不加區分（這恰恰是社會藝術的定義），他們帶來了在政治長筒形的行為模式和思想方式，把文學活動視為一種參與和一個建立在定期集會、口

---

16 〔英〕伊恩・瓦特撰，高原、董紅均譯：《小說的興起》（北京市：生活・讀書・新知三聯書店，1992年），頁97。

號、計劃基礎上的集體活動。」¹⁷

　　從二人的論述不難看出,「寫實主義」在發生、發展中所凝聚的理論品性,無論是對「科學」和「客觀」的承諾,還是大眾性、民主性和革命性的追求,對五四文學革命時期的理論家和小說家來說,不僅使他們對方法和技巧的追求獲得滿足,而且使他們的創作能夠與文化啟蒙的時代潮流保持一致。

　　但是,如果仔細分析就會發現,看似當然的「寫實主義」兩個方面的品性,相互之間存在著不可避免的矛盾,使得「寫實主義」作為一種創作方法,在面對它的中國接受者時,顯示出了尷尬的悖論狀態。這種狀態在中國傳統修辭倫理作用下,使得當時的小說家不可避免地陷入了修辭的困惑。一九二二年二月,沈雁冰在《小說月報》發表致讀者信,鮮明地提出:「中國文學若要上前,則自然主義者一關是跨不過的。」隨後引來許多讀者來信,討論這一問題。這場討論的直接後果,就是使許多主張寫實的小說家發現自己不得不在藝術追求和現實追求之間來回滑動,找不到比較堅實的立足點。「如果強調了文學要以『表現和討論一些有關人生的問題』為基本目的,那麼似乎難於不從『問題』出發,過於熱衷提出『問題』勢必導致藝術真實的喪失;但如果強調『自然主義』的客觀描寫,似乎又難於達到表現與討論問題的目的,還容易蹈入枯澀沉悶的純客觀境地,與文學指導人生的歸旨相悖。」¹⁸如何使自己的創作既表現和提出「問題」,指導現實人生,又能保持客觀真實性,這是當時的「寫實主義」小說家不能不思考的問題。這一困惑背後隱含的,正是小說家們不能迴避的修辭倫理困境。

　　其實,這樣的困境既有時代的特殊性也有理論的普遍性,它是所

---

17 〔法〕皮埃爾・布爾迪厄撰,劉暉譯:《藝術的法則——文學場的生成和結構》(北京市:中央編譯出版社,2001年),頁108。

18 溫儒敏:《新文學現實主義的流變》(北京市:北京大學出版社,1988年),頁45。

有現實主義小說家都必須面對的。布斯在《小說修辭學》中，對「現實主義」小說的修辭作了較為全面的分析，對沉積在「現實主義」理論自身之中的諸多矛盾，進行了系統的揭示。他將這些矛盾歸結為三個方面：「關於作品本身的普遍標準」；對「關於作者態度的標準」；「對讀者態度的要求」。[19] 布斯寫道：

> 各式各樣不統一的標準還多得很，多得幾乎不能一一列出，許多標準與技巧規則簡直毫不相干。更麻煩的是，許多作者表現得似乎在尋求兩種或兩種以上的普遍性質；有時，他們會認識到，對「一切」優秀藝術的兩種「絕對」要求，諸如強度和綜合，酷肖自然和簡潔化，藝術純淨和對生活「不純淨」的真實描繪，是相互矛盾的，這時他們簡直要被撕裂了。[20]

五四寫實小說所追求的「科學」與「民主」不過是諸多矛盾中的一種而已。當然，對於文學革命時期的「寫實主義」小說家來說，責任和時代都不能允許他們從容、系統地思考和研究「寫實主義」自身存在的諸種矛盾，他們更不可能從認識論和語言的層面，對「寫實主義」的修辭本質進行一種學院式的辨析和揭示，在那樣的時代背景之下，他們迎頭撞見的就是「作者的態度」這一倫理問題。學院式的研究，可以使布斯觸及這個問題的理論底線，寬容地認為，作家在小說中可以選擇沉默，但不能選擇消失不見。然而，在時代的「逼迫」下，在傳統修辭倫理意識的作用下，五四寫實小說作家甚至不能選擇「沉默」，他們必須在自己的創作中，做出痛苦而艱難的倫理抉擇，在「爆發」和「死亡」之間，他們無法找到「沉默」的位置。

19　〔美〕韋恩・布斯撰，付禮軍譯：《小說修辭學》（桂林市：廣西人民出版社，1987年），頁42-43。

20　〔美〕韋恩・布斯撰，付禮軍譯：《小說修辭學》（桂林市：廣西人民出版社，1987年），頁44。

三　寫實：話語實踐與翻譯

　　五四時期「寫實主義」小說面臨的修辭困境主要表現在兩個方面：一是小說家在創作實踐和理論上的艱難探索；二是面對修辭倫理抉擇時的精神困惑和內心痛苦。就前一方面而言，無論是「問題小說」的風行一時，還是對「自然主義理論」的提倡和討論，都顯示出新文學小說作家對「寫實主義」創作方法探索的艱難。如果從修辭角度看，「問題小說」的創作受外界環境的壓力，修辭目的壓倒修辭技巧，呈現出一種修辭功利主義傾向；而在對「自然主義」的理論倡導中，又過分強調了「寫實主義」創作方法「科學」的品性，相對忽視了大眾性、民主性、革命性等意識形態方面的訴求。可以說，這種在創作方式與理論探討上的「左奔右突」，是「寫實主義」小說深陷修辭困境的直接表現。

　　後一方面在魯迅的小說創作中表現得尤為突出，在某種程度上，《吶喊》〈自序〉可視為魯迅面對修辭倫理抉擇時精神困惑和內心痛苦的「自供狀」。這在「鐵屋子」的描寫中有直接反映：

> 假如一間鐵屋子，是絕無窗戶而萬難破毀的，裡面有許多熟睡的人們，不久都要悶死了，然而是從昏睡入死滅，並不感到就死的悲哀。現在你大嚷起來，驚起了較為清醒的幾個人，使這不幸的少數者來受無可挽回的臨終的苦楚，你倒以為對得起他們麼？[21]

　　魯迅非常清楚，寫什麼固然重要，「怎麼寫」則是小說藝術的關鍵。創作中魯迅往往選擇「曲筆」來擺脫自己面臨的倫理「困境」。

---

21 魯迅：〈自序〉，《吶喊》，《魯迅全集》（北京市：人民文學出版社，2005年），卷1，頁441。

於是，「在〈藥〉的瑜兒的墳上憑空添上一個花環，在《明天》裡也不敘單四嫂子竟沒有做到看見兒子的夢，因為那時的主將是不主張消極的。」[22]魯迅的小說中「曲筆」何止這兩處，《狂人日記》結尾處的「救救孩子……」的呼喊；〈故鄉〉結尾出現的孩子們「新的生活」的景象，都被魯迅以「曲筆」的方式附著在「故事」最後，這樣一來，「我的小說和藝術的距離之遠，也就可想而知了」[23]。然而，「曲筆」在修辭本質上，離魯迅所深惡痛絕的「瞞和騙」相去並不遠，就像他後來所寫的那樣：「中國人的不敢正視各方面，用瞞和騙，造出奇妙的套路來，而自以為正路。在這路上，就證明了國民性的怯弱，懶惰，而又狡猾。」[24]如此，他在修辭倫理的抉擇中，不可避免地落入「躬行我先前所憎惡，所反對的一切，拒斥我先前所崇仰，所主張的一切了。」[25]

　　當然，魯迅的小說創作並不是「寫實主義」所能規範的，但不可否認的是，「寫實」構成了其創作的一個基本平面。如果從修辭行為層面進入魯迅的小說世界，這種困境會在不同的作品和不同的人物身上表現出來。如《在酒樓上》的呂緯甫，〈祝福〉中的「我」，《幸福的家庭》中的「他」等等，都有不同程度的表現。這種情況也不只存在於魯迅一個人身上，當時被視為「寫實主義」小說家的葉聖陶、茅盾、張天翼等人身上，也都不同程度上存在這一問題。魯迅要想擺脫自己小說中修辭行為的倫理困境，必須同時在「寫實主義」的藝術、技巧和意識形態訴求兩個層面上進行理論置換，在潛意識中為自己小

22　魯迅：〈自序〉，《吶喊》，《魯迅全集》（北京市：人民文學出版社，2005年），卷1，頁441。

23　魯迅：〈自序〉，《吶喊》，《魯迅全集》（北京市：人民文學出版社，2005年），卷1，頁442。

24　魯迅：〈論睜開了眼〉，《魯迅全集》（北京市：人民文學出版社，2005年），卷1，頁254。

25　魯迅：〈孤獨者〉，《魯迅全集》（北京市：人民文學出版社，2005年），卷2，頁103。

說修辭的「曲筆」也好、「瞞和騙」也好，給出一個理由。

在藝術、技巧方面的「置換」，集中體現在〈怎麼寫〉（1927）這篇文章中，該文後半部分，魯迅比較集中地闡明了自己對小說中修辭與敘事問題的態度。他首先反駁了郁達夫《日記文學》中的觀點，認為凡文學家的作品，多少總帶點自敘傳色彩，若以第三人稱來寫，則時常有誤成第一人稱的地方。而且敘述第三人稱主人公的心理狀態過細，會引起讀者的疑心，從而破壞文學的真實性。魯迅認為：

> ……體裁似乎不關重要。上文的第一缺點，是讀者的粗心。但只要知道作品大抵是作者借別人以敘自己，或以自己推測別人的東西，便不至於感到幻滅，即使有時不合事實，然而還是真實。其真實，正與用第三人稱時或誤用第一人稱時毫無不同。倘有讀者只執滯於體裁，只求沒有破綻，那就以看新聞記事為宜。[26]

文中魯迅還舉了紀曉嵐攻擊蒲松齡的例子來說明：「靠事實來取得真實性，所以一與事實相左，那真實性也隨即滅亡。如果他先意識到這一切是創作，便自然沒有一切的掛礙了。」魯迅用「真實」「置換」了「事實」，在這裡我們沒有必要評價魯迅正確與否，或魯迅的認識有多麼的深刻。重要的是這一「置換」在小說的修辭技巧和修辭目的之間起到了明顯的「潤滑」作用。這樣勢必會使「寫實」理論的兩種品性之間減少抵牾，使修辭主體免受「撕裂」之痛。魯迅非常強調這種帶有主觀的「真實」，他所以讀李慈銘的《越縵堂日記》總覺得不舒服，就是因為「從中看不見李慈銘的心，卻時時看到一些做作，彷彿受了欺騙。」[27]在他看來，只有在作品中將「心」和「靈魂」顯示

---

26 魯迅：〈怎麼寫〉，《魯迅全集》（北京市：人民文學出版社，2005年），卷4，頁23。
27 魯迅：〈怎麼寫〉，《魯迅全集》（北京市：人民文學出版社，2005年），卷4，頁24。

於人的才是「在高的意義上的寫實主義者」。正是在這個意義上，魯迅推重陀斯妥耶夫斯基的作品，認為：「從他最初的《窮人》起，最後的《卡拉馬佐夫兄弟》止，所說的都是同一的事，即所謂『捉住了心中所實驗的事實，使讀者追求著自己思想的徑路，從這心的法則中，自然顯示出倫理的觀念來。』」[28]陀斯妥耶夫斯基所做的，也許正是面對修辭倫理困境時的魯迅所希求的、所需要的。

特別值得一提的是，〈怎麼寫〉中用了一個變戲法的比喻：

> 一般的幻滅的悲哀，我以為不在假，而在以假為真。記得年幼時，很喜歡看變戲法，猢猻騎羊，石子變白鴿，最末是將一個孩子刺死，蓋上被單，……大概是誰都知道，孩子並沒有死，……但還是出神地看著，明明意識著這是戲法，而全心沉浸在這戲法中。萬一這變戲法的定要做的真實，買了小棺材，裝進孩子去，哭著抬走，倒反索然無味了。這時候，連戲法的真實也消失了。[29]

不難看出，魯迅前文所謂的「真實」，奠基於這裡所說的「戲法的真實」，「戲法的真實」對於小說創作而言只能有一種理解：修辭的真實。之所以產生「幻滅的悲哀」，就在於忽視了小說創作在本質上不過是一種修辭運作這一事實。當然，魯迅並不是通過對小說語言本質的思考，通過系統的認識論反思來觸及小說創作的修辭性的，他是通過自己的創作實踐，通過對「創作」這一行為的深刻領悟，來揭示小說創作的修辭本質的。從他的認識中可以看到，「寫實主義」所追求

28　魯迅：〈《窮人》小引〉，《魯迅全集》（北京市：人民文學出版社，2005年），卷7，頁107。

29　魯迅：〈怎麼寫〉，《魯迅全集》（北京市：人民文學出版社，2005年），卷4，頁23-24。

的「科學」、「客觀」，在本質上不過是維持了「寫實主義」小說修辭「幻覺的強度」而已。

　　要想擺脫修辭倫理的困境，魯迅還必須對自己作品中存在的意識形態訴求給出一個「說法」。魯迅在不同的地方，也經常表示自己對文學作品中「宣傳」的反感和格格不入，但具體到自己的作品時，他最終還是把自己作品中的意識形態訴求，最終交託給了「希望」和「未來」。一九三二年十二月十四日，他在〈《自選集》自序〉裡，回顧了自己在這方面的「心路歷程」。他認為自己提筆寫小說，「不是直接對於『文學革命』的熱情」，不過是出於對「熱情者們的同感」，「也來喊幾聲助助威罷了。」、「但為了達到這希望計，是必須與前驅者取同一的步調的，我於是刪削些黑暗，裝點些歡容，使作品比較的顯出若干亮色，……這些也可以說，是『遵命文學』。」文章最後寫道：

> 然而這又不似做那《吶喊》時候的故意隱瞞，因為現在我相信，現在和將來的青年是不會有這樣的心境的了。[30]

不管魯迅是否真像呂緯甫所說的那樣，「回來停在原地點」，但對於他所面臨的修辭困境而言，青年、希望、未來畢竟是一種「拔離」的力量，最起碼在表面上使自己小說中的意識形態訴求獲得了一種說服自己的理由。

　　其實不難發現，魯迅擺脫「寫實主義」修辭困境也有一個認識過程，正是在這一過程中，小說修辭運作中修辭技巧與修辭目的關係漸漸被重新設置，「寫實」這一重技巧的譯名就顯不太適宜了，Realism在新的話語實踐中的重新命名，也就成了必然。而這一任務，恰恰是由魯迅的朋友和重要詮釋者瞿秋白來完成的。一九三二年瞿秋白在

---

30 魯迅：〈《自選集》自序〉，《魯迅全集》（北京市：人民文學出版社，2005年），卷4，頁470。

〈《地泉》序〉等多篇文章中，把 Realism 翻譯成「現實主義」。其實這根本不是譯者隨意的靈光一閃，這一重新命名，顯示了小說家們基本修辭策略的調整，特別是在左翼作家的創作中，修辭目的重又堂皇地凌駕於技巧之上，面向當下的「現實」關懷，壓倒小說的「藝術」要求，在新的歷史環境下，意識形態訴求成為了「現實主義」小說修辭的首要問題。一九三二年十二月十一日，瞿秋白在為《高爾基論文選集》寫的前言中，對此有明確的說明：

> 高爾基是新時代的最偉大的現實主義藝術家。而他對於現實主義的了解是這樣的！他──饒恕我把他來和中國的庸俗的新聞記者比較吧──決不會把現實主義解釋成為「純粹」客觀主義，他不懂得中國文，他不會從現實主義「realism」的中國譯名上望文生義的了解到這是描寫現實的「寫實主義」。寫實──這彷彿只要把現實的事情寫下來，或者「純粹客觀地」分析事實的原因結果，──就夠了。這其實至多也不過是自欺欺人的「客觀主義」，或者還是明知故犯的假裝的客觀主義。天下的事實多得很。你究竟為什麼只描寫這一些事實，而不描寫那一些事實？天下的現實，每天都在變動。你究竟贊助著或是反對著現實變動的那一個方向？你能夠中立嗎？你的中立客觀上幫助了誰？這些問題是文學家必須回答的；每個文學家也的確在回答著，不過有些利於自己掩飾一下，有意的或無意的。[31]

　　也許是不謀而合，瞿秋白的文章與魯迅的〈《自選集》自序〉幾乎同時完成，雖然瞿秋白針對的是整個文學，但二人在對待修辭技巧和修辭目的關係的態度上，卻驚人地一致。他們共同認識到：對於文

---

31 瞿秋白：〈寫在前面〉，《高爾基論文選集》，《瞿秋白文集》（北京市：人民文學出版社，1987年），文學編卷5，頁324-325。

學和小說而言，修辭和修辭中的意識形態訴求是絕對的，「純粹客觀」只不過在維持著「寫實」的幻覺。但是不管二人願意與否，從修辭的角度講，當時「革命文學」的創作實際，在某種程度上重新回到了「問題小說」的「原地點」，只不過在內容上和程度上不盡相同而已，雖然前後相距不過十年左右時間；這一點體現在話語實踐層面，不僅表現為「Realism」被翻譯命名為「現實主義」，而且文學的主流也由「文學革命」轉換為「革命文學」。

　　毋庸置疑，「現實主義」在中國的傳播，是二十世紀初一次意義重大且影響深遠的理論旅行，它必然與中國既有文學傳統發生衝撞，產生融合。中國文學對「現實主義」也有著多樣的理論訴求，並且在文學內外因素的綜合作用下，技巧訴求和價值訴求之間形成了極其複雜的理論張力，其消極影響是：技巧與價值之間的相互牽制，在很長時間裡，使中國文學難以產生真正意義上偉大的現實主義作品；其積極影響是：不論時代怎樣發展變化，價值關懷從未逸出作家們的藝術視野，雖飽經磨難，頻遭打擊，中國文學的現實批判精神終未斷絕。

第四章
現代「寫實小說」修辭的多向突圍

　　五四小說中的「現實主義」，是一個研究者不願接觸的論題，用溫儒敏先生的話說：「看到這樣的論題，或許多少會令人感到膩味。」[1]究其原因，無外乎三個方面：一是在過去的理論研究和批評實踐中，「現實主義」被庸俗化，研究者對它產生一種本能的反感；二是「現實主義」理論本身聚訟紛紜，莫衷一是，研究者一不小心就會陷入理論的泥淖；三是五四時期的小說創作情況複雜，當人們用「現實主義」對某些作家、作品進行理論概括或批評時，總是不可避免地產生這樣或那樣的錯位。雖然人們在理論上倡導「寫實主義」，在創作中探索「寫實」方法和技巧，研究中描述著「現實主義」的潮流，但是一旦落實到具體作家，進入到具體的文本，即使是像葉聖陶、茅盾這樣的小說家，是否能夠被稱為純正的「現實主義」，研究者也顯得心裡沒底。當我們再次面對這一論題時，調整研究角度，轉換詮釋策略也就成為了必然。對此，美籍漢學家安敏成的話對我們頗有啟示：

　　　　無論十九世紀現實主義理論的辯駁具有怎樣的說服力，最終它
　　　　們既不能解釋該模式持久的歷史生命力，也不能解釋該術語本
　　　　身揮之不去的修辭力量。特別是在中國，有關現實主義的爭論
　　　　在主流文學的發展中起到了如此重要的作用，我們不應滿足於
　　　　壓抑這一術語，而是應該正視且認真探究它與周遭事物的複雜

1　溫儒敏：〈小引〉，《新文學現實主義的流變》（北京市：北京大學出版社，1988年），
　　頁1。

的關聯。[2]

安敏成的話提醒我們，修辭也許能夠提供一條「路徑」，幫助我們穿越「現實主義」這一「令人膩味」的論題。

安敏成自己就是這樣做的，他把魯迅、葉聖陶、茅盾和張天翼的作品，當作「超小說」來解讀，將自己的詮釋重心放置在「寓言」層面，「通過考察這一層面，我們就能夠揭示作品內在的壓力、缺陷以及作家在將素材納入到特殊的形式建構的過程中必須躲閃的陷阱。」[3]安敏成所採用的是一種後現代修辭詮釋策略，這一策略在具體的研究中是否能夠被貫徹到底，我們可以置而不論，就其對魯迅等人作品的解讀看，的確有許多獨到的認識，特別是對這些作家創作動機分析，顯示了令人信服的方法上的優勢。

同樣是在修辭的層面上，我們更為關注的是，無論是作為文學思潮、創作方法，還是作為一種創作精神，「現實主義」如何成為了五四小說家重要的修辭選擇之一？在當時的政治、文化語境中，在「現實主義」這一話語的背後，在「現實主義」獲得命名的過程中，體現了小說家怎樣的意識形態訴求？作為一種新的修辭成規，五四小說「現實主義」修辭，是如何在「推倒」舊有修辭成規的基礎上逐步建立起來的？

一　寫實：一種修辭觀念與成規的蛻變

在以往的研究中，人們往往從不同的意義上來理解「現實主義」

2　〔韓〕安敏成撰，姜濤譯：《現實主義的限制——革命時代的中國小說》（南京市：江蘇人民出版社，2001年），頁6。

3　〔韓〕安敏成撰，姜濤譯：《現實主義的限制——革命時代的中國小說》（南京市：江蘇人民出版社，2001年），頁8。

一詞。作為時代概念，「現實主義」體現在歐洲十九世紀的藝術和文學中；作為更普遍的術語，「現實主義」是指對於世界真實的反映，而不管作品是何時被創作的；有人將其視為一種創作方法，希望作品像鏡子那樣「反映」世界的本來面目；也有人將其視為一種創作精神，在創作中追求對現實的關懷；還有人將其視為一種閱讀經驗，「如果我們（無論有意識還是無意識地）相信一個故事很有可能發生，我們就會以某種特定的方式沉浸於故事之中。」[4] 角度不同，「現實主義」呈現在人們面前的面貌也不盡相同。但是，不管角度有多麼的不同，「現實主義」小說賴以獲得自己與現實「特權」的「真實」，最終總是要落實到作者與讀者之間的修辭交流上來。特別是隨著對「語言」本質認識的日漸加深，「語言」的透明性受到懷疑，人們清楚地認識到，「現實主義」小說所承諾的一切「反映」和「再現」，同樣都是人為的。「現實主義」只不過是小說修辭主體與修辭受眾之間臨時簽訂的一份「契約」，「契約」中容納了雙方心領神會的諸多的默契、程式和成規，這些默契、程式、成規會隨著時代、環境和人們的知識結構、欲望形式的不斷變化而變化。「現實主義」也會在「契約」的不斷「簽訂」和「撕毀」中，完成自己的「流變史」。

　　對於我們關注的五四寫實小說而言，正處在一個舊的修辭契約已被「撕毀」，新的「契約」尚待建立的過渡期。這種情境，在陳獨秀倡導的「三大主義」中，有著極為經典的表達，他所使用的「推倒」──「建設」的句式，代表了後來一種比較普遍的思維方式。陳獨秀論說的是整個文學，且整飭的形式難掩內容的零亂。前於他的胡適，在〈文學改良芻議〉闡說文學改良「八事」，如果細讀就會發現，其中每一項都直指舊文學的「陳規陋習」，其中涉及的「模仿」、

4　〔美〕華萊士・馬丁撰，伍曉明譯：《當代敘事學》（北京市：北京大學出版社，2005年），頁47。

「文法」、「濫調套語」、「對仗」、「用典」更是從微觀或宏觀角度，直接觸及了「舊文學」長期以來形成的修辭成規。對於舊小說的修辭成規，沈雁冰在〈自然主義與中國現代小說〉中，進行了比較系統的「清算」。

　　在文章中，沈雁冰將當時舊派小說分為三種情況，對他們在修辭運作中的套路和成規，一一加以概括、分析：

（一）第一種是舊式章回體的長篇小說

　　在體式結構上，「他們作品中每回書的字數必須大略相等，每回要用一個對子，每回開首必用『話說』『卻說』等字樣，每回的尾必用『要知後事如何，且聽下回分解』，並附兩句詩；」在人物描寫上，「他們書中描寫一個人物第一次登場，必用數十字乃至數百字寫零用帳似的細細地把那個人物的面貌，身材，服裝，舉止，一一登記出來，或做一首『西江月』，一篇『古風』以為代替。」在敘述上，「完全用商家『四柱帳』的辦法，比比從頭到底，一老一實敘述，並且以能『交代』清楚書中的一切人物（注意：一切人物！）的『結局』為難能可貴，稱之曰一筆不苟，一絲不漏。」沈雁冰還以圍棋定式來形容他們的敘述習慣，「他們描寫書中的並行的幾件事，往往又學劣手下圍棋的方法，老老實實地從每個角做起，棋子一排一排向外擴展，直到再不能向前時方才歇手，換一個角來，再同樣努力向前，直到和前一角外擴的邊緣相遇；他們就用這種樣呆板的手段，造成了他們的所謂『穿插』的章法。」在結尾處理上，「他們又模仿舊章回小說每回末尾的『驚人之筆』。舊章回小說每當一回結尾往往故意翻一筆，說幾句險話，使讀者不意的吃了一驚，急要下一回裡去跟究底細」。沈雁冰認為，這樣的處理方法，天才作者能夠不顯露刻畫的痕跡，尚可一做，「但現代的章回體小說作者以為這是小說的『義法』，不自量力定要模仿，以至醜態百出。」

（二）第二種情況沈雁冰又分為甲、乙兩系

1 甲系

「甲系」被其稱為「不分章回的舊式小說」,「甲系完全剿襲了舊章回體小說的腔調和意境,又完全摹仿舊章回體小說的描寫法;不過把對子的回目,每回結尾的『要知後事如何,且聽下回分解』等等套調廢去;他們異於舊式章回體小說之處,只是沒有章回」。這類小說「除卻承受了舊章回體小說描寫上一切弱點而外,又加上些濫調的四六句,和《水滸》腔《紅樓》腔混合的白話。

2 乙系

「乙系」被沈雁冰稱為「中西混合的舊式小說」。「乙系是一方剿襲舊章回小說的腔調和結構法,他方又剿襲西洋小說的腔調和結構法,兩者雜湊而成的混雜品」,由於受當時翻譯水平的影響,使得他們只能「略取西洋小說的佈局而全用中國舊章回小說的敘述法於描寫法。……他們也知廢去舊章回小說開卷即敘『話說某省某縣有個某某人家……』的老調,先把吃緊的場面提前敘述,然後補明各位人物的身世;他們也知收束全書的時候,不必定要把書中提及的一切人物都有個『交待』,竟可以『神龍見首不見尾』,戛然的收住;他們描寫一個人物初次上場,也知廢去『怎見得』,『有詩為證』這樣的描寫法;……但是小說之所以為小說不單靠佈局,描寫也是很緊要的。」他們的不足恰恰在於未能擺脫舊小說「記帳式」描寫的老套。「即以他們的佈局而言,除少有改變外,大關節上不脫離合悲歡終至於大團圓的舊格式,仍舊局促於舊鐐鎖之下,沒有什麼創造的精神。」

（三）第三種情況「短篇居多,白話文言都有」

這類作品在體裁上借鑑西洋短篇小說,但是他們只是從西洋小說

原文出發，感性地加以借鑑，「卻不去看研究小說作法和原理的西文
書籍，僅憑著遺傳下來的一點中國的小說的舊觀念，只往粗處摸索，
採取西洋短篇小說裡顯而易見的一點特別佈局法而已。」在對於短篇
小說非常重要的題材問題上，「他們卻從來不想借鏡於人，只在枯腸
裡亂索。」在描寫方法上，這類作品尚未逃出《紅樓夢》、《水滸》、
《三國志》的範圍，仍舊採用「記帳式」描寫法。[5]

　　最後，沈雁冰將當時的三種舊派小說在「技術」方面的「錯誤」
歸結為兩個方面：

> 一、他們連小說重在描寫都不知道，卻以記帳式的敘述法來作
> 　　小說，以至連篇累牘所載無非是「動作」的「清帳」，給
> 　　現代感覺銳敏的人看了，只覺味同嚼蠟。
> 二、他們不知道客觀的觀察，只知主觀的向壁虛造，以至名為
> 　　「此實事也」的作品，亦滿紙是虛偽做作的氣味，而「實
> 　　事」不能再現於讀者的「心眼」之前。[6]

　　不難看出，沈雁冰強調「描寫方法」和「觀察」，主要是為其後
面推出的「自然主義」張本。然而，我們這裡更為看重的是，他對當
時「舊小說」沿襲傳統章回小說修辭成規所進行的概括和分析。沈雁
冰已經意識到，現代人「感覺銳敏」，當時「舊小說」所採用的「佈
局」和「描寫法」，雖在不同程度上受到了西方小說的影響，但始終
沒有擺脫舊「腔調」、「義法」、「套調」、「濫調」、「格式」、「鐐索」和
「記帳式」描寫方法的束縛。五四一代小說家，必須從改變具體修辭
方式入手，調整修辭策略，建立新的修辭成規，與「感覺銳敏」的
「現代人」簽訂新的「契約」。正是在這樣的背景下，「寫實主義」

5　以上所引均見沈雁冰：〈自然主義與中國現代小說〉，《小說月報》第13卷第7期。
6　沈雁冰：〈自然主義與中國現代小說〉，《小說月報》第13卷第7期。

（自然主義）[7]漸漸浮出水面。

二　「語言」、「實在性」修辭功能

　　五四寫實主義小說家，要想與讀者建立新的修辭契約，必須從局部的、具體的修辭手段入手，在與「現代人」的感知方式的磨合中，在理論和創作兩個方面的不斷探索中，來完成這一任務。並且這樣的「磨合」，不可能一蹴而就，它需要一個相對較長的過程。概括起來，五四寫實小說修辭成規的調整和改造，主要從以下幾個方面來進行：

（一）語言成規的轉變

　　「白話文運動」對五四時期文學創作的重要意義，不僅在後來的研究中，就是在當時，人們已經從多方面加以肯定。但是，這種「意義」如何落實到文學上？如何落實到小說寫作上？特別是從文言到白話的轉變，對於「寫實小說」而言究竟意味著什麼？這些問題始終沒有系統的思考。胡適將文言為代表的舊文學稱為「死文學」，將用白話寫就的作品稱之為「活文學」，表面看來時間遠近問題，但如細讀他當時的相關論述就會發現，在他的認識中，滲透著很深的「言語」意識。文言作品所以「死」，因其為舊時代的書面語，白話文學所以活，因為它近於「口」，是一種更為迫近「現實」和「世界」的「言語」，也正因為它「近」，所以相對於文言就更為真實。這一點顯然來自黃遵憲對他的啟示。他在〈五十年來中國之文學〉（1922）一文

7　二十世紀初，國外許多文學史家把寫實主義和自然主義看作是文學發展的統一階段，認為寫實主義包括自然主義，只不過自然主義把寫實派的手段推向極端。日本文學史家島村抱月的《文學上的自然主義》就持這樣的觀點，該文被翻譯到中國後，影響較大，李之常、胡愈之、謝六逸、沈雁冰等人都直接或間接採用了島村抱月的觀點。參見溫儒敏：《新文學現實主義的流變》（北京市：北京大學出版社，1988年），頁42。

中，引述了黃遵憲下面一段話：

> 各人有面目，正不必與古人同。吾欲以古文家抑揚變化之法作
> 古詩，取《騷》《選》樂府歌行之神理入近體詩。其取材以群
> 經三史諸子百家及許、鄭諸注為詞賦家不常用者；其述事以官
> 書會典方言俗諺及古人未有之物未闢之境，舉吾耳目所親歷
> 者，皆筆而書之。要不失為以我之手寫我之口。[8]

「以我之手寫我之口」，這一提法所以為胡適所激賞，根本原因還在
於「言語」（口語）將文學書寫與它所要反映的「世界」勾連起來，
而這一點正是「白話文學」被稱為「活文學」的根本原因。就修辭意
指而言，文言與白話在小說中總是指向不同的「世界」，文言營構的
「世界」存在於「書文」之中，更多是以文化和文學的傳統為依託，
而白話所營構的「世界」，更為迫近現實中人們的日常言語「世界」，
這種「迫近」，使得白話營構的「世界」更為逼真。這一點對於「寫
實小說」尤為重要。這也是白話能夠在散文和小說迅速普及的根本
原因。

　　其實，我們沒有必要過分取徑語言學，來分析「白話」為什麼被
視為「寫實主義」小說修辭成規？我們只要通過具體作品的比較，就
能找到其中的原因。以葉聖陶為例，大約在一九一九年左右，他小說
創作經歷了一次轉變，在小說形式上表現為兩個方面：一是語體由文
言為白話；二是在修辭手法上，展示性因素增加。我們只要把《窮
愁》和《隔膜》兩個集子中的小說作一個整體比較，不難發現以上的
變化。下面兩段描寫分屬不同時期，一用文言，一用白話。

8　胡適：〈五十年來中國之文學〉，《胡適文集》（北京市：人民文學出版社1998年），
　卷4，頁356。

槿籬以內，菜畦數列，以冀壅之勤，菜以滋長，肥碩如翠玉所雕。菜畦後瓦屋三楹，壁少敗壞，窗牖之屬皆出於補綴，疏乏整一之觀。屋中則杵臼耒耜，木凳竹塌，雜然堆置。諸具類破壞，屋中遂益黯淡無華。顧時或光明燦爛，有如華屋，則銀姑居屋中也。蓮出污泥，風姿無減；蘭生空谷，岩石為芳。天下之至美，故足以移易景物已。（《我心非石》1915年12月）

這一天是很好的天氣，暖和的東南風一陣陣送過來，野花都微微顛頭。河面承著天空的青翠和太陽的光亮，差不多成了一片白銀的廣場，鑲嵌著許多碧玉——因為縐著又細又軟的波紋。湖旁的田裡，麥已長得有二三寸長了。幾個農夫農婦靠著河邊，把船裡載來的肥料運到儲蓄肥料的潭裡。（《春遊》1919年3月）

《我心非石》的那段描寫，無論是語言、詞彙、句法，還是在此基礎上生成整體效果和意蘊，都指向了古典詩文構成的文本網絡。而在《春遊》的那段描寫中，語言、詞彙和句法彷彿都承受著現實經驗「世界」的「重力」作用，與奠基於日常生活的言語活動糾纏在一起，從而使其「真實性」不僅在現在的閱讀中，而且是在當時的閱讀中，獲得了來自認識的「成規」的支持，並且，這種成規在白話的普及中被不斷硬化。以上分析是通過對葉聖陶小說創作轉折前後不同文本的對比來完成的，魯迅在《狂人日記》中則直接採用雙重文本策略，利用語體差異帶來的修辭張力，使「狂人」日記「真實」的幻覺，獲得多重修辭成規的支持。

（二）「實在性」成規

所謂「實在性」（the"real"）的成規建立在這樣的文本之上，人們對文本中的一切都習以為常，甚至不覺得它是文本了，而是來自「世

界」本身。這樣的話語不需作任何解釋，它們包括全部自然事實和過程，這些事實和過程「都可以進入敘事，成為其不可簡約的事實性的組成部分。」[9]這樣的修辭成規在中國近現代小說中發育較早，除傳統小說描寫中本來就有這些因素外，在對西方小說描寫方法的學習中，也充滿了這種「實在性」因素。如前面論述「短篇小說的崛起和現代小說時空意識」一節，陳景韓、徐卓呆、惲鐵樵、魯迅等人對小說「初始情境」的描寫，都包含有這樣的因素。在五四時期的「寫實主義」小說中，這一成規被進一步加強，為小說家普遍使用。如魯迅《吶喊》中的〈孔乙己〉、〈藥〉、〈風波〉、〈故鄉〉等都是以這樣的模式進入「故事」，這類小說占了全部作品的三分之一強，《彷徨》中的〈祝福〉、〈示眾〉也都使用了這一模式。葉聖陶《隔膜》十八篇作品中有七篇也是這樣處理的。在這些小說中，「實在性」成規就像「圖釘」一樣，把小說文本釘在「現實」這面牆上，使整個「故事」被「自然化」[10]了。我們可以對〈孔乙己〉的「初始情境」作一個具體分析：

> 魯鎮的酒店的格局，是和別處不同的：都是當街一個曲尺形的大櫃檯，櫃裡面預備著熱水，可以隨時溫酒。做工的人，傍午傍晚散了工，每每花四文銅錢，買一碗酒，——這是二十多年前的事，現在每碗要漲到十文，——靠櫃外站著，熱熱的喝了休息；倘肯多花一文，便可以買一碟鹽煮筍，或者茴香豆，做下酒物了，如果出到十幾文，那就能買一樣葷菜，但這些顧

9　〔美〕華萊士‧馬丁：《當代敘事學》（北京市：北京大學出版社，2005年），頁58。

10　「自然化」（naturalization），指使本來是人為的東西顯得是自然的，從而使人忽視人為事物的人為性。結構主義者對於現實主義的主要指責之一就是它的「自然化」：現實主義把社會描寫成似乎本來就是他所描寫的樣子，從而把人為的社會現象「自然化」了。詳見〔美〕華萊士‧馬丁：《當代敘事學》（北京市：北京大學出版社，2005年），頁58。

客，多是短衣幫，大抵沒有這樣闊綽。只有穿長衫的，才踱進店面隔壁的房子裡，要酒要菜，慢慢地坐喝。

這段開篇文字為人們所常道，它將故事展開的主要場所，空間佈置，人物的行為習慣等和盤托出，為主要人物的出現，及其行為的文化邏輯提供了直接的背景。就後面展開的整個故事而言，它無疑為故事的「真實」提供了種「實在性」的保障。

這種「實在性」成規，在葉聖陶一九一九年之後的小說中占有很大比重。在此前的《窮愁》集中，作者經常採用的方式就是被時人所指摘的「某生體」，全集十五篇作品，其中九篇為「某生體」或其變體。《隔膜》集中許多故事的開篇都採用了「實在性」成規形式，如《母》的開頭：

弱小的菊科的花開出來使人全不經意，卻顫顫地冷冷地開滿了庭階。無力的晚陽照在那些花上面，著實有些兒寒意。原來秋已來了。

這樣的處理，使故事本身直接進入「現實」，文本就像「世界」本身那樣在那裡。而「某生體」的方式，則讓讀者馬上想起了傳統的歷史傳記和蒲留仙的《聊齋》模式。

當然，這種成規並非只存在於小說文本的開篇，在文本之中它隨時可以出現，既可以單獨成為審美的對象，又可使「故事」在與「實在性」現實的「照面」中，獲得「真實」的「支援」。魯迅《在酒樓上》對此有精彩的運用：

「我先前並不知道他曾經為了一朵剪絨花挨打，但因為母親一說起，便也記得了蕎麥粉的事，意外的勤快起來了。我先在太

　　原城裡搜求了一遍，都沒有；一直到濟南……」

　　窗外沙沙的一陣聲響，許多積雪從被他壓彎了的一技山茶樹上
滑下去了，樹枝筆挺的伸直，更顯出烏油油的肥葉和血紅的花
來。天空的鉛色來得更濃，小鳥雀啾唧的叫著，大概黃昏將近，
地面又全罩了雪，尋不出什麼食糧，都趕早回巢來休息了。

　　「一直到了濟南，」他向窗外看了一回，轉身喝幹一杯酒，又
吸幾口煙，接著說。「我才買到剪絨花。我也不知道使她挨打的
是不是這一種，總之是絨做的罷了。我也不知道她喜歡深色還
是淺色，就買了一朵大紅的，一朵粉紅的，都帶到這裡來。」

在呂緯甫的訴說中，作者在「我」的一瞥之間突然楔入一段景語，它
的效果是多方面的。首先這段文字本身就堪稱「美文」；其次可以調
整敘述節奏；或者如安敏成所分析的那樣，於潛意識中拿阿順的故事
驅除「無聊」，從而洩漏出作者敘述本身也未逃脫污染，「它在兩種敘
述的斡旋間褻瀆了阿順的死。」[11] 還有一種效果就是，在文本的雙重
敘述中，通過「我」對呂緯甫敘述的「故事」的傾聽、陪伴、感悟、
反應，我的「故事」被「自然化」了。

三　「細節」的修辭功能

　　與前面的「實在性」成規相關，這就是「細節」的成規。對於
「寫實主義」小說而言，作為修辭成規的「細節」，是其諸多成規中
最為重要的一種。

　　「細節」對於「現實主義」的重要性，恩格斯的表述在中國影響

---

11 〔韓〕安敏成：《現實主義的限制——革命時代的中國小說》（南京市：江蘇人民出
　　版社，2001年），頁95。

巨大，他說「據我看來，現實主義的意思是，除細節的真實外，還要真實地再現典型環境中的典型人物。」[12]那麼，從修辭的角度講，「細節」究竟為恩格斯強調的「典型」能夠提供怎樣的服務和保障呢？俄國形式主義在這方面的思考，為我們提供了重要的理論支持。雅各布遜認為，「對於與故事發展無關緊要的報道性細節的包容」，是現實主義在修辭上的最為重要的成規之一。他舉例闡明自己的觀點：

> 如果一本十八世紀冒險小說的主人公碰到一個路人，那麼這個路人對於主人公的、至少對於情節的重要性很可能是不言而喻的。但是在果戈理或托爾斯泰或托斯妥耶夫斯基那裡，讓主人公首先遇到一位無關緊要的、（從故事的角度來看是）多餘的路人，讓他們的交談與故事無關，這幾乎成了一種義務。[13]

華萊士・馬丁對雅各布遜的例子進一步闡釋說：「對於這一基本文學成規──它規定，一切事物都應是有意義的──的這種背離導致了一種新成規的建立：對日常生活所特有的那種無意義的或偶然的細節的包容成為證明故事『真正發生過』的證據。」[14]另一位俄國形式主義理論家鮑里斯・托馬舍夫斯基將「細節」與情節和情境聯繫起來加以考察，對細節作了進一步的區分，他在〈主題〉一文中寫道：

> 作品的細節是多種多樣的。在對作品情節進行簡單的轉述時，我們會立刻發現，有些細節可以省略而不致破壞原述的聯繫性，可是有些細節就不能省略，否則會破壞事件之間的因果聯

---

12 〔德〕恩格斯：《致瑪・哈克奈斯》，陸貴山、周忠厚：《馬克思主義文藝論著選講》（北京市：中國人民大學出版社，1982年），頁306。

13 〔美〕華萊士・馬丁：《當代敘事學》（北京市：北京大學出版社，2005年），頁55。

14 〔美〕華萊士・馬丁：《當代敘事學》（北京市：北京大學出版社，2005年），頁55。

繫。那種不可或減的細節叫做關聯細節；那種可以減掉而不破壞事件的因果—時間進程的完整性的細節叫做自由細節。[15]

此外，他還「從細節所含的客觀行為出發」，將細節分為「使情境發生改變的」的「動態細節」和「不使情境發生變化」的「靜態細節」。[16]

　　以上對現實主義小說中「細節」成規性的論述和分類，可以使我們對五四「寫實主義」小說對「細節」修辭成規的認識更加清晰和深入。其實，在這一時期胡適、陳獨秀、茅盾、瞿世英等人對「實寫」、「寫實」和「觀察」的強調，最終都要落實到「細節」上來。胡適就曾從文學進化的角度直接觸及這一問題，他認為：

> 《水滸》所以比《史記》更好，只在多了許多瑣屑細節。《水滸》所以比《宣和遺事》更好，也只在多了許多瑣屑細節。從唐人的吳保安，變成《今古奇觀》的吳保安；從唐人的李汧公變成《今古奇觀》的李汧公；從漢人的伯牙子期，變成《今古奇觀》的伯牙子期；——這都是文學由略到詳，由粗枝大葉而瑣屑細節的進步。[17]

在胡適看來，對「細節」的重視，是文學進步的重要表現。而在「文學革命」的語境下，「細節」已經成為了他所提倡的「實寫」的核心。
　　五四小說家對「細節」的強調，對細節更深一步地認識，更多是

15　〔俄〕鮑里斯・托馬舍夫斯基：〈主題〉，《俄國形式主義文論選》（北京市：生活・讀書・新知三聯書店，1989年），頁115。

16　〔俄〕鮑里斯・托馬舍夫斯基：〈主題〉，《俄國形式主義文論選》（北京市：生活・讀書・新知三聯書店，1989年），頁117。

17　胡適：〈論短篇小說〉，嚴家炎：《二十世紀中國小說資料》（北京市：北京大學出版社，1997年），卷2，頁43-44。

來自國外理論的影響。顧一樵在《短篇小說作法》一書中，總結胡韋爾斯、左拉、白雷等西方小說界和理論家的觀點後說：「所以從寫實小說家看來，無論哪一種材料，不管高尚，下賤，美麗，鄙陋，只要描寫真正的人生，就是好的。」[18]不難看出，作者在那些人的影響下已經意識到，小說中各種細節都有各自的價值。當然，那時還不可能對不同細節各自不同的功能作更進一步的理論辨析。在理論上，茅盾批評舊小說靜態的細節處理就像寫「寫零用帳」。[19]這也說明，「寫實主義」小說在理論上已經意識到需要更新自己的處理方式，將「靜態細節」描寫與「動態細節」描寫結合起來。

　　五四時期的小說理論已經充分意識到了「細節」對於「寫實主義」的重要性，認為「真正的人生」只有通過「細節」描寫，才能在小說中「真實」地呈現出來。我們在前面的理論闡釋中已經看到，「細節」從修辭的角度講，不過是使小說文本和文本中的故事「自然化」所利用的一種成規而已。但是，創作實踐往往不受理論認識的侷限，當時的小說家在細節的處理上，表現出了很高的修辭智慧。從前文對「實在性」成規的論述中可以看到，當時的小說家不僅已經能夠比較自覺、比較熟練地來處理小說中的細節，而且能夠不斷摸索創造新的方式，來利用「細節」的成規。如前面所舉〈孔乙己〉開篇的那段描寫，作者不動聲色地通過細節將酒店的格局一一加以敘述，敘述中還要閒補一筆：「這是二十多年前的事，現在每碗要漲到十文，」看似全無用心，實際筆筆精要。並且能夠自如地將托馬舍夫斯基所說的「關聯細節」和「自由細節」穿插運用，不露絲毫斧斫痕跡。「茴香豆」、「短衣幫」、「長衫」這些細節，為後面描寫孔乙己的迂腐行

---

18 清華小說研究社：〈短篇小說做法〉，嚴家炎：《二十世紀中國小說資料》（北京市：北京大學出版社，1997年），卷2。文中引文為顧一樵所寫，參見原書注第一百七十七頁。

19 茅盾：〈自然主義與中國現代小說〉，嚴家炎：《二十世紀中國小說理論資料》（北京市：北京大學出版社，1997年），卷2，頁227。

為，尷尬的地位，埋下了伏筆；就是看似可有可無閒筆，通過價格變化這一細節，告訴讀者那酒店那時在那兒，現在還在那兒，以當下的實有佐證「故事」的不虛。

在葉聖陶的早期作品中，並不乏細膩的細節描寫，如《春宴鎖談》（1918）中的一節：

> 原來這一間是同客堂聯絡的，一切陳設，樸而不陋。中間一張大餐桌，鋪了雪白的桌布，臺上中間有三個長頸玻璃瓶，插著入臘紅和水仙花，輕紅淡素，嬌豔欲滴。花瓶側邊放著許多同樣的酒瓶，紅的是玫瑰酒，黃的是木樨酒，綠的是薄荷酒，黑的是棗子酒，色澤不一，擺在一起，分外好看。又按著座位擺了一色的筷匙酒杯，卻不見有一樣菜。靠牆設下許多極適意的桌子，牆上只掛了幾張西洋名畫，並不多事鋪張，卻也自然優雅。

這一段是葉聖陶前期作品中比較有代表性的細節描寫段落，如仔細分析會發現，作者在細節刻畫上還遵循著舊小說的「老譜」：寫餐廳佈置是為了寫主人，她的身分、品位、性格、氣質，都能在佈置中表露出來；作者不放心讀者的閱讀能力，描寫一兩句，便要提煉一二，指明「佈置」背後的意味；並且在描寫中的確也存在著茅盾所批評的「四柱帳」式的毛病。然而到了一九一九年以後，在葉聖陶的小說中很難再見到這樣大段的靜態描寫，在《春遊》、《兩封回信》、《歡迎》、《目》、〈恐怖的夜〉、《苦菜》、《隔膜》、《綠衣》等作品中，「細節」的處置日趨靈活，有時能夠在變化中保持對細節的持續關注。到了三十年代，葉聖陶對細節成規的控制更為老到。收在《四三集》中的〈多收了三五斗〉（1933），是葉的短篇代表作，小說保持著作者一

貫的信條：「反映現實，喊出人民大眾的要求」[20]，為讀者講述了一個「豐收成災」的故事。值得注意的是，作者對髒水髒物的持續關注，小說開始：

> ……船裡裝載的是新米，把船身壓得很低。齊船舷的菜葉和垃圾給白膩的泡沫包圍著，一漾一漾地，填沒了這船和那船之間的空隙。……
> 賣完米後：
> ……結果船埠頭的敞口船真個敞口朝天了；船身浮起了好些，填沒了這船那船之間的空隙的菜葉和垃圾就看不見了。
> 無奈的接受現實後，在船頭小小的「奢侈」之時：
> ……小孩在敞口朝天的空艙裡跌跤打滾，又撈起浮在河面的髒東西來玩，惟有他們有說不出的快樂。

「故事」結束：

> 船埠頭便冷清清地蕩漾著暗綠色的髒水。

對「細節」進行持續的關注，抓住它細微的變化，於變化之間，讓故事「真實」地浮動在漂滿「菜葉」和「垃圾」的髒水之上。

四　「文化逼真」的修辭功能

「文化逼真」是當時「寫實主義」小說利用的又一重要修辭成規。所謂「文化 vraisemblance（逼真）」是指：「一系列的文化範式和

---

20 葉聖陶：〈自序〉，《西川集》，《葉聖陶集》（南京市：江蘇教育出版社，1987年），卷6，頁186。

公共知識」。[21] 在現實主義的諸多修辭成規中，「文化逼真」沒有「實在性」和「細節」成規那樣的特權，因為「文化本身承認它們是概括」。它又可包括兩部分：一、構成某一社會領域的慣常行為；二、人們為了了解人類行為所依賴的一種公共知識：其中包括文化成見、俗語常言、道德箴言、心理上的經驗法則，而這些成見往往表現為各種偏見，如關於種族、宗教、民族、和性別的偏見等等。[22] 一旦小說家將自己的「故事」和「人物」及其行為與這些「成見」或「公共知識」捆綁在一起，他就獲得一種真實的尺度，「如果人物符合當時普遍接受的類型或準則，讀者就感到他是可信的。俗語和成見反應著共同的文化態度，從而就提供了證據，表明作者如實地再現了這個世界。」[23] 其實，就修辭本質而言，現實主義小說對「文化逼真」成規的利用，來源於一種比較原始、樸實的敘述行為：這個故事發生在我們家、我們村、我們那個地方。它不僅承諾身經目歷，而且還提供一種特殊的富於地方色彩的文化邏輯，使其本身就能獲得一種自足的「真實」感。在新文學第一個十年的寫實小說中，「鄉土小說」的創作比較集中地反映了對「文化逼真」這一成規的運用。

現代鄉土小說大致興起於一九二三年「問題小說」落潮之後，文學史家對它給予了很高評價：「現實主義的發展還偏於理論的倡導與探討，創作方面除魯迅的《吶喊》之外，一般都還幼稚，嚴格的現實主義作品是很少的。」[24] 人們在擺脫「問題小說」情調感傷和過分理性的影響後，急需找到屬於自己的獨特「視景」和「熟地」，而「故鄉」、「家園」和「鄉土」則是比較現成的選擇。加之周作人等人的理

21　〔美〕喬納森・卡勒：《結構主義詩學》（北京市：中國社會科學出版社，1991年），頁212。

22　〔美〕華萊士・馬丁：《當代敘事學》（北京市：北京大學出版社，2005年），頁58-59。

23　〔美〕華萊士・馬丁：《當代敘事學》（北京市：北京大學出版社，2005年），頁59。

24　溫儒敏：《新文學現實主義的流變》（北京市：北京大學出版社，1988年），頁62。

論倡導，魯迅的創作示範，使得鄉土小說很快就蔚為大觀，使當時的小說在「寫實」的道路上邁出了堅實的一步。

　　在鄉土小說沒有興起以前，「地方色彩」對於「寫實主義」小說的重要性，在一般的小說理論中就已經引起了人們的注意。如清華小說研究社編的《短篇小說作法》（1921）就已認識到：

> 後來小說家描寫安置，漸注意及於歷史上的真實。這種精神就是寫實主義的趨勢，而荒誕想像之小說，於以不振。歷史上的年代，風俗，同地域的色彩，就充滿了短篇小說家無窮的感想。[25]

瞿世英對此有更為細緻的論說：「近代精神是注重實地考察的，是注重寫實的，所以地方色彩在小說中是極為重要的一件事。譬如一種作品的背景是北京，那不曾到過北京的，萬萬描摹不出北京的地方色彩來。他必須要深切了解了北京人的生活，北京的習慣，北京地方的情形，要使別的北京人看了覺得說是真的北京的情形才好。許地山的《命命鳥》有很濃的地方色彩，可以說是在這一方面成功的作品。」[26]由於這些意見零散地夾雜在一般性小說理論研究中，沒有引起時人的注意。

　　在理論倡導上作用最大的是周作人，他在〈《舊夢》序〉、〈地方與文藝〉等文章中，針對新文學「抽象化」、「概念化」的毛病，提出應該提倡「鄉土文學」。由於受丹納藝術哲學觀念的影響，他對「鄉土」對於文學的意義論述的非常深入。通過他的論述可以使我們充分認識到，對於寫實小說而言，所謂的「文化逼真」、「地方色彩」、「鄉

25　清華小說研究社編：《短篇小說作法》，嚴家炎：《二十世紀中國小說理論資料》（北京市：北京大學出版社，1997年），卷2，頁227。

26　瞿世英：〈小說的研究〉（中篇），《小說月報》第13卷第8號。

土」等等這些小說修辭可資利用的成規，可以為「寫實主義」提供怎樣的「擔保」。他在〈地方與文藝〉中寫道：

> 現在的思想文藝界上也正有一種普遍的約束：一定的新的人生觀和文體。要是因襲下去，便將成為新道學新古文的流派，於是思想和文藝的停滯就將起頭了。我們所希望的，便是擺脫了一切的束縛，任情歌唱，……只要是遺傳、環境所融合而成的我的真的心搏，只要不是成見的執著主張、派別等意見而有意造成的，也便都有發表的權利與價值。這樣的作品，自然的具有他應具的特性，便是國民性、地方性與個性，也即是他的生命。[27]

在文章中，周作人還將尼采《察拉圖斯忒拉》「忠於地」的思想加以闡發：

> ……我所說的也就是這「忠於地」的意思，因為無論如何說法，人總是「地之子」不能離開地而生活，所以忠於地可以說是人生的正當的道路。現在的人太喜歡凌空的生活，生活在美麗而空虛的理論裡，正如以前在道學古文裡一般，這是極可惜的，須得跳到地面上來，把土氣息、泥滋味透過了他的血脈，表現在文字上，這才是真實的思想和文藝。這不限於描寫地方生活的「鄉土藝術」，一切的文藝都是如此。[28]

可以說，周作人這裡的論述頗具哲學意味，對於當時的創作可謂「振聾發聵」，他在理論上非常深刻地揭示了「大地」、「鄉土」、「地方」

27　周作人：〈地方與文藝〉，《談龍集》（石家莊：河北教育出版社，2002年），頁12。
28　周作人：〈地方與文藝〉，《談龍集》（石家莊：河北教育出版社，2002年），頁12-13。

是人類一切藝術創造的源泉。但問題的關鍵是，在文學創作中，「大地」、「鄉土」、「地方」本身是否就是文學藝術創作的目的？「忠於地」是尼采在審視西方現代文明時所發出的呼告，然而，人終究要行走在大地上，文學創作的目的和中心最終還要落在「人」的身上，「大地」是生命的本源，但人類歷史和文明的進程揭示了一個基本事實，「生命」的意義恰恰是在對「大地」的「掙脫」中確立的。「大地」在文學藝術上更為基本的「像喻」是一個承載者，人們最終關注的還是「大地」之上「行走的人」。這樣，我們就能夠理解，為什麼同樣是面對「故鄉」、「家園」、「鄉土」、「地方」、「大地」，有的「鄉土小說」作家以批判和審視的目光，看到了「國民性」、陋習、偏見和苦難；而有的卻以讚美和留戀的眼光，看到了自然之美，看到了宗法制農村社會的人情之美、人性之美，看到了人與自然的和諧。我們會發現，在「鄉土小說」中，無論是「批評」還是「讚美」，「故鄉」、「家園」、「鄉土」、「地方」、「大地」都在提供著「真實」的「擔保」。在這裡，以上「像喻」的手段性和工具性暴露無遺，對於「鄉土小說」而言，周作人所說的「土氣息」、「泥滋味」在本質上不過是可資利用的修辭成規而已。

　　對於這一時期的「寫實主義」小說而言，「文化逼真」的自足性也應引起我們的注意。一九二一年，許地山在《小說月報》第十二期第五號發表〈換巢鸞鳳〉，鄭振鐸以筆名「慕之」寫了一段〈附注〉：

　　　　這篇小說，是廣東一個縣的實在的事情。所敘的情節，都帶有極濃厚的地方色彩（Local color）。廣東的人一看就覺得他的「真」──非廣東人也許不能領略。中國現在小說界的大毛病，就在於沒有「寫實」的精神。上海有一幫人自命為是寫實派，可是他們所做的小說的敘述，都是臆造的。只有《新青年》上的魯迅先生的幾篇創作確是「真」氣撲鼻。本報上的

〈命命鳥〉與此篇我讀之也有此感。[29]

文中鄭振鐸不經意間落入了自相矛盾，他這個「非廣東人」如何判定，一個祖籍廣東生於臺灣的小說家，寫的一個發生在廣東的私奔故事是「真」的呢？其實，作者只不過用了幾段既注音又訓意的「粵謳」，廣東人看了不用注也能懂，所以是「真」的；而「非廣東人」看時還得看注，就更是「真」的了。這不禁讓人想起了魯迅〈故鄉〉中的「狗氣殺」，王魯彥《菊英的出嫁》中的「送嫂」，許傑《慘霧》中的「豬刀槍」……，在它們身上有兩種「真」的邏輯在起作用：一種是基於地域文化的同一性；另一種是基於地域文化之間的差異性。正是由於它們對「真」能夠進行雙向「支持」，所以使「文化逼真」作為小說中的修辭成規獲得了某種「自足性」，使得「鄉土小說」中的「故鄉」、「家園」、「土氣息」、「泥滋味」在作為修辭成規被加以利用時，變得更為隱秘。

　　當然，五四時期寫實小說對修辭成規的利用是多方面的，「故事」不可能在文本之中「裸奔」，舊的成規已經打破，小說家要想與讀者建立新的契約關係，必須在社會和文化的變革中不斷摸索，在新的知識結構和歷史文化語境提供的可能性中，尋找新的成規和模式，逐漸改善與讀者之間修辭交流與對話的方式，在發展中繼續與讀者簽訂新的契約。

---

29 轉引自嚴家炎：《中國現代小說流派史》（北京市：人民文學出版社，1989年），頁46。

第五章

中國小說修辭現代轉型中的蘇曼殊

　　「說話」藝術影響深遠，特別是宋元話本中形成的「說話人的虛擬修辭策略」，深深吸引著後世小說家。[1]到了清末民初，在翻譯小說影響下，小說家們紛紛突破章回體小說的文本構成方式，擺脫「說話人的虛擬修辭策略」。變化和突破往往從局部開始，如《繪芳錄》、《海上花列傳》、《新中國未來記》和《官場現形記》雖有回目，但已經刪去了傳統章回小說的套語和「下場詩」。一九〇五年，無名氏著的《苦社會》和碧荷館主人著《黃金世界》不僅程式已經消失，甚至連說話人的存在標誌，如「話說」、「且說」等也都不見了。這說明「隨著中西文化交流和受眾審美習慣的變化，章回體小說的一些固定套式已使作家感到累贅，並逐漸被拋棄。」[2]值得注意的是，最終捅破章回體這層「窗戶紙」的是從事翻譯的小說作家。蘇曼殊的長篇〈斷鴻零雁記〉和林紓的長篇小說〈劍腥錄〉均已取消回目直接分章，章回體的「套語」也被完全放棄。一般認為中國「章回小說」體裁形式是由林紓打破的，但從相關材料看，〈斷鴻零雁記〉要早於〈劍腥錄〉。

一　修辭交流意識的蛻變與個體萌發

　　蘇曼殊小說不多，共六篇，且篇幅較短，都以文言寫成，俗稱「六記」。即〈斷鴻零雁記〉（1911）、〈天涯紅淚記〉（1914）、〈焚劍

1　〔美〕王德威：《想像中國的方法：歷史・小說・敘事》（北京市：讀書・生活・新知三聯書店，1998年），頁80。

2　郭延禮：〈西方文化與近代小說的變革〉，《陰山學刊》1999年第4期。

記〉（1914）、〈絳紗記〉（1915）、〈碎簪記〉（1916）、〈非夢記〉（1916）。對於蘇曼殊的詩歌，一般評價較高，而他的小說則毀譽參半。錢玄同稱：「曼殊上人思想高潔，所為小說，描寫人生真處，足為新文學之始基乎。」[3]視蘇曼殊小說為新文學的始基，在過渡期的小說家中，沒有得此殊榮者。在給胡適的信中，錢說得更清楚：「無論世界到了三十世紀，四十世紀，……一百世紀」，「〈碎簪記〉、〈雙枰記〉、〈絳紗記〉自是二十世紀初年有價值之文學」。[4]陳獨秀對蘇曼殊的小說也評價頗高，他在〈碎簪記後序〉中強調作品的時代意義時指出：「人類未出黑暗野蠻時代，個人意志之自由，迫壓於社會惡習者又何僅此？而此則其最痛切者。」[5]而胡適則相反，對蘇曼殊的小說持激烈的否定態度：「〈絳紗記〉所記，全是獸性的肉欲，其中又拉幾段絕無關係的材料，以湊篇幅，蓋受近人幾塊錢一千字之惡俗之影響者也。〈焚劍記〉直是一篇胡說。」[6]郁達夫對蘇氏小說評價不高，但態度較胡適平和得多，他認為：「曼殊有這樣的詩才，有這樣的浪漫氣質，而他的小說做得實在不好。我所讀過的，只有一篇〈碎簪記〉，一篇〈斷鴻零雁記〉，讀了這兩篇東西之後，我再也不想看他的小說了。……〈斷鴻零雁記〉，是舉世所尊敬的作品，係帶有一點自敘傳色彩的小說，然而它的缺點和〈碎簪記〉一樣，有許多地方，太不自然，太不寫實，做作得太過。」[7]

　　對蘇曼殊小說的評價之所以眾說紛紜，一個根本的原因是由於蘇氏小說在內容、形式和精神氣質方面的「新舊雜陳」的性質決定的。

3　錢玄同致陳獨秀，《新青年》第3卷第1號。

4　錢玄同致胡適，《新青年》第4卷第1號。

5　陳獨秀：〈碎簪記後序〉，《蘇曼殊全集》（北京市：中國書店，1985年），卷4，頁49。

6　胡適：〈論小說與白話韻文〉，《胡適文集》（北京市：北京大學出版社，1998年），卷2，頁34。

7　郁達夫：〈雜評曼殊的作品〉，《蘇曼殊全集》（北京市：中國書店，1985年），卷5，頁118-120。

往往由於研究者穿透蘇氏小說的角度不同，所得結論也不盡相同。我們無意在眾多評價中再加入一條無關緊要的「論斷」。我們要思考的是，從中國小說修辭現代轉型的角度出發，以小說文本為基礎，考察蘇曼殊小說所呈現出了怎樣的「中介」意義？在修辭方式上，他對整個五四時期小說創作產生了怎樣的影響？

　　如果考察蘇曼殊六篇小說的文本構成，[8]我們就會發現，蘇氏小說文本的外部構成，已經完全不同於以往章回體小說。〈斷鴻零雁記〉近四萬字，不僅回目全無，甚至連章回體「套語」在表面上也完全消失了。〈天涯紅淚記〉未完，只有兩章，體式與〈斷鴻零雁記〉相同。其他幾篇為短篇，除語體為文言外，其他各方面非常接近現代短篇小說。表面看來，這些變化好像無足輕重，以前許多作家雖仍用章回體，但只是徒具其表，小說在文本的內部構成上，已經在很多方面突破和超越了章回小說的「時空體」。但是我們應當認識到，這種表面形式的最後「退場」，意味著中國小說的修辭能指已經擺脫了原有修辭能指的存在模式，獲得了一種嶄新的面貌和形式。蘇曼殊的首創之功，是不能被埋沒的。如果這最後的「一層皮」不被扒去，自宋代以來就已形成的「說話人」虛擬修辭情境，仍將如影隨形，不斷糾纏、干擾甚至阻礙新的修辭模式的建立。

　　更為可貴的是，蘇曼殊在他的小說中，以一種近乎笨拙的方式，尋找著與讀者新的交流方式。如果我們將小說修辭理解為：「同讀者進行交流的藝術，也就是史詩或小說的作者在自覺或不自覺地把讀者引入他的虛構世界時使用的修辭手段」[9]的話，那麼，蘇曼殊顯然屬於在這個方面進行有益探索卻又被後人所「嘲笑」和「詬病」的先行

8　蘇曼殊的小說完整的只有五篇，其中〈天涯紅淚記〉一九一四年五月在日本東京出版的《民國雜誌》第一年第一號上發表，刊登至第二章未完而終止。

9　〔美〕韋恩·布斯撰，付禮軍譯：〈序言〉，《小說修辭學》（桂林市：廣西人民出版社，1987年），頁1。

者。我們以〈斷鴻零雁記〉為例，看蘇曼殊是如何探索重構作者與讀者之間的修辭交流模式的。

　　〈斷鴻零雁記〉凡二十七章，故事並不複雜。小說寫宗三郎舊家為江戶望族，在日本出生後不久生父去世。為能「離絕島民根性」，「長進為人中龍」，其母抱兒隨義父來中國。三年後母返日，義父亦亡，義母不容三郎。雪梅父親原將雪梅許配三郎，見三郎義父家運式微，亦爽前約。三郎很小就不得不至常秀寺作「驅烏沙彌」。化緣巧遇幼時乳媼母子，計鬻花籌款，東渡省親。其間巧逢雪梅，雪梅贈金，遂其心願。後三郎日本尋親，恰姨母有女靜子，與三郎情投意合，互生愛意。母、姨亦極力玉成其事。然三郎身世「有難言之恫」，礙於母姨情意，靜子深情，無以明言，只得捨母東還，途中將靜子所贈信物擲於海中。返回中國後，掛單杭州靈隱寺。一日偶聞雪梅已死，與僧友法忍步行千里尋弔，然而，於「村間叢塚之內遍尋」，終未得見，徒歎奈何。

　　在章回體小說中，作者與讀者之間的交流，主要依靠「看官」、「且說」等套語模擬「說話」情境來維持。這樣的交流是直接的、外在於「故事」的，其交流「平臺」往往構建於平民的日常倫理與道德基礎之上。在〈斷鴻零雁記〉中，作者與讀者的溝通方式，卻讓我們覺得既熟悉又陌生。如：

　　　　余既辭海雲寺，即駐荒村靜室，經行侍師而外，日以淚珠拭面耳。吾師視余年幼，故已憐之；顧吾師雖慈藹，不足以殺吾悲。讀者試思，余殆極人世之至戚者矣。（〈斷鴻零雁記〉第二章）

又如：

明日天氣陰沉，較諸昨日尤甚。迨余晨起，覺方寸中倉皇無主，以須臾即赴名姝之約耳。讀吾書者，至此必將議我身陷情網，為清淨法流障礙。然余是日正心思念我為沙門，處於濁世，當如蓮華不為泥汙，復有何患？寧省後此吾躬有如許慘戚，以告吾讀者。（〈斷鴻零雁記〉第五章）

雪梅者，余未婚妻也。然則余胡可忍心捨之，獨向空山而去；讀者殆以余不近情者；實則余之所以出此者，正欲存余雪梅耳。須知余雪梅者，古德幽光，奇女子也。今請語余讀者：雪梅之父，亦為余父執，在余義父未逝之先，已將雪梅許我。後此見余義父家運式微，余生母復無消息，乃生悔心，欲爽前諾。雪梅故高抗絕倫者，奚肯甘心負約？故其生父繼母，都不見恤；以為女子者，實貨物耳，吾顧可則其禮金高者鬻之。況此特權操諸父母，又不容彼纖小致一辭者？⋯⋯（〈斷鴻零雁記〉第五章）

又如：

余自得雪梅一紙書後，知彼姝所以許我者良厚。是時心頭輾輾，不能為定行止；竟不審上窮碧落，下及黃泉，捨吾雪梅而外，尚有何物。即余乳媼，以半百之年，一見彼姝之書，亦慘同身受，淚潸潸下。余此際神經，當作何狀，讀者自能得之。須知天下事，無不以為難；無論濕化卵胎四生，綜以此故而入生死，可哀也已。（〈斷鴻零雁記〉第六章）

再如：

讀者思之，余此時愁苦，人間寧復吾匹者？余此時淚盡矣；自

　　覺此心竟如木石，決歸省吾師靜室，復與法忍束裝就道。而不
知余彌天幽恨，正未有艾也。（〈斷鴻零雁記〉第二十七章）

這樣的文字在〈斷鴻零雁記〉中還有很多，我們所以大量引述
「余」、「吾」作為人物和敘述者與讀者交流的片斷，主要是因為蘇氏
小說中所呈現出的修辭交流方式，不僅具有典型的過渡性，而且還展
示了其自身的獨特性。小說中對「讀者」的一再籲請，之所以讓讀者
感到熟悉，是因為蘇氏的「讀者」總是讓人聯想到話本小說和章回小
說中的「看官」，也就是說，雖然我們不能說這裡的「讀者」脫胎於
「看官」，但從作者的敘事習慣看，二者之間顯然有著某種「血緣」
關係，這主要表現在兩個方面：一是二者在小說文本中的存在形式是
一樣的。無論是傳統的「看官」，還是蘇曼殊的「讀者」，都需要敘事
者跳出「故事」敘述之外，與讀者就「故事」的某一情節或場景進行
議論或交流；二是這種交流都滲透著作者明確的修辭目的。就小說敘
述本身而言，這樣的修辭交流往往會打斷故事情節發展的流暢，而情
節的完整流暢對話本小說和章回小說而言又是非常重要的。但是我們
會發現，在中國傳統小說文化中，為了情節的流暢，可以犧牲場景的
描寫，減少對話的直接呈現，放棄大段的對人物心理的刻畫和描述，
或將心理轉化為可見的動作和表情，而唯獨不能放棄的是「說話人」
所持的具有公共權威的倫理立場和道德觀念，並且，為此不惜打斷敘
述的時間流程。在阻斷敘述的流暢和完整這一點上，蘇曼殊的「讀
者」與傳統的「看官」並無二致。

　　但是，如果仔細閱讀，就會發現二者之間已經有了很大的差別。
這首先表現在，傳統的「看官」、「諸位」等「說話人」存在的符號，
與蘇氏的「讀者」所訴諸的修辭情境已經發生了微妙的變化。在「看
官」、「諸位」等話語符號中，始終殘存著「說話人」虛擬的「說／
聽」交流模式的因素。在這種模式所隱含的權力關係中，敘述者始終

是主導性的、支配性的，這樣，小說的「讀者」則完全失去了能動性，只是作為一個「傾聽者」存在於小說修辭交流之中。而在蘇曼殊對「讀者」的籲請中，我們看到了不同的情形。〈斷鴻零雁記〉所訴諸的更多是「寫／讀」的交流模式，這種模式已經擺脫了模擬「說話人」虛擬修辭所依賴的「在場有效性」，這樣就使小說的修辭空間得到了有效的拓展，使得修辭交流本身充滿彈性。

　　其次，二者之間的修辭姿態不同。上面我們已經說過，「說／聽」模式的權力關係是不平等的，這在某種程度上削弱了小說的「對話性」。這一模式決定了敘述者的修辭姿態，只能以「獨語」的形式存在；而在〈斷鴻零雁記〉中，敘述者與讀者之間的權力關係則趨於平等，這樣就使修辭交流本身獲得了「對話」的基礎。這時的「讀者」已經不同於「看官」、「諸位」——一種被動的、被抽空的語言符號，而是能夠有所思，有所想，能夠對敘述者的境遇、情感給予理解和同情的「作者的讀者」，它不是出於一般狀態的「理想的讀者」，而是作者心目中進行情感交流的對象。

　　最後，也是最為重要的一點，二者之間修辭交流的內容已經有了本質的不同。在話本小說或章回小說的修辭交流中，「說話人」往往以其超越的修辭姿態，扮演成「公理」的代言人，平民日常倫理的維護者，公共道德的護衛者，從而形成起「不容置疑」修辭威勢，其所具有的力量和權威亦來源於此。「他」以「公理」為依託，在「說話」這一敞開的「公共空間」中，談論和評價敘述中的事件、人物。而在〈斷鴻零雁記〉中，敘述者與讀者之間則在一個較為封閉的閱讀空間裡，進行私人情感的交流。無論是敘述者自歎年幼的孤苦無助，將赴玉人之約時的彷徨無主，以及由身世的「難言之恫」所帶來的內心矛盾和「慘戚」之情，還是生而多艱，人生哀苦的慨歎，都是在與「讀者」、「讀吾書者」之間進行的個體情感的溝通，在向另外一個人，傾訴自己的「彌天幽恨」。

二　現代抒情小說的修辭意蘊

蘇曼殊不僅是個怪才，在文學和藝術上還是個「多面手」，郁達夫對他的諸多才藝有過一個評價，「籠統講起來，他的譯詩，比他自作的詩好，他的詩比他的畫好，他的畫比他的小說好」。[10]確如郁達夫所言，無論是藝術成就，還是對當時和後世的影響而言，蘇曼殊的詩歌成就都要強於他的小說。蘇氏以詩名世，按理說在小說中一逞詩才，原是情理之中的事。但細讀他的六部小說，完整的詩僅存三首，都在〈斷鴻零雁記〉中，其中一篇為「余」赴日尋母船中所譯拜倫的〈大海〉(〈讚大海〉)，一篇是第二十一章的〈捐官竹枝詞〉，從內容、格調看，非蘇氏手筆。再有就是第二十六章，余偶聞雪梅已死，與法忍千里步行尋弔，途中夜宿荒寺，寺中碑上所刻「淡歸和尚貽吳梅村之詩」，也非蘇氏作品。

這裡值得注意的是拜倫的〈大海〉。魯迅談到蘇譯拜倫詩歌時曾說過：「蘇曼殊先生也譯過幾首，那時他還沒有做詩『寄彈箏人』，因此與 Byron 也還有緣。譯文古奧得很，也許曾經章太炎先生潤色的罷，所以真像古詩，可是流傳的並不廣。」[11]話語間可以看出，魯迅對蘇曼殊淒豔哀婉的情詩有些微詞，但不容否認，在當時和五四時期真正產生影響的，恰恰是前者。蘇曼殊的詩充滿古典氣息，意象清新優美，清越拔俗，在一個「古典」完結的時代，在詩詞中創闢出了感傷、淒絕的審美境界；加之受拜倫、雪萊的影響，詩中所抒之情，纏綿悱惻，哀傷憂鬱，真摯感人。特別是他不僧不俗、亦僧亦俗的特殊身分，以及內心深處情與欲的矛盾狀態，使他的詩在情感表達上昇華出淒幽哀婉的悲劇之美。這樣，蘇曼殊詩中所表達的孤獨無助、感懷

---

10 郁達夫：〈雜評曼殊的作品〉，《蘇曼殊全集》(北京市：中國書店，1985年)，卷5，頁115。

11 魯迅：〈雜憶〉，《魯迅全集》(北京市：人民文學出版社，2005年)，卷1，頁220。

憂傷，不期然的切合了五四落潮後青年中普遍存在的孤獨彷徨、無所依歸的心靈狀態。可以說，這種心理和情感狀態，並不是屬於蘇曼殊個人的，它是那一歷史時期知識分子「現代感」的重要組成部分，只不過蘇曼殊敏感的天性，較早地觸及了這樣一種現代感傷，並通過他的詩和小說，傳達給後來者。

　　王一川先生認為，文學現代性的發生，說到底取決於人的現代性體驗的發生。而這種體驗，是生命個體對自身在世界中生存境遇或生存價值的具體的日常的而又深沉的體會，是感性與理性、情感與理智、想像與幻想、意識與無意識等的複合體，同時也是思想、情感、想像和欲望得以建構和存在的基本場所。並且，這種現代性體驗，並非僅僅表現為精英人物的思想變遷，而且意味著包括普通民眾、精英人物在內的全體國民的整個的生存體驗模式的轉型，它涉及到人的欲望、情感、想像、幻想等全面而又深刻的裂變，既與高雅的精神追求也與世俗的日常生活狀態相關。他認為，正是在文學文本中，體現出了那時的現代性體驗的發生蹤跡。他將那時的現代性體驗歸結為四種類型：第一類是以王韜的《韜園文錄外編》和《漫遊隨錄》為代表的「驚羨體驗」；第二類是以黃遵憲詩為代表的「感憤體驗」；第三類是以劉鶚的《老殘遊記》為代表的「回瞥體驗」，所謂「回瞥體驗」，「屬於一種剩餘型體驗，凝聚了對與行將消失的中國古典傳統的深深的懷舊之情，指向現代性的傳統緯度」。第四類是以蘇曼殊的〈斷鴻零雁記〉為代表的「斷鴻體驗」，它「表現出一種對過去、現代和未來的悲愴與幽恨之情，體現為上述三種體驗類型在清末民初絕望境遇中的具體的融匯形態。」[12]

　　王一川先生以理論話語肯定了蘇曼殊的「斷鴻體驗」在當時的典型性和普遍性，並且認為蘇氏的「斷鴻體驗」融匯了前面三種體驗類

12　王一川：〈晚清與文學現代性〉，《江蘇社會科學》2003年第5期。

型，也就是說「斷鴻體驗」成為了「現代性體驗」在文學中的重要表徵。我們所要思考的是，現代性體驗模式的轉變，對蘇氏小說的修辭模式產生了怎樣的影響？在小說的文本構成上得到了怎樣的體現？

在蘇曼殊的小說中，他的人生體驗並不像傳統章回小說一樣，以詩歌的形式加以表達，或者像《老殘遊記》那樣，只是在某一特殊場景之下，將古典詩情熔鑄到小說敘事之中。蘇曼殊更多是以做詩的方式在「做」小說，這也就是為什麼郁達夫批評他的小說「做作」、不夠寫實的直接原因。如果說在以前的小說中，詩詞的存在有時不免流於點綴，或者作者想通過詩歌這一中國傳統文學中的「貴族」，來顯示自己的才情，那麼，在蘇曼殊的小說中，作者以情統文，揮之不去的詩性體驗彌貫全篇，這就對蘇曼殊小說文本的內部構成產生了直接的影響。在以往的小說中，敘述動力往往來源於故事中「事件」本身的發展進程，敘述者通過調動「講述」和「展示」手法，將故事呈現在文本之中。但是在蘇曼殊的小說中我們看到了不同的情形，小說的敘述動力更多地是來源於敘述者的情感變化，正是在敘述者的情感變化和體驗中，在敘事者的內心活動中，故事獲得了更為內在的驅動。

蘇曼殊的詩性修辭在作品中有著多方面的表現，其對蘇氏小說文本內部構成的影響，主要體現在兩個方面：其一，這種詩性修辭體現在對自然環境和故事背景的詩性描寫中。蘇曼殊的小說都由文言寫成，這為作者在小說中運用古典詩詞手法描寫景物，提供了方便的「工具」，使得「詩」與小說本身「天衣無縫」地「連綴」在一起。同時，這也決定了蘇氏小說重的景物描寫簡短精切，有「畫龍點睛」之妙。如：

> 百越有金甌山者，濱海之南，巍然矗立。每值天朗無雲，山麓蔥翠間，紅瓦鱗鱗，隱約可辨，蓋海雲古剎在焉。相傳宋亡之際，陸秀夫既抱幼帝殉國崖山，有遺老遁跡於斯，祝髮為僧，

　　晝夜向天呼號，冀招大行皇帝之靈。故至今日，遙望山嶺，雲
　　氣蔥郁；或時聞潮水悲嘶，尤使人欷歔憑弔，不堪回首。今吾
　　述剎中寶蓋金幢，俱為古物。池流清淨，松柏蔚然。住僧數
　　十，威儀齊肅，器缽無聲。歲歲經冬傳戒，顧入山求戒者寥
　　寥，以是山羊腸峻險，登之殊艱故也。
　　一日淩晨，鐘聲徐發，余倚剎角危樓，看天際沙鷗明滅。是時
　　已入冬令，海風逼人於千里之外。……（第一章）

從上面這段文字可看到，作者的景物描寫可謂「揮墨如金」。它主要
以四言為主，或在四言的基礎上略加變化，對某一具體景物的描說，
往往只需八個字便能得其神韻。這些充滿古典氣息的詞句，「混跡」
於一般的敘述語言，給人「如鹽入水」之感。這樣，在文本的內部構
成上，「展示」性描寫所占空間有限，「講述」與「展示」之間充滿和
諧之美。如果不考慮語體因素，蘇曼殊小說中時空關係的處理，可以
說達到了很高的水準，它讓讀者領略到了詩性修辭的獨特韻致。再如
下面一段：

　　一時雁影橫空，蟬聲四徹。余垂首環行於姨氏庭苑魚塘堤畔，
　　盈眸廓落，淪漪冷然。……則此地白雲紅樹，不無戀戀於懷。
　　忽有風聲過余耳，瑟瑟作響。余乃仰空，但見宿葉脫柯，蕭蕭
　　下墮，心始聳然知清秋亦垂盡矣。遂不覺中懷惘惘，一若重愁
　　在抱。（第十二章）

這段描寫出現在小說第十二章，三郎受雪梅遺贈，遠赴日本，終見母
親，祭掃父祖陵墓後，隨母親拜訪「姨氏」，旋即重病，姨氏之女靜
子對「余」悉心照料，百般關愛，方得無恙。這是在「姨氏」家附近
橋邊的一個場景。大病初癒，行將返家，母親言語之間已存「異

樣」，且靜子在「余」眼中，不啻「仙人」，其神態「翩若驚鴻」，「密
髮虛鬟」，風姿明媚。遠有「古德幽光」之雪梅，近有風姿綽約之靜
子，加之隱約間的不容違逆的母命姨愛以及自己身世的「難言之
恫」。一時之間，「余」愁如潮湧，百轉千迴。在這樣的心緒之下，原
本無情的自然景物，無不為「余」心間寫照。在這裡，讀者再次見到
了作者「以情統文」的修辭運作。在自然景物中灌注詩人的情感本是
中國傳統詩詞慣用手法，作者將它滲透到自己的小說中，使得小說的
字裡行間充溢著古典詩詞的詩性之美。

　　另一方面，中國古典詩詞的抒情特徵，使小說敘述中的「講述」
和「展示」獲得了一種「約束」和驅動，使讀者在文本閱讀中感受到
了「第三種力量」——情感力量的存在。這無疑對五四時期大量出現
的「抒情小說」產生了深遠的影響。王瑤先生在談到中國現代文學與
古典文學的關係時認為：

> 魯迅小說對中國「抒情詩」傳統的自覺繼承，開闢了中國現代
> 小說與古典文學取得聯繫、從而獲得民族特色的一條重要途
> 徑。在魯迅之後，出現了一大批抒情體小說的作者，如郁達
> 夫、廢名、艾蕪、沈從文、蕭紅、孫犁等人，他們的作品雖然
> 有著不同的思想傾向，藝術上也各有特點，但在對中國詩歌傳
> 統的繼承這個方面，又顯示出了共同特色。[13]

王瑤先生非常準確地把捉到了古典詩歌的抒情傳統給現代小說帶來的
影響——使現代小說獲得民族特色，這也就是前面我們所強調的，小
說修辭與敘述中的情感驅動問題。但有一點是明確的，古典文學與中
國現代文學的聯繫肯定不是單向度的。王瑤先生強調了魯迅在這一聯

---

13 王瑤：〈中國現代文學與古典文學的歷史聯繫〉，《北京大學學報》1985年第5期。

繫中的影響和作用，但是如果我們從小說所反映的精神氣質看，郁達夫、郭沫若、王以仁、倪貽德、陶晶孫等人，形成了一個具有一定「同質性」的「組群」，他們與中國古典文學，特別是古典詩詞抒情傳統的聯繫中介，顯然是蘇曼殊，而不是魯迅。

　　談到蘇曼殊的文學史地位和影響，郁達夫有過中肯的評價和準確的把握，他說：「我所說的他在文學史上可以不朽的成績，是指他的浪漫氣質，繼承拜倫那一個時代的浪漫氣質而言，並非是指他的那一首詩，或那一篇小說」[14]也就是說，真正使蘇曼殊與郁達夫、郭沫若、王以仁等浪漫派小說家聯繫起來的，並非他的某一部作品，而是他充滿古典氣息的詩性存在本身，它不是一種外在的、表達在具體詩詞作品中的詩詞情調，而是內化為一種充滿詩性的人生體驗和人格魅力，雖然有時不免脆弱、病態，但蘇曼殊深深觸動了五四後浪漫青年的內心世界。一旦這種詩性再次以小說的形式表達出來，詩詞之「形」已失，而詩詞之「魂」猶在。也正是在這一過程中，在多個方向上，中國小說不僅完成了文本外部構成的現代性轉換，而且在情感力量的衝擊下，小說文本的內部構成獲得了新的生機和時空形態。

三　精神關聯、情感互文與小說文本的構成

　　我們這裡以王以仁的小說創作為例，來看蘇曼殊與郁達夫、郭沫若、王以仁等人之間的精神聯繫，以此考察小說文本形態轉化的軌跡。王以仁本為文學研究會成員，但鄭伯奇為《中國新文學大系・小說三集》選錄五四後十年來的作品時，卻將他歸入創造社一系，可謂眼光獨到，鄭伯奇所看重的，顯然是他們之間精神氣質的相似性。這一點也可以在王以仁死後郁達夫的懷念文章中看出，郁達夫寫道：

---

14 郁達夫：〈雜評曼殊的作品〉，《蘇曼殊全集》（北京市：中國書店，1985年），卷5，頁115。

「據他自己說，他對於我的文章，頗有嗜痂之癖」。[15]

　　一九二四年，王以仁二十四歲，在《小說月報》（第十五卷第十一號）發表了小說〈神遊病者〉。小說寫了一個非常敏感的青年，孤身一人在上海教書，生活窮困潦倒，性格孤僻內向，精神上帶有明顯的自閉傾向。這樣的生活境遇和性格特點，使他既自戀又自卑。他渴望得到女性的眷顧，但又在自卑和自戀中禁錮自己，飽受精神與肉體的煎熬。他暗戀對面統樓上對鏡梳妝的女子，但是沒有表達的勇氣，一天那女子穿了和他一樣的白灰衣服，他就自認為她是故意引誘他，表示「她已經愛了他了」。沒有女性的愛，身體得不到滿足，「他」只能以蘇曼殊的〈燕子龕殘稿〉來慰藉自己的精神了。一日，半月來不曾外出的他，手持〈燕子龕殘稿〉出外閒行，在一路電車上，「左肩下」女人拿著一枝鮮豔桃花，花香和女人的身體的香氣令他迷醉。「他一面在聞著花香，一面在看對面坐著的那個女人。她覺得這兩樣都可以使他心醉，他盡看著對面的女人，那個女人理也不去理他；但是他覺得這樣注視女人，自己總有些難為情，便從袋中取出那本〈燕子龕殘稿〉在喃喃的讀著。剛讀了兩句『偷嚐天女唇中露，幾度臨風拭淚痕。』下面便再也唸不下去了。心中很著急的想看書，雙眼總不由得他要去偷看那女人。」一會，一個西服革履的少年上車，坐在手拿桃花的女人「左肩下」，「自然不迫」地翻閱著打印好的英文稿子，那拿花的女人雙目注視著少年，注視著少年膝上的英文稿子，一陣不平之感湧上他的心頭。「『啊啊！我為什麼不去買一套西裝的衣服來穿！我為什麼不去讀點英文可以在社會上出出風頭啊！我一定要去學一點時髦，才有女人能和我接近！』」[16]下車後遇到朋友 T，隨朋友到

15　郁達夫：〈打聽詩人的消息〉，《王以仁選集》（杭州市：浙江文藝出版社，1984年），頁307。

16　王以仁：〈神遊病者〉，《王以仁選集》（杭州市：浙江文藝出版社，1984年），頁15-16。

家裡喝酒，朋友溫暖的家庭又給了他分外的刺激。最後在徐家匯路的一座小橋上跳河自殺。值得注意的是小說描寫主人公自殺的那段情節：

> 他走到了一座小小的板橋之上，仰眼看著天空。他看見明月在一層層的紅光之中，向它作慘淡的微笑；他又看見滿天布著的燦爛的繁星，一顆顆垂著紅色的長尾，走近他的身旁。他把袋中的〈燕子龕殘稿〉取出，一頁一頁的撕下來丟在水面；口中慢聲吟著黃仲則的「獨立市橋人不識，一星如月看多時」兩句詩。接著又說道：「哦！詩人！薄命的詩人！神經質的詩人！」又低頭看著水面的月影說：「哦！李白，我所敬愛的詩人李白喲！你可在這裡捉月麼？我也要隨著你來了。」他說到這裡，覺得那河底的月亮，比空中的月亮格外清潔，格外明晰。他朦朦朧朧爬上了橋畔的木欄杆上，伸手向水中的月兒招手。撲通一聲，便跌進那又汙又臭的水中去了。

這篇小說雖用第三人稱，但敘事的主觀抒情很強，情調感傷，「他」敏感憂鬱的精神氣質，反映出上世紀二十年代初浪漫小說的典型情調。這裡引起我們注意的是蘇曼殊的〈燕子龕殘稿〉，它在小說中不能簡單的理解為事件中存在的一個物品，而是應當被視為那一時代精神苦悶，內心痛苦卻又充滿浪漫想像的青年人情感和精神符號與標誌。在電車上的那段場景，是作者想像中的〈燕子龕詩稿〉與「西服革履」和「英文稿子」之間的一場「戰爭」，是精神與物質、浪漫與浮華之間的一場「爭奪」，爭奪的是女人的目光和想像中的「身體」。〈燕子龕詩稿〉可以慰藉他的精神和靈魂，但不能改變他的窮苦的生活境遇，最終他只能在一種精神的迷幻中，在對生命詩性的召喚中死去。黃仲則、蘇曼殊、郁達夫、王以仁，他們彷彿是精神上的「連體嬰兒」，以詩性承受生命的痛苦，用詩性來表達對生命的體驗。甚至

他們的精神痛苦昇華為文學意象，都表現出了驚人的相似，蘇曼殊的
「斷鴻零雁」，郁達夫的「零餘者」，王以仁的「孤雁」。（一九二六年
自己編定的小說集的名字，其中一部短篇亦名〈孤雁〉。）不同的
是，蘇曼殊脫掉「西裝」尚有「袈裟」，能夠在荒山野寺中，找到自
己精神的避難所；郁達夫以「頹廢」的方式來減緩和消解自己的精神
之痛；而王以仁卻真的跟隨他的主人公，以同樣的方式，結束了自己
的生命。（一九二六年夏秋間，因為失戀，王以仁隻身出走，從此消
失。據其好友許傑推測，他在由海門開往上海的船上蹈海而死。[17]）

　　陳平原先生在談到中國文學的「詩騷」傳統與五四小說敘事模式
的轉變時指出：「引『詩騷』入小說在中國文學中由來已久。這種傾
向五四以前主要表現在說書人的穿插詩詞、騷人墨客的題壁或才子佳
人的贈答；而五四作家則把詩詞化在故事的自然敘述中，通過小說的
整體氛圍而不是孤立的引證詩詞來體現其抒情特色。」[18]陳平原先生
的這一概括，非常準確地把握了小說文本轉換的歷史進程。但是有兩
點必須加以進一步的說明：

　　首先，在五四小說的抒情特徵與「說書人的穿插詩詞、騷人墨客
的題壁或才子佳人的贈答」之間有一個漸進的歷史過程，小說文本外
部構成中的有形的詩詞，並非「一蹴而就」地轉化為小說文本內部構
成的「抒情特色」，中間經由劉鶚、林紓、蘇曼殊等人長時間的過
渡，直到五四時期，郭沫若、郁達夫、王以仁等都在這條轉化的軌跡
上，以不同的形式，承擔著自己的使命。就整體形式而言，古典詩詞
在小說中的轉化，有一個由整首詩經由詩句到個別詩詞意象最終消弭
於無形的過程。這一過程在以上諸人的小說中都有明確的痕跡可循。
這一進程也是與中國古典詩詞境界不斷被「現代性」語境「消蝕」的
進程相一致的。中國近、現代小說家，已經無力或者說根本不可能對

17 許傑：〈王以仁小傳〉，《王以仁選集》（杭州市：浙江文藝出版社，1984年），頁305。
18 陳平原：《中國小說敘事模式的轉變》（上海市：上海人民出版社，1988年），頁241。

中國傳統詩詞所表現的美學境界進行整體的繼承，他們只能以某些詩人的個別詩句中凝聚的古典詩性，以近乎「斷章取義」的方式，提取自己所需要的精神意象，來體驗和撫慰文化轉型期自己敏感的靈魂和精神所承受的「斷裂」之「痛」。王以仁小說中「他」把袋中的〈燕子龕殘稿〉取出，一頁一頁的撕下來丟在水面，這一「動作」可以理解為五四小說家們的一個整體性的「姿態」，如果我們以「一頁一頁的撕下」的方式，來比附前面提到的那個文本轉換的過程，肯定沒有道理，但卻出奇的形象。

　　其次，還要注意近、現代通俗小說這條線索。文學的發展不可能是單向的，其對歷史的繼承也是如此。表現在小說文本構成的現代轉型上，「鴛蝴派」小說走著一條相反的路。他們拒絕古典詩詞由外向內的文本轉化，並在一段時間之內贏得了大量讀者。蘇曼殊被視為「鴛鴦蝴蝶派」鼻祖，但在這一點上，後來的「鴛蝴派」言情小說的作者，如徐枕亞、李定夷、吳雙熱等人，不像蘇曼殊，他們更多繼承了《花月痕》的傳統，他們不練「內功」，只練「外功」，一首兩首已經不過癮，動輒十首八首，一篇小說成了香詞、豔句的「大串燒」，一旦古典詩詞的審美精神，在「現代性」社會文化語境之中消散，它們作品本身的命運也就被註定了。所以，周作人在評價蘇曼殊小說時說出了這樣的話：「曼殊在這派（「鴛鴦蝴蝶派」）裡可以當得起大師的名號，卻如孔教裡的孔仲尼，給他的徒弟們帶累了，容易被埋沒了他的本色。」[19]雖然周作人對蘇曼殊小說的本色「語焉不詳」，但在蘇曼殊小說的文本構成上，古典詩詞精神的內化及其詩性修辭策略的運用，肯定是其「本色」的重要內容。

---

19 周作人：〈答芸深先生〉，《蘇曼殊全集》（北京市：中國書店，1985年），卷5，頁128。

第六章
短篇小說的興起與中國小說修辭的現代轉型

　　對於現代短篇小說取得的成就，歷來評價頗高。早在一九四二年，沈從文就曾對五四後短篇小說創作給予了充分肯定，認為二十年來「作者多，讀者多，影響大，成就好，實應當推短篇小說。」[1]半個世紀後，在追尋現代短篇小說發展的歷史軌跡時，王富仁先生也肯定現代短篇小說最集中地顯示了「五四」文學革命的實績。[2]但我們應當看到，近、現代短篇小說的興起是一個連續的過程，這一進程不僅催生了眾多優秀作品，而且還影響了整個近現代小說的發展。本章試圖從小說修辭入手，從小說「時空體」[3]形式、文體意識和修辭交流方式等方面來考察短篇小說興起對中國小說修辭現代轉型的影響。

一　短篇小說興起的外在原因

　　如就體制長短看，中國傳統小說不乏短篇之作。以往研究一般把傳統短篇小說分為兩大類：一是以唐代傳奇和明清筆記小說為代表的

1　沈從文：〈短篇小說〉，《國文月刊》1942年第18期。此文為沈從文一九四一年五月二日在西南聯大國文學會的講演稿，五月二十日在昆明校正。

2　王富仁：〈中國現代短篇小說發展的歷史軌跡〉，《魯迅研究月刊》1999年第9期。

3　巴赫金認為，在人類發展的某一歷史階段，人們往往是學會把握當時所能認識到的時間和空間的某些方面，各種體裁形成了相應的方法。文學中已經藝術地把握了的時間關係和空間關係相互間的重要聯繫，被巴赫金稱為「時空體」。在具體的小說敘述中，往往由於修辭方式不同，小說的「時空體」形式也不盡相同。參見〔俄〕巴赫金：《小說理論》（石家莊市：河北教育出版社，1998年），頁274。

文言短篇；一是以宋元話本為代表的白話短篇。雖然二者之間存在語體差異，但它們所呈現的「時空體」形式卻極為相似：強調故事情節完整統一，敘述時間以單向線性時序為主。就此而言，「中國傳統短篇小說可以被認為是長篇小說的微縮形式。」[4]中國傳統短篇小說經歷了唐傳奇、宋元話本等繁榮時期，到康熙年間的《聊齋志異》達到又一個高峰，此後漸趨消歇，「白話短篇小說甚至到乾隆後期就基本絕跡。」[5]那麼，是什麼原因使短篇小說在清末民初再度崛起？新短篇小說與傳統短篇相比，「時空體」形式究竟發生了怎樣的變化呢？

　　首先引起人們注意的是小說載體的變化。中國近、現代報刊業的發展，特別是專業性文學報刊雜誌的大量湧現，不僅為短篇小說的興起提供了客觀條件和物質保證，而且影響了短篇小說內容的轉變和體式的成型。可以說，短篇小說能夠在諸種小說形式中脫穎而出，與當時刊物欄目的設置緊密相關。一九〇四年創刊的《新新小說》，創刊號就設有《俠客談》一欄，頗似短篇小說專欄。一九〇六年九月，《月月小說》創刊時，已明確設有「短篇小說」欄目，此後幾乎沒有間斷。一九〇八年，《小說林》第九期還增設了「短篇・大增刊」。《小說月報》創刊於一九一〇年十月，「短篇小說」是固定欄目之一。值得注意的是，這時「短篇小說」已經作為體裁劃分標準被使用，這說明當時人們對「短篇小說」已經有了日漸清晰的文體意識。對於這一點我們在後面還要做具體論述。

　　隨著「短篇小說」與報刊雜誌相適應的文體優越性日益突出，有的雜誌開始向社會徵稿。如《月月小說》第十四號刊有《特別徵文》，向社會專門徵求短篇小說。更為重要的是，報刊雜誌作為大眾

4　馮光廉：《中國近百年文學體式流變史》（北京市：人民文學出版社，1999年），頁58。

5　陳平原：《二十世紀中國小說史》（北京市：北京大學出版社，1989年），卷1，頁142。

傳媒，為短篇小說的發展提供了陣地，連通了市場，在接受力量的影響下，當下社會生活成為了「短篇小說」重要題材來源，相應的也就促使「短篇小說」由「講述」過去的傳奇故事向「展示」當下現實生活轉移。

其次，域外短篇小說大量輸入間接推動了中國近、現代短篇小說的興起。據統計，從一八九八到一九一九年，「可確定的翻譯域外短篇小說的數量為七百四十九篇。」[6]短篇小說的大量輸入，無疑會加強人們對短篇小說文體特徵的認識。《月月小說》第一年（1906）第五號刊「說小說」欄目有一篇譯訊，介紹周桂笙的《新盦諧譯》。從這則譯訊可以看到西方小說觀念對時人短篇小說文體觀念形成的影響。文章開頭寫道：「泰西事事物物，各有本名，分門別類，不苟假借。即以小說而論，各種體裁，各有別名，不得僅以形容字別之也。譬如『短篇小說』，吾國第於『小說』之上，增『短篇』二存（字）以形容之，而西人則各類皆有專名。如 Romance, Novelette, Story, Tale, Fable 等皆是也。」[7]作者在這裡已經明顯意識到，「短篇小說」自成一體，並非長篇的簡單壓縮。

再有，從晚清到五四，在西方文化的影響下，社會、文化、生活等各方面的都有很大的發展和變革，人們對事物的感受和體驗方式也在潛移默化之間發生著改變，對時間和空間的感知也越來越具有「現代性」品質。這種情況在小說敘述中表現為，過去基於歷史傳統和文化記憶的巨型敘事——小說中有始有終的傳統「時空體」漸漸產生鬆動，並慢慢走向解體，基於個體經驗的個性化敘述則逐漸為人們所使用和接受。這一點反映在「講述」與「展示」之間的關係上，體現為小說家越來越強調「展示」性修辭技巧和手段的運用，以突出「展示」背後所隱含的個體生命在「瞬間」和「當下」對生活的體驗和領

6　李德超、鄧靜：〈清末民初對外國短篇小說的譯介〉，《中國翻譯》2003年第6期。

7　原文刊於《月月小說》第一年第五號「說小說」欄目，一九〇六年。作者署名紫英。

悟。正是由於二者之間關係的變化，加之受翻譯小說的影響，使得現代小說文體形式發生了新變化——「短篇小說」的崛起。正如胡適所言：

> 最近世界文學的趨勢，都是由長趨短，由繁多趨簡要。……這種趨向的原因，不止一種。（一）世界的生活競爭一天忙似一天，時間越寶貴了，文學也不能不講究「經濟」；若不經濟，只配給那些吃了飯沒事做的老爺太太們看，不配給那些在社會上做事的人看了。（二）文學自身的進步，與文學的「經濟」有密切關係。斯賓塞說，論文章的方法，千言萬語，只是「經濟」一件事。文學越進步，自然越講求「經濟」的方法。有此兩種原因，所以世界的文學都趨向這三種「最經濟」的體裁。（這裡指抒情詩、獨幕劇和短篇小說。）[8]

胡適的論說雖然直白，但卻觸及了問題的關鍵。到了三十年代，何穆森則直接將短篇小說的興起與產業革命聯繫在一起，認為「近代小說是伴著社會形態的演變與產業革命的進展相攜發展的。尤其是短篇小說，因社會的急速的近代化而益加興盛。其中最大的原因是為著近代人的精神狀態大抵要求簡潔的作物以便於印象的集中。他方面又要求在文學形式上滿足其速度的感覺，求一適合的形式以便揭載於近代發展最速的定期出版物上。」[9]

　　當然，胡適與何穆森只涉及了問題的一個方面——現代短篇小說「時空體」的時間之維，而問題的另一方面是，近、現代知識分子空間知覺方式的變化直接影響了現代小說「時空體」的生成。而中國當時的知識分子在遭遇「現代性」的時候，首先是一個空間性問題，一

8　胡適：〈論短篇小說〉，《新青年》第4卷第5號。

9　何穆森：〈短篇小說的性質〉，《新中華》第1卷第23期。

個在空間感知方式急劇變遷的問題。[10]這種空間感知方式的變化反映
到小說創作之上主要表現在兩個方面：在形式方面，一種基於當下、
基於個人經驗的空間性的「展示」，逐漸成為了作者修辭表達的主要
手段；在內容方面，一種基於空間感的個體孤獨意識，在一些作品中
初露端倪。正是在這樣的時空意識中，中國近、現代短篇小說慢慢孕
育成型，並表現出了不同於傳統短篇的時代品格和修辭面貌。

二　現代感知方式與時空觀念的變化

從晚清到五四，現代「短篇小說」文體意識的形成和最終確立是
個漸變的過程，我們可以從當時人們相關的論述中看到清晰的變化軌
跡。雖然在一九〇六年九月《月月小說》從創刊起就開闢了短篇小說
專欄，但直到一九〇八年，人們才開始在理論上涉及「短篇小說」。
這一年《小說林》第十期刊有覺我的〈余之小說觀〉，文中在談到
「小說今後之改良」時寫道：「余謂今後著譯家，所當留意，宜專出
一種小說，足備學生之觀摩。其形式，則華而近樸，冠以木刻套印之
花面，面積較尋常者少小。其題材，則若筆記，或短篇小說；或記一
事，或兼數事。其文字，則用淺近之官話，倘有難字，則加音釋，偶

---

10 鄭家建：《中國文學現代性的起源語境》（上海市：上海三聯書店，2002年），頁
　　20。李歐梵先生認為，梁啟超雖不是第一個使用西曆的人，但他是用日記把自己的
　　思想風貌和時間觀念聯繫起來的第一人。正是在他的影響下，十九世紀末二十世紀
　　初的中國上層知識分子改變了自己對於時間的看法。這樣，梁啟超《汗漫錄》中
　　曆、西曆並用就成為了中國現代性觀念形成進程中的重要事件。在對《汗漫錄》的
　　解讀中，李歐梵先生注意到，在梁啟超接受現代性的時間觀念的過程中，他的空間
　　觀念也在發生著不斷的調整，梁啟超用了一系列空間的意象，把自己的想像的範圍
　　推廣的全世界。李歐梵先生雖然沒有闡明在梁啟超身上時間觀念與空間觀念改變的
　　先後問題，但可以肯定的是，空間感知方式改變在中國現代性觀念的形成中起著舉
　　足輕重的作用。參見李歐梵《未完成的現代性》（北京市：北京大學出版社，2005
　　年），頁4-5。

有艱語，則加意釋；……」[11]這是從閱讀對象出發，來討論小說形式
的。在作者心目中，短篇小說體制短小，易於閱讀，適於學生。這裡
對短篇小說文體的認識比較含混，是一種外在的、表面化的描說。

　　一九一二年，《小說月報》連續刊載了管達如《說小說》，他在體
制上將小說分為兩類：一、筆記體；二、章回體。從他的分類看，顯
然沒有注意到轉型期「短篇小說」的文體特點，或者說，還沒有找到
合適的話語，來概括小說創作實際中出現的不同於傳統筆記小說的小
說作品，故只能以「筆記體」論之。

　　一九一四年，《中華小說界》第三至第八期，連載了成之（呂思
勉）的《小說叢話》，他從小說敘事繁簡的角度，將小說分為「複雜
小說」（Novel）和「單獨小說」（Romance）。他對二者進行了多方面
對比，認為複雜小說宜於俗語，單獨小說宜於文言，「蓋文言之性質
為簡括的，俗語之性質為繁複的也。觀複雜小說與單獨小說撰述之難
易，而文言與俗語，在小說中位置之高下可知矣。」[12]文中所謂的
「單獨小說」的文體特點，已經透露出「短篇小說」的影子，但尚未
抓住關鍵。

　　真正抓住現代短篇小說文體特點並加以論述的是胡適。一九一八
年五月，胡適在《新青年》第四卷第五號發表〈論短篇小說〉一文，
文中指責「中國今日的文人」不懂得「短篇小說」是什麼東西。把雜
誌裡面的「筆記雜纂，不成長篇的小說，」都叫做「短篇小說」。文
中指出：「西方的『短篇小說』（英文叫做 Short story），在文學上有
一定的範圍，有特別的性質，不是單靠篇幅不長便可稱作『短篇小
說』的。」他對「短篇小說」的界說是：「短篇小說使用最經濟的文
學手段，描寫事實中最精彩的一段，或一方面，而能使人充分滿意的

---

11 覺我：〈余之小說觀〉，《小說林》1908年10期。
12 成之：《小說叢話》載《中華小說界》1914年第3期至第8期。

文章。」[13]後來在人們思考有關短篇小說的問題時，每每提到胡適的這一「界說」，其中最為關鍵的原因是，胡適準確地抓住了現代短篇小說時空體的特點──「橫斷面」。他是在打比方解釋「事實中最精彩的一段，或一方面」時，提到「橫斷面」這個說法的。胡適寫道：

> 譬如大樹的樹身鋸斷，懂植物學的人看了樹身的「橫斷面」數了樹的「年輪」，便可知道這樹的年紀；一人的生活，一國的歷史，一個社會的變遷，都有一個「縱剖面」和無數的「橫截面」。縱面看去，須從頭看到尾，才可看見全部。橫面截開一段，若截在要緊的所在，便可把這個橫截面代表這個人，或者一國，或者一個社會。這種可以代表全部的部分，便是我所謂「最精彩」的部分。[14]

可以看出，胡適對現代短篇小說的認識已經有了質的飛躍。他所謂的「縱剖面」，在小說中，主要表現為歷時的「講述」。從宏觀修辭看，這是中國傳統短篇小說所採用的主要手段，它讓讀者在完整的時間之流中，獲得對故事情節的了解。而他所強調的「橫截面」，表現在小說中，更多體現為共時的「展示」，它使讀者在空間的展開中，獲得對小說中所描寫的「人的生活」、「國的歷史」和「社會的變遷」的理解和把握。「展示」已經越來越成為了現代短篇小說宏觀修辭的主要手段。正是由於「講述」與「展示」在小說內部之間關係變化，使得現代小說獲得了既不同於傳統短篇小說，又不同於章回體長篇小說的「時空體」，這一「時空體」不僅讓我們看到了當時人們體驗和感知方式的變化，而且看到了小說中「現代性」時空觀的初步形成。

13　胡適：〈論短篇小說〉，《新青年》第4卷第5號。
14　胡適：〈論短篇小說〉，《新青年》第4卷第5號。

三　「講述」與「展示」關係的翻轉

　　富於「現代性」重「展示」的時空觀在短篇小說文本中有多方面的體現，在清末民初的短篇小說中，主要體現在以下兩個方面：一方面，「對話」普遍得到重視，有時把它放置在作品的開篇，求得一種不同於傳統短篇小說的「憑空落墨」、「奇峰突兀」的修辭效果。有的甚至以對話經營全篇，追求描寫得客觀性和修辭的「零度」介入效果。以對話開篇，顯然是受翻譯小說影響，一九○三年，《新小說》第八號刊有〈《毒蛇圈》譯者識語〉，為周桂笙所寫，文中寫道：

> 我國小說體裁，往往先將書中主人翁之姓氏、來歷，敘述一番，然後詳其事蹟於後；或亦有用楔子、引子、詞章、言論之屬，以為之冠者，蓋非如是則無下手處矣。陳陳相因，幾於千篇一律，當為讀者所共知。此篇為法國小說鉅子鮑福所著。其起筆處即就父母（女）問答之詞，憑空落墨；恍如奇峰突兀，從天外飛來，又如燃放花炮，火星亂起。然細察之，皆有條理。自非能手，不敢出此。雖然，此亦歐西小說家之常態耳。愛照譯之，以介紹於吾國小說界中，幸弗以不健全譏之。[15]

這樣的處理當時小說家多有模仿，如吳趼人的〈查功課〉，包天笑的〈打電話〉，朱炳勳的〈化外土〉等。吳趼人還將這種方法移用到章回體長篇〈九命奇冤〉開篇中。需要指出的是，在對話場景中，故事時間與敘述時間基本同步，在小說文本中對話屬於展示性最為突出的部分之一。

　　另一方面，當時的短篇小說作者開始主動放棄傳統短篇有頭有尾

15　知新室主人：〈《毒蛇圈》譯者識語〉，《新小說》1903年第8號。

的講述方式，採用直接進入「場景」的方式開篇，以增強作品的「展示」效果。如陳景韓〈路斃〉（1904）、徐卓呆〈入場券〉（1907）、惲鐵樵〈工人小史〉（1913）、魯迅〈懷舊〉（1913）等等。如〈懷舊〉開頭寫道：

> 吾家門外有青桐一株，高可三十尺，每歲實如繁星，兒童擲石落桐子，往往飛入書窗中，時或正擊吾案，一石入，吾師禿先生輒走出斥之。桐葉徑大盈尺，受夏日微瘁，得夜氣而蘇，如人舒其掌。家之閽人王嫂，時汲水沃地去暑熱，或掇破几椅，持煙筒，與李媼談故事，每月落參橫，僅見煙斗中一星火，而談猶弗止。

普實克對〈懷舊〉評價頗高，認為它是中國最早具有「現代性」意識的小說。這一評價顯然不是針對語體說的，在內容上寫「太平天國」這一歷史事件對普通山村的影響也無所謂無現代不現代。普實克看重的是作品在敘事、修辭手段上的「現代性」——將一個宏大的歷史事件轉化為個體性的人生經驗，在細碎的日常生活中，捕捉歷史的「聲音」。正如前面我們所指出的，個體意識與人空間意識的覺醒有著直接的關係，在小說文本中，個體化的敘述選擇與富於空間感的「展示性」的修辭選擇，不過是一枚硬幣的兩面。正如普實克在論述〈懷舊〉的「情節壓縮」時所言：

> 作者想要不以情節為階石而直達主題的中心。我正想從這一點注意到新文學特有的現代特徵。我甚至可以把這一點總結為一個基本原則，即，新文學的特點就是削弱情節的作用，甚至完全取消了情節。我還想把這一點與現代繪畫加以比較；從上世紀末印象派畫家們就開始宣稱他們的目的是「繪畫」，而不是

「說明細節」。[16]

普實克的論述已將問題引向深入，觸及到展示中呈現的畫面感問題。只不過他點到為止，沒有作進一步論述。

對於現代小說中展示性因素的加強，福樓拜、珀・盧伯克、詹姆斯等小說家和小說理論家多有肯定。如盧伯克認為：「要等到小說家認為他的故事要作為一件要展示出來的事物，要如此這般展示出來，那會不講自明，這才開始顯示小說創作的藝術技巧的作用。」[17]布斯對此不以為然，特別是對盧伯克的絕對化表述進行了批判。雖然布斯從小說創作中修辭動機和修辭目的的絕對性，來否定盧伯克對「展示」的絕對化。但是，從他在《小說修辭學》第三部分，對西方現代小說「非人格化敘述」的批評和修辭解讀看，他也不能否認，在西方現代小說創作中，「展示」、「非人格化」、「戲劇化」效果已經成為了創作中的普遍追求。盧伯克在〈小說技巧〉中認為，小說文本中「展示性」的表現之一，就是對「圖畫」效果的追求。這一點在中國五四後的短篇小說中有著直接體現。

在近年的小說史研究中，傅蘭雅漸漸引起人們注意。他所提倡的小說中要有「有效的圖像化語言」[18]的主張不僅反映了傳統小說存在的問題，而且富於預見性地指示了現代小說修辭方式發展的方向。然而直到二十多年後，這一主張才得到回應。一九一六年，周瘦鵑為上海文明書局版《小說名畫大觀》作序，他在序言中說：

16　〔捷克〕普實克〈〈懷舊〉——中國現代文學的先聲〉，李燕喬等譯：《普實克中國現代文學論文集》（長沙市：湖南文藝出版社，1987年），頁116。

17　〔英〕珀・盧伯克：〈小說技巧〉，方土人、羅婉華譯：《小說美學經典三種》（上海市：上海文藝出版社，1990年），頁45。

18　〔美〕韓南撰，徐俠譯：《中國近代小說的興起》（上海市：上海教育出版社，2004年），頁157。

> 小說亦名畫也：凡寫風景，無不歷歷如繪，或為山林。或為閨
> 閣，或風或雨，或春或夏，但十數字，即能引人入勝，彷彿置
> 身其間；寫人物則聲容笑貌，各各不同，或美或醜，或善良或
> 奸慝，無不躍躍紙面，如活動寫真，而描寫心曲，一言一語，
> 不啻若其口出，則又為名畫家所不能者。[19]

在周瘦鵑看來，小說所追求的畫面效果可以給讀者帶來「置身其
間」、「身歷其境」的真實感和空間感。但他這番話，主要還是來自傳
統文學「詩情畫意」的啟示，用他自己的話說：「王摩詰詩中有畫，
畫中有詩，吾謂小說亦然。」[20]

　　對於現代小說對畫面效果的追求，或者說現代小說中繪畫因素的
融入，現代研究者與周瘦鵑有相近的理解：

> 「五‧四」時期白話文的提倡，使語言文字的描摹功能得到充
> 分發展。作為向舊文學的示威和戰鬥，證明用白話文也能做出
> 「美文」的一個重要方面，現代作家把古代山水文學和山水畫
> 的深長豐厚的傳統融會貫通，實驗語言文字的線條、色彩和構
> 圖的功能，試圖取得以白話文作畫的藝術效果。[21]

這番論述主要是針對現代抒情小說而言的，這從一個側面反映出，中
國傳統文學特別是詩歌中的「詩中有畫，畫中有詩」的審美追求在現

---

19 周瘦鵑：〈《小說名畫大觀》序〉，《小說名畫大觀》（上海市：上海文明書局，1916
　　年），頁3。
20 周瘦鵑：〈《小說名畫大觀》序〉，《小說名畫大觀》（上海市：上海文明書局，1916
　　年），頁4。
21 方錫德：《中國現代小說與文學傳統》（北京市：北京大學出版社，1992年），頁
　　245、260。

代抒情小說中被重新激活，經由散文的嘗試探索，最終被成功地引入小說。

　　對於傳統繪畫與現代短篇小說的關係，沈從文也有相近認識：「再從宋元以來中國人所做的小幅繪畫上注意。我們也可就那些優美作品設計中，見出短篇小說所不可少的慧心和匠心。」[22] 沈從文將宋元繪畫的「設計」與現代短篇小說創作進行比較，由此看到了二者在審美、敘述與修辭智慧上的內在相通之處。如果將現代短篇小說與古代章回體長篇小說或現代長篇作品相比，隨著時間的縮短，時間因素的淡化，小說「時空體」中的空間因素就被凸現出來，從而也就成為了作家敘述與修辭的「著力點」，這也就是沈從文所說的宋元小幅繪畫的佈局「設計」。而中國傳統藝術追求的「計白當黑」，「以無聲勝有聲」，也就在現代短篇小說的「空間」配置中，被淋漓盡致地體現出來了。正是由於現代短篇小說中「橫斷面」的「時空體」形式的影響，小說家們在創作體制較長的作品時，往往採用短篇連綴的形式，在結構形式上給人一種類似「風景畫簿」的感覺。

　　但是，這裡有兩點必須加以說明。

　　首先，短篇小說中的「畫面」效果是個相對的概念，小說畢竟是一種不同於繪畫的藝術形式，小說的藝術「介質」畢竟是語言，不是畫筆、顏料或畫布，而語言在作品中最終總是要歸結為一種線性的「文本時間」。這也就是說，在小說中，或者我們這裡說的短篇小說中，「畫面」所產生的，只能是一種模擬的「空間感」。所謂的「實驗語言文字的線條、色彩和構圖的功能」只有在這個意義上才能成立。小說的「展示性」因素，如果從「文本時間」層面考慮，其「畫面」「展示」效果永遠只能是一種為了某種修辭目的或效果而採用的修辭策略或具體修辭手段。「畫面」所產生的空間感，只有在「敘述時間」層面上才能得到最終的理解。

---

22 沈從文：〈短篇小說〉，《國文月刊》1942年第18期。

　　其次，中國現代短篇小說富於空間感的「畫面」效果，在構成因素上，比我們想像的要複雜，即使是在抒情小說中，它也絕不僅僅是現代作家把古代山水文學和山水畫的深長豐厚的傳統融會貫通的結果。這主要有兩方面的原因：一方面，在繪畫中，無論是「散點透視」的中國畫，還是「焦點透視」的西方繪畫，只要進入小說文本，由於修辭主體、敘述者的存在，都難於擺脫「焦點」狀態。從小說敘述角度講，任何的「場景」、「畫面」都暗示著「聚焦者」的存在。所以，對於現代抒情小說而言，無論是「散文畫」，還是所謂的「『畫簿』式結構」[23]，只能理解為對中國傳統繪畫文化精神的析取，而不可能是方法的移用；另一方面，在五四以後的短篇或中篇小說中，作者「空間」意識的顯現，並不僅僅體現在對繪畫藝術的借鑑上，小說家們從戲劇、木刻、電影等藝術形式中，得到了多樣的啟示。例如為了直接呈現看客紛集的混亂場面，魯迅在〈示眾〉中採用了電影技巧。在小說中敘述視點隨著敘事者在看客間的穿行而高速運動，通過快速的鏡頭剪接，將不同的畫面拼接在一起，這樣讀者會眼花繚亂，並產生了深深的捲入感。由此，〈示眾〉中電影技巧造成的混亂感，迫使讀者尷尬地發現自己與庸眾的統一性。[24]雖然這一修辭效果由文本分析得來，但從中還是能夠看到現代短篇小說的空間營造，受到了多重藝術形式的影響。

　　當然，讀者對中國近、現代短篇小說這一新文體形式的接受，需要一個逐漸適應的過程。通過對比魯迅的兩段文字，我們可以看到這一過程的大致情形。一九〇九年，魯迅在〈《域外小說集》略例〉中寫道：「集中所錄，以近世小品為多」[25]。到了一九二〇年，他在《域

23　方錫德：《中國現代小說與文學傳統》（北京市：北京大學出版社，1992年），頁26。

24　〔韓〕安敏成撰，姜濤譯：《現實主義的限制》（南京市：江蘇人民出版社，2001年），頁84。

25　魯迅：〈略例〉，《域外小說集》，原文印入《域外小說集》初版第一冊，一九〇九年三月在日本東京出版。

外小說集》新版序言中，則將集中作品直接稱為「短篇小說」，並回憶說：「《域外小說集》初出的時候，見過的人，往往搖頭說：『以為他才開頭，卻已完了！』那時候短篇小說還很少，讀書人看慣了一二百回的章回體，所以短篇便等於無物。現在已不是那時候，不必慮了。」[26]這兩段文字之間隔了十一年，此間變化非常分明。表現在魯迅身上，他再也不必借用傳統文學話語（小品）來稱呼自己的譯作，「短篇小說」已經獲得了它的現代命名；表現在讀者身上，他們對於短篇小說的文體形式和頗具現代性的「時空體」形式也漸漸適應了，讀者與作者間新的修辭契約慢慢建立了起來。

---

26 魯迅：〈序〉，《域外小說集》，原文寫於一九二〇年三月二十日，最初印入一九二一年上海群益社合訂出版的《域外小說集》新版本，署「周作人記」。後周作人在《關於魯迅之二》中說明該文為魯迅所寫。

第七章
中國式反諷修辭的踐行

──兼就〈肥皂〉「作」成方式與日本學者谷行博先生
　　商榷

　　日本學者谷行博曾撰有〈〈肥皂〉是怎樣作成的？〉一文，後經
靳叢林先生翻譯發表於一九九七年第二期《魯迅研究月刊》。這是一
篇很細膩的解讀文章，對〈肥皂〉的形成有自己獨特的認識；但就內
容看，該文在邏輯上略顯迂曲，所得結論也有進一步討論的餘地。本
章希望能從「作」的角度，對〈肥皂〉這篇小說的形成給出更為直
接、更為合理的解釋。

一　魯迅小說技藝日本時期完成論

　　谷行博是日本戰後第三代魯迅研究者中的代表，精於魯迅早期文
言翻譯研究，[1]〈〈肥皂〉是怎樣作成的？〉一文就很好地顯示了他的
研究專長。概括起來，谷行博文章的觀點和結論主要有三個方面：
　　一、〈肥皂〉與〈藥〉之間存在深切關聯，兩篇小說在「接受意
圖」、「解謎意圖」、「人物語言的誤解」、「戲劇空間」等方面存在類同

1　尾崎文昭將戰後日本魯迅研究者分為三代：第一代主要由三批學生組成，即東京大
　學學生為主的「魯迅研究會」、東京都立大學為主的「中國文學會」和京都大學學
　生，後者沒有組織團體和刊物，伊藤虎丸、木山英雄、北岡正子等為第一代研究者
　的代表；第二代湧現於上世紀七十、八十年代，代表人物有山田敬三、片山智行、
　丸尾常喜、阿部兼也等；第三代是更新的一代，以藤井省三、中井政喜和谷行博為
　代表。參見尾崎文昭：〈戰後日本魯迅研究──尾崎文昭教授訪談錄〉，《現代中文
　學刊》2011年第3期。

和影響。如從小說技巧層面看，谷行博的考察是精細的，獨到的，但是由於過分關注和強調這種類同和影響，作者在細節方面出現了一些不必要的失誤。例如谷文寫道：「與老栓用荷葉重新包過的『葵綠色』的包和爐灶升起的『奇怪的香味』相呼應，外包裝、內裝薄紙甚至連肥皂本身也是『葵綠色』的，一打開便發出濃郁的『似橄欖非橄欖的說不出的香味』。」我們知道，〈藥〉原文中老栓用來包裹人血饅頭的老荷葉是「碧綠」的；再如，谷文認為：「夏瑜墳上那一圈紅白的花，也化作白檀的香氣，被添加在〈肥皂〉的結尾」。〈肥皂〉結尾的確提到了檀香，但根本沒有所謂的「白檀的香氣」。當然，這些只是微小的瑕疵，對谷行博的觀點不會有太大影響，我們也不能排除中、日文來回翻譯中可能產生的偏差。

　　二、基於上一觀點，谷行博把〈肥皂〉和〈藥〉之間的文本關係放置在由《晨報副鐫》、《彷徨》、《中國新文學大系·小說二集》和《域外小說集》第一冊所構成的文本系統中，認為與〈藥〉受到安特萊夫的〈謾〉和〈默〉的影響相關聯，〈肥皂〉受到了《域外小說集》第一冊中周作人所翻譯的契訶夫的〈戚施〉（即汝龍譯〈在莊園裡〉）的影響，〈藥〉與〈肥皂〉之間「可以說是雙胞胎的關係」。也就是說，《域外小說集》中安特萊夫與契訶夫作品的並置，決定了《中國新文學大系·小說二集》中〈藥〉與〈肥皂〉的並置。現在的問題是，谷行博如何理解魯迅在〈《中國新文學大系》小說二集序〉中的這句話：

　　　　此後雖然脫離了外國作家的影響，技巧稍微圓熟，刻畫也稍加深刻，如〈肥皂〉、《離婚》等，但一面也減少了熱情，不為讀者們所注意了。

有了對〈藥〉與〈肥皂〉之間，〈肥皂〉與〈戚施〉之間關係的考

察，谷行博認為魯迅所謂「脫離了外國作家的影響」是值得重新考慮的，「〈肥皂〉的內在脫離過程有兩層。一是如何從以安特萊夫為範本的〈藥〉的脫離，另一方面是如何從〈肥皂〉的範本〈戚施〉的脫離。出色地完成了這雙重脫離過程的方法，即〈肥皂〉就是對〈藥〉的模仿。所謂脫離，是以應該脫離為前提的行為；而所謂模仿，則是以某一個作品為前提，模仿其作品的特徵；那是讓人感到諷刺滑稽的重作的作品。〈肥皂〉的脫離過程正是以這雙重脫離過程為前提，所以，以先行作品為存在模仿的必需條件，便在〈肥皂〉中得以實現。」谷行博這裡的行文有些纏雜，按他的理解，魯迅所謂的「脫離」已經發生了意義的翻轉，「脫離」實際上是一種深度模仿，是一種脫化。如果谷行博的考察真實可靠，能夠發現甚至魯迅自己都未曾意識到的對應關係，看到「脫離」背後的「模仿」，這樣的研究應該是非常有價值的。但這裡必須指明，谷行博對〈肥皂〉與〈戚施〉關係的考察太過牽強，太過迂遠，[2]而如此曲曲折折的論述，目的則是在明知〈戚施〉為英文重譯的情況下，經過一系列「可能」的推論，找到瀨沼夏葉譯《契珂夫傑作集》和長谷川天溪《兩文豪介紹》對周氏兄弟可能的影響，從而推向這樣的結論：

三、「我們有必要將〈肥皂〉放在《晨報副鐫》、《彷徨》、《中國新文學大系·小說二集》等關聯文章中，進而置於日本近代文學史和各國所受契珂夫的影響中來考察，使之獲得新的理解。關於〈肥皂〉評價的定論，我以為這是先決條件。」

關於第三點後文還會論及，這裡要說的是，任何一篇小說周邊都

2　仔細閱讀谷行博文章，對照〈肥皂〉和周作人翻譯的〈戚施〉的原文，谷行博所列舉的二者之間的對應性關係都很難站得住腳。由於糾偏、糾錯並非本文重心，篇幅所限，這裡不再一一例舉辨析。至於〈戚施〉結尾兩姐妹嘲罵父親羅舍毗支，谷行博解釋為：「與長女之『聲』相應和的少女之『聲』。這裡可以感受到周作人和長兄魯迅共同推進文學運動的氣息。」這樣的感受實在匪夷所思。對照汝龍譯〈在莊園裡〉可知，周作人只不過忠實地翻譯了原文而已。

會纏繞著一個複雜的互文系統，在不同的方向和層面上，我們或多或少、或強或弱都能找到一些互文關係。就創作實際而言，一位優秀的小說家肯定要盡力避免技巧與細節的雷同，而研究者一旦沉迷於毫無本質關聯的「蛛絲馬跡」的尋找，勢必影響他對決定性互文關係的認識，從而產生一種所謂的「感知謬誤」。現在問題的關鍵是，在具體技巧和細節之外，從「作」的角度看，我們是否能夠找到對〈肥皂〉而言更為直接的關聯和對應關係呢？

二　在人物命名的背後

　　以往對〈肥皂〉的解讀往往沿著兩個方向展開：一是小說所展示的諷刺藝術；一是從象徵、隱喻和心理分析角度出發，揭示小說中人（四銘）的行為、心理，物（肥皂）的深層意蘊。而在閱讀過程中引起我注意的則是〈肥皂〉中人物的命名。一般而言，魯迅小說人物的命名可分兩類：一類是有講究的，如阿Q、孔乙己、高爾礎、夏瑜之類。這些人物姓名的意思，或者作品中已經隨文提破，或者魯迅在別處做過專門解釋，或者讀者只要稍作聯想便能了然於胸。另一類則沒有什麼講究，作者創作時本就無所用心，如呂緯甫、魏連殳、祥林嫂、涓生、子君等等。當然，在後者中我們不能排除一種情況的存在，那就是魯迅在命名時滲透了某種意思，只不過意思比較隱晦，魯迅又未做專門解釋，讀者也就無從領會了。就〈肥皂〉而言，小說中重要的人名命名有四個：學程、何道統、卜薇園和四銘。〈肥皂〉是諷刺復古派和假道學的，顯然「學程」指向的是二程，何道統指向的理學道統，結合〈采薇〉，讀者大概也能理解所謂「薇園」指的是以「翁」互稱、以隱士自居的道學先生。這裡的難題是，小說主人公「四銘」的命名究竟來自何處？究竟有何意指？我以為，這是解讀〈肥皂〉的關鍵所在。

　　依照學程、何道統、卜薇園三人命名所指示的方向，結合小說的思想內容，我認為「四銘」這個名字來自理學經典文獻〈西銘〉。我們知道，儒家道統有自己的思想、人物譜系，而這個譜系的建立孟子、韓愈、朱熹三人起到了關鍵作用。朱熹門人黃榦對這一道統譜系的描述最為簡要：「竊聞道之正統，待人而後傳，自周以來，任傳道之責，得統之正者，不過數人，而能使斯道章章較著者，一二人而止耳。由孔子而後，曾子、子思繼其微，至孟子而始著。由孟子而後，周、程、張子繼其絕，至先生而始著。」[3] 這裡的「張子」指的就是聲言「為天地立心，為生民立道，為往聖繼絕學，為萬世開太平」的張載。在宋代理學家中，張載的地位不如程朱，但影響卻非常大。〈西銘〉、〈東銘〉就出自張載《正蒙》〈乾稱〉的開始和結束部分。據黃宗羲《宋元學案》載：「先生（張載）嘗銘其書室之兩牖，東曰《砭愚》，西曰《訂頑》。伊川曰：『是起爭端，不若曰〈東銘〉、〈西銘〉』」。程頤對〈西銘〉極為推崇，稱其「極純無雜，秦漢以來學者所未到。意極完備，乃仁之體也。」以〈西銘〉立心，「便可達天德。」[4] 後來朱熹作有〈西銘論〉，陳亮作有〈西銘說〉，清代大思想家王夫之也曾作《張子正蒙注》，對「二銘」部分有過精湛注解。對於〈西銘〉、〈東銘〉這兩篇簡短的儒家道統的經典文獻，魯迅肯定非常熟悉。[5]

　　如果只因其他人物的命名與道學相關，而「四銘」又與「西銘」音近形似，我們便推定魯迅在人物命名上以前者暗射後者，那還只是

3　黃榦：〈朝本大夫華文閣待制贈寶謨閣直學士通議大夫諡文朱先生行狀〉，《勉齋集》卷36，見《文淵閣四庫全書》本。

4　黃宗羲：〈橫渠學案上〉，《宋元學案》（北京市：中華書局，1986年），冊1，頁665。

5　在〈懷舊〉〈祝福〉等作品中，魯迅對與張載有關的典故和言論曾有直接引用，他對朱熹、呂祖謙選錄周敦頤、二程和張載四人言論的理學入門書籍《近思錄》非常熟悉，而張載的〈西銘〉、〈東銘〉就被選錄在該書卷二「為學」篇中。

一種猜測。[6]這一推定更為重要的理由是：〈肥皂〉與〈西銘〉之間思想意旨上的關聯。在道學傳統中，〈西銘〉所以被推重，主要因為它以簡要的語言，標舉了儒家「天人合一」、「民胞物與」、「存順沒寧」的精神境界，而〈肥皂〉與〈西銘〉之間的直接咬合點正在第二方面：

> 民吾同胞，物吾與也。大君者，吾父母宗子，其大臣，宗子之家相也。尊高年，所以長其長；慈孤弱，所以幼其幼。聖其合德，賢其秀也。凡天下疲癃殘疾，惸獨鰥寡，皆吾兄弟之顛連而無告者也。於時保之，予之翼也。樂且不憂，純乎孝者也。違曰悖德，害仁曰賊。濟惡者不才，其踐形唯肖者也。[7]

明確了這層關係，我們就會抵達小說文本深處，對〈肥皂〉中的一些細節有更明確的把握。例如，小說後面寫四銘有些悲傷，「似乎也像孝女一樣，成了『無告之民』，孤苦伶仃了。」「無告之民」在上面這段文字中就有了落腳。在儒家文獻中，有三部經典說到了「無告」，除《魯迅全集》相關注釋中提到的《禮記》〈王制〉外，還有《孟子》〈梁惠王下〉和〈西銘〉。其中《禮記》〈王制〉最早，〈梁惠王下〉是對前者所提到的「鰥、寡、獨、孤」的具體解釋，〈西銘〉則延續了前兩者的仁愛精神，將所關愛的對象擴展為「疲癃殘疾，惸獨鰥寡」。如果考慮到〈肥皂〉與〈西銘〉之間的關係及小說中提到的孝女和瞎眼睛的祖母，小說中的「無告之民」更直接的來源應該是〈西

6　這樣的猜測很容易受到質疑，例如魯迅就曾說過：「人名也一樣，古今文壇消息家，往往以為有些小說的根本是在報私仇，所以一定要穿鑿書上的誰，就是實際上的誰。……還有排行，因為我是長男，下有兩個兄弟，為豫防謠言家的毒舌起見，我的作品中的壞腳色，是沒有一個不是老大，或老四，老五的。」就此而言，「四銘」實在是魯迅再正常不過的一個人物命名。參見〈答《戲》週刊編者信〉，《魯迅全集》（北京市：人民文學出版社，2005年），卷6，頁149。

7　張載：《張載集》（北京市：中華書局，1978年），頁66。

銘〉中的這段話。同時，這樣的關聯還使我們認識到，小說中沒有正面描寫的孝女和她瞎眼睛的祖母，實由「疲癃殘疾」一語脫化而出，作為功能性、事件性敘事、修辭符號，以便凸顯四銘之流假道學「悖德」、「害仁」的言行心理。

　　如僅從文字的表面看，我們也能領略〈肥皂〉的諷刺藝術，也能感受到魯迅通過四銘言行、心理反差所營造的反諷效果，但這樣的反諷只是一種表面的反諷，一種露骨的反諷。我們只有明確了〈肥皂〉與〈西銘〉的內在關聯，才能真正領悟到魯迅匠心獨具的文本策略，領略到小說立意和構思──也就是在「作」的方面的巧妙運思。在四銘猥瑣、卑污、骯髒的言行和心理與〈西銘〉所標舉的「民我同胞，物吾與也」的仁愛大同境界之間，存在著強烈的道德和精神反差，而這樣的反差將〈肥皂〉的修辭由局部引向了整體，由微觀引向宏觀，由表層引向了深層，加之作者在小說中刻意實施的客觀化敘述，使〈肥皂〉呈現出巨大的修辭張力。只有在這裡，在這種張力體驗中，我們才能領會魯迅的修辭智慧，真正欣賞到〈肥皂〉所獨具的修辭之美。這樣，我們也就能夠明白，魯迅為什麼說〈肥皂〉脫離了外國作家的影響，「技巧稍微圓熟，刻畫也稍加深刻……但一面也減少了熱情，不為讀者們所注意了。」其實，這句話還表達著魯迅隱隱的擔憂，擔心自己諷刺和批判的熱情為技巧所掩，讀者對自己婉曲的反諷不能心領神會。而這恰是反諷修辭的兩難：在「技巧圓熟」與意義彰顯之間，作者很難達到一種理想的平衡。反諷效果的達成是需要讀者參與的，而魯迅對此實在沒有把握，這樣的修辭又不好隨文提破，否則便如「走了氣的啤酒」，沒有味道了。李長之、竹內好否定〈肥皂〉的原因，大概也在這裡。[8]

8　李長之認為〈肥皂〉的毛病在於「故意陳列復古派的罪過，條款固然不差，卻不能活潑起來」，而竹內好則把〈肥皂〉看成「愚蠢之作」。不知竹內好的個人「好惡」是否也受到了李長之的影響，但他們否定〈肥皂〉最主要的原因還是在於未能真正

　　需要補充的是，如果說從思想內容方面〈肥皂〉與〈西銘〉之間有著內在的關聯，那麼，從「作」的角度看，〈肥皂〉在立意、構思和宏觀修辭上，恰恰受到了〈東銘〉的啟發：

> 戲言出於思也，戲動作於謀也。發乎聲，見乎四支，謂非己心，不明也。欲人無己疑，不能也。[9]

　　對照〈肥皂〉原文我們就能明白，魯迅正是通過「咯支咯支」的「戲言」，買肥皂、作「孝女行」等表面鄭重其事，實則荒誕不經的「戲動」，來實施反諷修辭的。因此，我們可以說〈東銘〉中的這段文字，隱藏著魯迅創作〈肥皂〉時的「文心」之秘。

　　綜合以上的分析和解讀，我們可以得出這樣的結論：〈肥皂〉是魯迅針對當時社會上湧動的復古潮流，秉承《水滸傳》、《金瓶梅》、《紅樓夢》中就已存在的中國古典小說人物命名的傳統，參照儒家道統的經典文獻〈西銘〉、〈東銘〉，並加以藝術的想像和虛構創作而成的。〈肥皂〉是魯迅諷刺批判復古派道學先生卑污、骯髒言行和心理的「訂頑」、「砭愚」之作。而「愚蠢」和「頑劣」恰是四銘行為、心理的兩個側面，小說中「惡毒婦」等巧妙的情節穿插，也是圍繞著這兩個側面展開的。[10]

打透作品，否則肯定會有不一樣的評價。參見李長之：〈魯迅批判〉，《李長之文集》（石家莊市：河北教育出版社，2006年），卷2，頁63；竹內好：〈魯迅〉，《近代的超克》（北京市：生活・讀書・新知三聯書店，2005年），頁77。

9　張載：《張載集》（北京市：中華書局，1978年），頁320。

10　在這裡我有一個猜想：〈肥皂〉中「惡毒婦」一節，很有可能是在什麼書裡或者周氏兄弟及周邊諸人之間傳說過的一個現成的「段子」，經魯迅「奪胎換骨」後安插在了小說裡，只不過它的源頭後人實在無從查考了。過於現成、過於刻露的段子感，很有可能是李長之、竹內好等人否定〈肥皂〉的原因之一。不過，這樣的段子能夠安插進故事的連接點，還是在四銘行為、心理中「愚」的一面。

三　與傳統連接的另一種方式

　　回到谷行博的文章，他所說的「作」，其實就是一種整體性的修辭策略，具體而言，就是魯迅在〈肥皂〉中實施的反諷修辭。他認為「我們有必要將〈肥皂〉放在《晨報副鎬》、《彷徨》、《中國新文學大系・小說二集》等關聯文章中」，這應該是沒有問題的。例如他在文章中將《晨報副鎬》與《傍徨》中〈肥皂〉的文本進行對刊，從結集刪改中分析魯迅追求敘述的客觀化的意圖，就非常令人信服。但是，他對魯迅所言「脫離了外國作家的影響」的解釋，給人感覺實在尖深過頭，而他所謂「雙重脫離的過程」，即使忽略論證邏輯方面的牽強和單薄，也讓人覺得難以理解。更為重要的是，谷行博經過迂曲的論證，在一連串的「可能性」推論中，強調日本契訶夫翻譯對周氏兄弟的影響，進而認為「〈肥皂〉評價的定論」、「使之獲得新的解釋」的先決條件是將其「置入日本近代文學史」，這樣的論斷實在令人難以苟同。

　　在這裡，鄭家建先生的一個觀點值得我們關注，他在〈論魯迅的六種形象〉一文中指出，許多日本學者認為魯迅思想的起點是在日本留學時期形成的，這一論斷的依據主要是魯迅在日本時期寫成的五篇論文，而這五篇文章實為魯迅少作，許多地方拼湊他人觀點，其中存在不少前後矛盾之處。在他看來，「日本學者提出這樣的觀點，隱蔽著一個別有用心的學術立場，他們據此可以認為，中國乃至世界近代最傑出的思想家魯迅是在日本文化中哺育出來的，是在日本文化的土壤上成長起來的。」[11]谷行博文章中也提到了五篇文章之一的〈破惡聲論〉，但他論述的重點，主要在於突出周氏兄弟日本時期的文言翻譯對魯迅小說創作的決定性影響，雖然路徑不同，但最終結論與其他

---

11 鄭家建：〈論魯迅的六種形象〉，《藏在紙背的眺望》（福州市：海峽文藝出版社，
　　2013年），頁19。

日本學者並無二致。當然，我們沒有必要刻意強調學術研究的民族立場，只是谷行博等日本學者的研究，在學理上很容易推向一種非常荒謬的結論：魯迅思想和小說藝術的日本時期完成論。

　　不容否認，日本學者在魯迅研究方面的確有很高的水準，他們文本研讀的精細；他們以魯迅研究為中介，對日本不同時代思想和現實的反思；他們在魯迅研究中所凸顯出來了的亞洲意識和世界意識，都值得中國魯迅研究界學習和借鑑。在對〈肥皂〉的解讀過程中，竹內好〈魯迅〉中的一段文字就給了我很大啟發：

> 背德者其實是道德者。道德者其實是背德者。它們是對立的，不能以同一名目一概而論。……當非革命者口喊革命時，革命者卻沉默了。沉默是批判的態度。因此，革命的普及，同時也是革命的墮落，恰如大乘佛教的承認居士，「不知道是佛教的弘通，還是佛教的敗壞」（《在鐘樓上》）一樣。只有相信「永遠革命」的人，只有「永遠的革命者」，才能不把革命的普及看作革命的成功，而看作革命的墮落，加以破卻。[12]

這段文字是竹內好在談到廣州時期魯迅的兩篇演講時寫下的，我以為他很好地抓到了理解魯迅的一個關鍵，這不僅可以幫助我們理解魯迅與嵇康、與魏晉風度、與「革命」之間關係，它還提醒我們關注在「文化批判」和「文明批評」中魯迅與傳統之間的聯繫方式。這種聯繫的方式不是直接的、表面的，而是深層的、內在的，它是以否定的方式呈現的，是一種「打斷骨頭連著筋」式的聯繫。在〈肥皂〉中，他對復古派假道學的批判，他在精神世界裡與理學傳統的內在關聯，也應作如是觀。把握這種聯繫是解讀魯迅任何一篇作品使其獲得評價

12 竹內好：〈魯迅〉，《近代的超克》（北京市：生活‧讀書‧新知三聯書店，2005年），頁141-142。

的定論和新的理解的不容置疑的先決條件。

　　「為天地立心，為生民立道，為往聖繼絕學，為萬世開太平。」在我看來，這四句話彰顯著中國知識分子一種非常自覺、非常沉重的責任擔當，它是張載放置在中國知識分子面前的一把鏡子。說實在的，近代以來，沒有幾個人能在這把鏡子裡顯影。如果有，魯迅的身影肯定是最為清晰的一個。

下輯

第一章
汪曾祺小說與中國古代文章學傳統

　　汪曾祺一向重視小說語言，反覆強調，寫小說就是寫語言。正是在思考小說語言問題的基礎上，汪曾祺提出要建立中國自己的「文體學」、「文章學」，以使中國的文學創作和評論提高到一個更新的水平。[1]要說的是，文體學與文章學是修辭研究的重要範疇，二者研究的對象和角度不盡相同：前者注重體式辨析，後者強調實踐指導。前者是後者的基礎，後者則是前者在寫作實踐層面的具體展開和運用。就汪曾祺而言，無論是相關傳統對其創作和批評的影響，還是他對傳統的闡釋生發，大多體現和集中在小說語言辭采、聲律節奏、行文技巧和篇章結構等方面，顯示出了更為濃重的文章學色彩。中國是文章大國，文章之學在傳統政治和文化中的地位舉足輕重，從魏晉到明清，相關論述和論著浩如煙海，形成了自己悠久而深厚的傳統。將汪曾祺小說放入這一相對陌生的視域，不僅能使其小說藝術的獨特性得到更好的呈現，而且還能使其創作中存在的問題，得到更為切近、更為合理的理解。正如汪曾祺所言：「中國的當代文學含蘊著傳統的文化，這才成為當代的中國文學。」[2]作為傳統文化的重要內容，文章學傳統與汪曾祺散文創作之間的關係，已引起研究者的注意，但在小說方面，迄今未見系統討論。

1　汪曾祺：〈中國文學的語言問題〉，《文藝報》，1988年1月16日。
2　汪曾祺：〈傳統文化對中國當代文學創作的影響〉，《汪曾祺全集》（六）（北京市：北京師範大學出版社，1998年），頁362。

一　文學教育與遣詞造句

　　汪曾祺創作面目多樣，是一位很難歸類的小說家。他曾經被冠以各種各樣的稱謂：「前衛」、「鄉土」、「尋根」、「京味」；然而自己究竟屬於什麼作家，連汪曾祺也覺得十分糊塗。[3]說他是「現代派」（前衛、新潮），可他的「現代派」多是局部的，「夾帶」式的[4]，偶爾吸取的[5]；說他是「鄉土」小說家，可他的小說更接近於市井，他也不太同意「鄉土文學」的提法[6]；說他是尋根派，他的小說與韓少功等尋根小說家在志趣上大有出入；說他是「京派最後一個作家」，[7]他在認可的同時又表示「『京派』是個含混不清的概念」，「實無共同特點」，強調自己的「生活感覺」和「語言感覺」與沈從文不大一樣。[8]至於「筆記體小說」作家、「風俗畫作家」之類，更難籠括他的創作。值得注意的是，以上各種稱謂背後，人們大多能找到某種影響關係：阿左林、吳爾芙之於「現代派」、「意識流」；魯迅、廢名、沈從文之於「鄉土」、「京派」等等。然而，「繪事後素」。汪曾祺接受上述影響之前的文學、藝術教育，也許更值得重視。

　　從汪曾祺所受教育看，有三點值得特別注意：首先，他受到了比較系統的古文教育，以歸有光為中心，上溯蘇軾、歐陽修、韓愈、劉勰、司馬遷；下迄桐城派，幾乎可以涵括一條完整的古代文章學的歷

3　汪曾祺：〈人之相知之難也──為〈撕碎，撕碎，撕碎了是拼接〉而寫〉，《讀書》1991年第2期。

4　汪曾祺：〈自報家門〉，《作家》1988年第7期。

5　汪曾祺：〈我是一個中國人──散步隨想〉，《北京師範學院學報》1983年第3期。

6　汪曾祺：〈《汪曾祺自選集》自序〉，《汪曾祺全集》（四）（北京市：北京師範大學出版社，1998年），頁94。

7　嚴家炎：《中國現代小說流派史》（修訂本）（北京市：長江文藝出版社，2009年），頁221。

8　汪曾祺：〈復解志熙函〉，參見解志熙：《考文敘事錄》（北京市：中華書局，2009年），頁285。

史。[9]其次，汪曾祺所受教育是一種綜合性的人文教育，除古文的誦讀和寫作外，還包括書法、繪畫和戲曲藝術的濡染薰陶。[10]再有，這些教育不僅培養了他的「生活感覺」和「語言感覺」，而且還塑造了他感覺世界、表達世界的方式。如洪堡特所言，如果我們用語言來教化，那麼我們以此意指某種更高級和更內在的東西，「即一種由知識以及整個精神和道德所追求的情感而來、並和諧地貫徹到感覺和個性之中的情操。」[11]也就是說，這樣的教育（教化），既培養了汪曾祺的語言感覺、思維方式、審美的判斷力和趣味，又塑造了他的個體性格、思想情懷和精神氣質。成長經歷不同，所受文學教育不同，「生活感覺」、「語言感覺」自然不同。沈從文與汪曾祺之間不斷被誇大的師生關係，勢必使後者產生所謂的「焦慮」，在私人通信中流露自己在師承問題上的真實想法，也是可以理解的。就本質而言，汪曾祺更像是一顆桐城派的「種子」，深植於市井民間，在傳統繪畫、書法和戲曲藝術的滋養下，經歷「歐風美雨」的吹打澆灌，最終在文體跨界中完成自己的美學轉換，成長為具有獨特文體風格的現代小說家。

汪曾祺小說與古代文章學傳統的關係，可以概括為「三點一線」：劉勰揭其源頭，韓愈統其關鍵，劉大櫆總其綱目；一條貫穿性的線索，則是「文氣」這一文章學的重要範疇。汪曾祺早年小說曾偶爾提到過韓愈的「文氣說」。[12]上世紀八十年代初期，他從桐城派文論入手，對傳統「文氣」論進行過系統梳理，並在一九八六年對韓愈的「文氣說」進行了新的闡釋。[13]一九八七年，汪曾祺參加「國際寫作

9　參見〈雨栖雜述〉、〈一輩古人‧張仲陶〉、〈馬鈴薯〉、〈尋根〉、〈我的小學〉、〈我的初中〉、〈談風格〉等文章。

10　參見〈我是怎樣和藝術結緣的〉、〈自得其樂〉、〈自報家門〉、〈文章雜事〉、〈我的創作生涯〉等文章。

11　轉引自伽達默爾：《真理與方法——哲學詮釋學的基本特徵》（上）（上海市：上海譯文出版社，1999年），頁12。

12　參見汪曾祺：〈綠貓〉，《文藝春秋》第5卷第2期。

13　汪曾祺：〈關於小說的語言（札記）〉，《文藝研究》1986年第4期。

計劃」，在耶魯和哈佛的演講中，對自己的「文氣」觀進行了完整的闡說。在汪曾祺看來，「文氣」是中國文論特有的概念，從《文心雕龍》到「桐城派」都非常重視，其中韓愈「講得最好，最具體」。後人把韓愈的「文氣說」概括為「氣盛言宜」。汪曾祺認為韓愈提出了三個重要的觀點。其一，這裡「氣盛」是指作者情緒飽滿，思想充實。韓愈首先提出了作者的精神狀態和語言的關係問題。其二，韓愈提出語言的標準是「宜」，即合適，準確。具體而言是指「言之短長」與「聲之高下」。其三，韓愈的「文氣說」突出了漢語有「四聲」的特點。而「聲之高下」不但造成一種「音樂美」，而且直接影響到意義的表達和生成。汪曾祺認為，和詩歌一樣，散文、小說寫作也要注意語調，「語調的構成，與『四聲』是很有關係的。」[14]

在中國傳統哲學中，「氣」是一個複雜的概念，向來就有自然之氣與生理、生命之氣的區分，它既可以是宇宙本體，也可以是精神現象。除「氣」的多義外，汪曾祺對「氣」的論說還有自己的特點：一是理解的整體性、多元性。在汪曾祺的理解中，除語言、文學的向度外，還滲透著他對書法「行氣」，畫論「氣韻」，及長期戲曲編劇排演實踐所積累下來的藝術體驗。後者實在是一種字斟句酌、往復推敲的運氣行文的操演磨練；二是結合自己的思考和藝術體驗，對相關概念進行了引申，增添了新的內涵。汪曾祺理解韓愈「文氣說」的中介是桐城派文論，具體說是劉大櫆的〈論文偶記〉，赴美前他曾對〈偶記〉做過重點札記。結合劉大櫆的觀點，他對韓愈「文氣說」進行了兩個方面的引申：一方面，注重神氣、音節、字句的有機統一，強調這裡的「字句」不只是意義的問題，更關涉到「字句」的「聲音」。[15]從這裡，汪曾祺為現代漢語小說接續了一條幾乎丟失了的審美傳統；

---

14 汪曾祺：〈中國文學的語言問題——在耶魯和哈佛的演講〉，《文藝報》，1988年1月16日。

15 汪曾祺：〈關於小說的語言（札記)〉，《文藝研究》1986年第4期。

另一方面，在早先的認識中，汪曾祺只突出了「言宜」一詞「言之短長」和「聲之高下」一面，而在演講中，他將「宜」進一步引申為「準確」。這一引申融匯著沈從文和他自己對小說語言標準的認識。「沈先生對我們說過語言的唯一標準是準確（契訶夫也說過類似的意思）。所謂『準確』就是要去找，去選擇，去比較。」[16]這裡的「準確」非常明確地是指文字含義的恰切。而在演講中，汪曾祺將「言之長短」和「聲之高下」與含義恰切統一了起來。這是汪曾祺小說語言標準中最為精微的地方。要說的是，這裡所謂「去找，去選擇，去比較」，實際上就是古代文章學非常注重的煉字析句的傳統。

從傳統文章學角度看，汪曾祺強調的煉字析句，實際上是對「煉字」、「聲律」、「熔裁」的綜合考量。煉字既要求準確，又要「避詭異」、「省聯邊」、「權重出」、「調單複」[17]；聲律講究「異聲相從」、「同聲相應」，[18]要「前有浮聲，後有切響」，在聲之高下，言之長短的不斷調整中，找到行文的「內在節奏」；熔裁則指「規範本體」、「裁剪浮詞」。前者使文章「綱領昭暢」；後者使文章「蕪穢不生」。[19]汪曾祺小說語言的精約、簡練之美亦於此生焉。而以上所有一切的基礎，則是對語言、文字的敏銳感覺。這種敏感既源於他所受的文學教育，又得益於他隨時隨地的學習，[20]對古詩詞和魯迅、沈從文等人作品用字的反覆揣摩。例如他對〈眉間尺〉（〈鑄劍〉）影印手稿修改痕跡的分析，就可以看到汪曾祺錘煉字句的細微感覺。作品原文為：「他跨下床，借著月光走向門背後，摸到鑽火傢伙，點上松明，向水

---

16 汪曾祺：〈沈從文和他的《邊城》〉，《芙蓉》1981年第2期。「準確」是汪曾祺一生堅持的語言標準。他在〈小說筆談〉〈小說創作隨談〉《文學語言雜談》《小說的思想和語言》等文章中反覆強調過這一標準。

17 范文瀾：《文心雕龍注》（下）（北京市：人民文學出版社，1958年），頁624。

18 范文瀾：《文心雕龍注》（下）（北京市：人民文學出版社，1958年），頁552。

19 范文瀾：《文心雕龍注》（下）（北京市：人民文學出版社，1958年），頁543。

20 汪曾祺：〈揉麵──談語言〉，《花溪》1982年第3期。

甕裡一照。」手稿顯示,「走向」原作「走到」;「摸到」原為「摸著」。汪曾祺認為魯迅的修改比原來好,「特別是『摸到』比『摸著』好得多。」[21]所以如此,是因為兩處修改,不僅避免了「借著」與「摸著」之間的「重出」相犯,而且「摸到」是動作結果,「摸著」除表示動作結果外還可表示動作狀態,一旦閱讀出現語義偏差,便會影響語感,使原文幾個動作的連續性受到影響,使語言的流暢感受到破壞。此外,《高老夫子》中的「醬」字,〈祝福〉中的「剩」字,沈從文《箱子岩》中的「灌」字,《鴨窠圍的夜》中的「鑲」字,都是汪曾祺經常舉以示人的錘煉字句的佳例。小說創作中的字錘句煉,還使汪曾祺養成了一種考據趣味,他對「淖」、「棧」、「俅」、「小山」、「步障」、「呼雷豹」等字詞的考訂,不僅反應出他語言功夫的深嚴細密,甚至還能讓讀者想到桐城派的「考據」趣味,隱約感受到文學創作中失之已久的「沉潛乎訓詁」的小學傳統。現代以來,這一傳統只在暗藏曲折的魯迅小說中尚能偶露崢嶸。

汪曾祺曾經說過,沈從文的語言是樸實的,「樸實而有情致」;是流暢的,「流暢而清晰」。「這種樸實,來自於雕琢;這種流暢,來自於推敲。」[22]正如林斤瀾所言,汪曾祺談別人,其實說的還是他自己。

二　桐城派的遺響

中國古代文章學傳統對汪曾祺小說的影響是整體的,全面的。「煉字析句」只是最初的一個層面,用劉大櫆的話說,是「文之最粗處」。「積字成句,積句成章,積章成篇。合而讀之,音節見矣。」[23]更進一步的影響則體現在聲調節奏和結構層面。雖然「煉字析句」已

21 汪曾祺:〈關於小說的語言(札記)〉,《文藝研究》1986年第4期。

22 汪曾祺:〈沈從文和他的《邊城》〉,《芙蓉》1981年第2期。

23 劉大櫆:〈論文偶記〉(北京市:人民文學出版社,1959年),頁6。

含有音節的成分在內，但就節奏的整體性和內在性而言，聲調節奏與結構問題有單獨論述的必要，它們都是「文氣」充盈於文本的不同形式的體現。汪曾祺非常重視語言聲調（音節）的價值，他認為，「句之短長」與「聲之高下」，形成了語言同時也是整個作品的「內在的節奏」，而這種節奏體現、滲透在作品由字句到篇章的每一個環節之中。然而，在對桐城派和韓愈的評價上，特別是在對「文氣說」、「桐城義法」和文章「聲音美」的認識上，汪曾祺與「五四」作家存在著很大的差異。

就文學史發展的實際看，桐城派經由曾國藩中興，已有很大變化，到嚴復、林紓一代，已顯示出與新文學接近的趨勢，後來參加新文學運動的胡適、陳獨秀、周氏兄弟等，都受過他們很大的影響。但「革命」不能沒有對象，不能沒有對手。當時統領文壇的桐城派自然首當其衝，被錢玄同罵作「謬種」；桐城三祖、明代前後七子外加歸有光，更是被陳獨秀斥為「十八妖魔」。然而，斥罵與口號只能收一時之效，後來真正對桐城派和韓愈進行徹底清算的還是周作人。周作人認為，桐城派的好處是文章較明代前後七子的「假古董」為通順，但桐城古文內容上道學化，形式上死抱「義法」，講究「神理氣味，格律聲色」，一味追求文章的聲調節奏，最終使桐城派日益成為與八股文最相近的文章統系。周作人把這一積習的源頭追到了以韓愈為代表的唐宋八大家身上，認為「韓退之諸人固然不曾考過八股時文，不過如作文偏重音調氣勢，則其音樂的趨向必然與八股接近，至少在後世所流傳模仿的就是這一類。」他還舉錢振煌《摘星說詩》中的例子進一步加以說明：

> 「同年王鹿鳴頗嫻曲學。偶叩以律，鹿鳴曰，君不作八股乎，亦有律也。」此可知八股通於音樂。《古文苑》錄韓退之〈送董邵南游河北序〉，首句曰「燕趙古稱多慷慨悲歌之士」選者

　　　　注云：「故老相傳，姚姬傳先生每頌此句，必數易其氣而使成
　　　　聲，足見古人經營之苦矣。」此可知古文之通於音樂，即後人
　　　　總以讀八股法讀之，雖然韓退之是否搖頭擺腿而做的尚不可
　　　　知。總之，這用聽舊戲法去鑒賞或寫作文章的老毛病不能斷根
　　　　去掉，對於八股宗的古文之迷戀不會改變，就是真正好古文的
　　　　好處也不會了解的。[24]

　　周作人是敏感的，他認識到古文與音樂的相通，認定此種習氣的養成
是和中國舊戲有關係的事。還認識到八股和古文重聲調節奏，與漢字
形狀特別有關。漢字不僅有平仄，而且有偏旁，可以找合適的字兩兩
互對。[25]

　　　值得注意的是，面對同樣的傳統，汪曾祺也認識到了漢字的特殊
性。自幼的薰習濡染，長期的編劇排演，汪曾祺更能體會到漢字文學
語言與戲文在聲調節奏方面的微妙關聯。但是，他對以韓愈和桐城派
為代表的古文傳統，與以周作人為代表的五四一代新文化論者，有著
不同甚至截然相反的判斷和理解。在汪曾祺看來，「桐城義法」是有
道理的，[26]桐城派講究「文章應該怎麼起，怎麼落，怎麼斷，怎麼
連，怎麼頓等等這樣一些東西」，「文章的內在節奏感就很強。」[27]桐
城派將「聲音」視為文學語言的精髓，是中國文論的一個很獨特的見
解。[28]比較而言，周作人所論夾雜著文化批判，而汪曾祺則是從創作
出發，強調「桐城義法」與「文氣說」的內在關聯，掘發桐城文論的
合理性。這樣的對照比較，使我們看到了汪曾祺與五四新文學之間關

24　周作人：〈廠甸之二〉，《苦茶隨筆》（石家莊市：河北教育出版社，2002年），頁30。
25　周作人：《中國新文學的源流》，頁36。
26　汪曾祺：〈兩栖雜述〉，《飛天》1982年第1期。
27　汪曾祺：〈小說創作隨談〉，《芙蓉》1983年第4期。
28　汪曾祺：〈關於小說的語言（札記）〉，《文藝研究》1986年第4期。

係的微妙性，看到他在小說創作上對文章學傳統的跨界式的繼承和發展，其小說創作在思想、技術譜系上的獨異特徵。

更為重要的是，對書法和戲劇藝術的諳熟，對漢字形義結構的深刻領會，使汪曾祺在繼承文氣論和桐城文論的基礎上，在文學、藝術領域首先提出了「漢字思維」的問題。汪曾祺認為中國字不是拼音文字，「中國的有文化的人，與其說是用漢語思維，不如說是用漢字思維。」[29]在以往對藝術思維的認識中，人們更多談論內容和形式，很少涉及「質料」因素。「漢字思維」是對以漢字為質料的文學、藝術創作思維特點的總結：首先，文學語言是書面語言，視覺語言，不是聽覺語言。漢字多同音字，不宜朗讀；其次，漢字是象形文字，有顏色、形象和聲音。所以，小說語言雖為視覺語言，但又不能不追求語言的聲音美；再次，漢字形體規整，聲有平仄。語用上講對仗，多四字句。行文穩當，頗富對稱之美。有了這樣的認識，汪曾祺在小說中極力發掘漢字形音義所獨具的美學潛能：參照魯迅《高老夫子》中的桑樹標牌，《皮鳳三楦房子》、《王四海的黃昏》也框畫出高大頭、王四海的招牌和名片，在漢字的視覺效果中，體驗「婉而多諷」的修辭魅力；〈螺螄姑娘〉幾乎全文四字句，〈倉老鼠和老鷹借糧〉則以兒歌童謠方式寫小說。這樣的「擬故事」書寫，其實是對漢字敘述「聲音美」的可能性進行試驗和探索；在許多作品中，汪曾祺還時以對語行文，讓讀者感受漢字均衡對稱的美感效果。較之九十年代的語言學家申小龍、畫家石虎等人，汪曾祺對「漢字思維」的論述可能不夠系統，只是自己感性經驗的總結，但這並不影響他對漢字思維形象性、整體性、模糊性和並置性的認識、感受和運用。如〈釣人的孩子〉：

　　米市，菜市，肉市。柴馱子，炭馱子。馬糞。粗細瓷碗，砂鍋

---

29 汪曾祺：〈中國戲曲和小說的血緣關係〉，《人民文學》1989年8期。

　　鐵鍋，燒餌塊。金錢火腿，牛乾巴。炒菜的油煙，炸辣子的嗆
人味。紅黃藍白黑，酸甜苦辣鹹。

　　這段文字用名詞堆疊而成，顏色、形象、聲音、氣味，看似鬆散，實
則韻致自存。名詞的並置，為閱讀留下了自由想像的空間，其審美效
果有似書之留白，畫之留空，樂之無聲。就像人們常說的那樣，初寫
小說的人好用形容詞，成熟的小說家喜用動詞，而真正優秀的小說家
是用名詞寫作的。名詞可以構築一個結實的「世界」。

　　由於受韓愈和桐城派的影響，汪曾祺對小說結構也有著與眾不同
的認識。在他看來，「『文氣』是思想的直接的形式」，是比「結構」
更為內在、更為精微的概念，它和思想內容有機聯繫在一起，是比許
多西方現代美學的概念還要現代的概念。[30]因此，他想用「節奏」代
替「結構」。而這裡的「節奏」是指小說敘述的「內在節奏」，是「文
氣」在形式層面的自然顯現。[31]就本質而言，汪曾祺所說的「結構」
是與「音節」、「聲調格律」一體兩面的概念：氣激發聲，為「音
節」，為「聲調格律」；氣聚成形，則為「結構」。這樣，我們就能夠
理解：為什麼汪曾祺說自己小說的結構受到了莊子的影響[32]；為什麼
他認為蘇軾所說的「但常行於所當行，止於所不可不止」是在說「結
構」；為什麼林斤瀾講了一輩子「結構」，而他卻認為是結構的特點是
「隨便」。[33]當然，這是一種和「字句」、「音節」、「聲調格律」一樣，
需要「苦心經營」的隨便。[34]就本質而言，「隨便」是個體生命在文
字、文本間的稟氣而行，自由迴蕩，是審美創造中自由的「肉身」，

---

30 汪曾祺：〈雨栖雜述〉，《飛天》1982年第1期。

31 汪曾祺：〈小說筆談〉，《天津文藝》1982年第2期。

32 汪曾祺：〈回到現實主義，回到民族傳統〉，《新疆文學》1983年第2期。

33 汪曾祺：〈小說筆談〉，《天津文藝》1982年第2期。

34 汪曾祺：〈林斤瀾的矮凳橋〉，《文藝報》，1987年1月9日。

是人的自由意志向文體形式方面的轉換和生成。所以，掌握了「文氣」，「比講結構更容易形成風格。」[35]

三　「現代派」內部融入的古代文章學基因

　　上世紀四十年代，汪曾祺受吳爾芙、阿左林、紀德、薩特、喬伊斯等歐美作家影響，形成了自己初步的小說觀。在他看來。「一個短篇小說是一種思索的方式，一種情感形態，是人類智慧的一種模樣。」[36]其實這已涉及了個體生命精神和意志的主要方面。在他那裡，小說業已成為生命的一種圖式。後來，他在認識和創作方面還有許多變化，如四十年代、八十年代的意識流，六十年代的應景，八十年代的和諧與歡樂，九十年代走向荒誕、悲涼等等，但以小說探索生命的藝術追求則是一以貫之的。在這背後，中國古代文章學傳統所起的作用，始終未能引起以往研究的注意。例如，汪曾祺是最早接觸並使用意識流手法的中國小說家之一，四十年代的〈復仇〉、〈小學校的鐘聲〉、〈等車〉、〈醒來〉，八十年代的〈歲寒三友〉、〈大淖記事〉、〈釣人的孩子〉、〈曇花、鶴和鬼火〉，都運用了意識流手法。在以往研究中，汪曾祺的意識流，總是被理解為受吳爾芙、阿左林等人「影響」的結果，但影響終究是外源性的，只能提供一種可能性。汪曾祺能夠接受意識流的內在原因，則是傳統「文氣論」對文思和行文如「氣」似「水」的感性認知。「血脈流通」、「氣韻生動」、「行雲流水」，是存在於中國文章學傳統內部的古老基因，西方意識流只不過是一種外來「刺激」；前者的作用是「定向」，後者的作用是「激活」。只有前者，而不是後者，最終決定著〈大淖記事〉等作品所呈現的「東方意識流」的美學形態。

---

35 汪曾祺：〈小說創作隨談〉，《芙蓉》1983年第4期。
36 汪曾祺：〈短篇小說的本質〉，《益世報》「文學週刊」第43期。

　　就古代文章學傳統對汪曾祺的影響而言，為接受「意識流」定向猶是其小者，尚屬形式、技巧範疇，更進一步的作用則體現在小說人物、思想、文體和整體審美風格方面。汪曾祺創作一向注重他異性，堅持「凡事別人那樣寫過的，我就絕不再那樣寫！」[37]強調「我們的小說寧可像詩，像散文，像戲，什麼也不像也行，可是就是不能太像個小說，那只有註定他的死滅。」[38]古文方面的童子功外加對「文氣說」的認同，「散文化」幾乎成為他小說創作尋求獨特性的必然選擇。在他看來：

> 所謂散文，即不是直接寫人物的部分。不直接寫人物的性格、心理、活動。有時只是一點氣氛。但我以為氣氛即人物。一篇小說要在字裡行間都浸透著人物。作品的風格，就是人物的性格。[39]

這樣，汪曾祺對小說人物的認識，也被納入到了「文氣」的範疇。後來，他進一步補充道：

> 我曾經有一句沒有講清楚的話，我認為「氣氛即人物」，講明白一點，即是全篇每一個地方都應浸透人物的色彩。[40]

「氣氛即人物」的觀念對汪曾祺小說創作產生了深刻影響。四十年代的〈戴車匠〉、〈僧與廟〉、〈雞鴨名家〉等作品，都是在氣氛的營造中

---

37 汪曾祺：〈談風格〉，《文學月報》1984年6期。

38 汪曾祺：《短篇小說的本質》，《益世報》「文學週刊」第43期。

39 汪曾祺：《《汪曾祺短篇小說選》自序》，《汪曾祺全集》（三）（北京市：北京師範大學出版社，1998年），頁166。

40 汪曾祺：〈小說創作隨談〉，《芙蓉》1983年第4期。

完成人物的塑造。八十年代的〈異秉〉、〈受戒〉、〈歲寒三友〉、〈大淖記事〉等優秀之作，也在延續著相似的修辭路線。以〈歲寒三友〉為例，小說寫當地放焰火的風俗，看似沒有一筆寫人物，但筆筆又都在著意寫人，寫焰火的製作者陶虎臣。汪曾祺認為，讀者如能感受到看焰火的熱鬧和歡樂，就會感受到陶虎臣這個人。「人在其中，卻無覓處。」[41]再如〈大淖記事〉。表面看，整篇作品比例失調，前三節寫環境，記風土人情，直到第四節才出現人物。這裡人物的生活、風俗、是非標準、倫理觀念，和街裡穿長衫念過「子曰」的人是不同的。「只有在這樣的環境裡，才有可能出現這樣的人和事。」[42]也就是說，只有把「風俗」、「環境」置放在「氣氛」營造之中，它們在汪曾祺小說中的修辭功能，才會得到準確的理解和把握。

　　從創作的實際情況看，「氣氛即人物」在汪曾祺那裡首先意味著小說「情節」功能的淡化，真正的生活有「氣氛」，而少「情節」，而現代小說寫的只是平常的「人」[43]；其次，小說不應有過強的戲劇性。汪曾祺認為，小說和戲劇不同，「戲要誇張，要強調，小說要含蓄，要淡遠」[44]；「戲劇是強化的藝術，小說是入微的藝術」[45]。而「強調」和「強化」的主要手段是「衝突」。明確了二者的畛域，汪曾祺小說往往將「衝突」擱置起來，很少在「衝突」中展開人性分析，而是讓「人物」在「平常的人事」中自行顯現；第三，汪曾祺一再強調「要貼到人物來寫」[46]，其小說「作者」、「敘述者」、「人物」一體化傾向非常明顯。這樣，作者、敘述者、人物的個性氣質，行文的字句、音節、韻律節奏、文體風格，和作品中的「氣氛」之間，便

41　汪曾祺：〈談談風俗畫〉，《鐘山》1984年第3期。

42　汪曾祺：〈《大淖記事》是怎樣寫出來的〉，《讀書》1982年第8期。

43　汪曾祺：〈說短〉，《光明日報》，1982年7月1日。

44　汪曾祺：〈雨栖雜述〉，《飛天》1982年1期。

45　汪曾祺：〈中國戲曲和小說的血緣關係〉，《人民文學》1989年8期。

46　汪曾祺：〈沈從文和他的《邊城》〉，《芙蓉》1981年第2期。

產生了一種內在的有機統一。氣化流行，變動不居：內為「氣質」；
外為字句、音節、韻律節奏、文體風格；浸透於「字裡行間」，則為
「氣氛」。原屬敘事學、文體學、文本發生學的諸多概念和範疇，都
被汪曾祺整合到了「文氣」之中。劉大櫆論文說：「音節者，神氣之
跡也。字句者，音節之矩也。神氣不可見，於音節見之；音節無可
准，以字句准之。」[47]如此循環往復，一以貫之的是「氣」字；汪曾
祺推以闡說自己的小說觀念，他要強調的，也還是這個「氣」字。在
這種一體化的小說觀中，「人物」既是一個環節，又意味著作品的全
部。這裡所顯現的，實際上是一種「氣本論」的小說觀，一種源發於
生理、生命之氣的生命詩學。

　　汪曾祺將自己思想總結為「中國式的抒情的人道主義」，並表示
自己對人道主義的理解，不是基於「人道主義」問題的論證，更無力
參與哲學上的論辯，「我的人道主義不帶任何理論色彩，很樸素，就
是對人的關心，對人的尊重和欣賞。」[48]然而，任何思想都是有跡可
求的，在以往研究中，人們在汪曾祺的小說中，感受到了吳爾芙、阿
左林、契訶夫等人作品所具有的人道情懷，認識到以薩特為代表的存
在主義人道主義的思想印記，更能看到對沈從文小說尊崇「人性」、
執著於道德探求的繼承和發揚。但是，我們只有將這一問題放置在中
國古代文章學傳統之中，其人道主義思想形成的深遠和隱微之處，才
能得到真切的呈現。汪曾祺的人道主義是「抒情的」，而歸有光對其
抒情方式的形成有著深遠影響。歸有光的文章有感慨，有性情，平易
自然，通過歸有光「以清淡的文筆寫平常的人事」的抒情風格，經由
歐陽修，最後在司馬遷那裡，汪曾祺找到了中國文學的一種抒情傳
統，感受到了這個傳統背後流淌著的人道主義情懷。汪曾祺的人道主
義是「中國式的」，其中接續著儒家思想的重現世、講人情的生活態

---

47 劉大櫆：〈論文偶記〉（北京市：人民文學出版社，1959年），頁6。

48 汪曾祺：〈我是一個中國人──散步隨想〉，《北京師範學院學報》1983年第3期。

度。汪曾祺諳熟桐城古文，而桐城派講究義理、考據、詞章。這裡的
「義理」是指「宋學」，即姚鼐所謂「學行繼程朱之後」的程朱理
學。面對儒家思想統系中的理學，汪曾祺不只看到了朱子講學語言的
親切、自然、活潑[49]，更為程顥等人詩句中所反映的人生態度所感
動。「萬物靜觀皆自得，四時佳興與人同」；「頓覺眼前生意滿，須知
世上苦人多」。這樣的「藹然仁者」之言，與「先天下之憂而憂，後
天下之樂而樂」一樣，閃動著儒家人道思想的光輝。

　　再者，與重「文氣」相頡頏，中國古代文章學自《文心雕龍》至
桐城派文論，都非常重視「養氣」功夫。對汪曾祺而言，「養氣」不
只是讀書，不只是書法、繪畫、烹飪與小說、散文創作之間相互涵
養，它更體現為對《文心雕龍》「養氣」觀的熟練掌握和深刻領悟[50]，
對「臨文主敬」的藝術倫理和藝術情感的把持和掌控。這一點對汪曾
祺人道主義思想產生了兩方面影響：一方面，汪曾祺強調作者要有
「仁者之心」，要「愛人物」，但這種愛不是「熱愛」，而是「溫愛」，
是「藹然仁者」之愛。其中不難發現「氣攝而不縱」[51]的理性態度；
另一方面，養氣可以使汪曾祺突破個性氣質的侷限，在個性中涵攝更
多的社會性[52]，使自己的人道思想獲得不斷向外拓展的力量，也使自
己的創作獲得了更為深廣的動力。這一方面，不僅體現在他對小說創
作社會責任意識的不斷強調上[53]，而且他還將這種意識貫徹於小說創
作，在八十年代後期和九十年代，創作出一批社會性較強、充滿荒誕
與悲涼氣息的作品。

---

49 汪曾祺：〈揉麵──談語言〉，《花溪》1982年第3期。
50 參見汪曾祺：〈綠貓〉，《文藝春秋》1947年第5卷第2期。
51 章學誠著、葉瑛校注：《文史通義校注》（上）（北京市：中華書局，1985年），頁
　279。
52 徐復觀：〈中國文學中氣的問題〉，《中國文學精神》（上海市：上海世紀出版集團
　2006年），頁142-143。
53 參見〈揉麵──談語言〉、〈要有益於世道人心〉、〈美學情感的需要和社會責任〉、
　〈自序〉等文章。

　　汪曾祺自認是「文體家」[54]，他在小說文體創新方面也的確取得
了很高的藝術成就，他對古代文章學資源的跨界吸納，無疑起到了巨
大的作用。但是我們應當看到，任何傳統的影響所產生的後果都是複
雜的，在獲得啟悟的同時，往往也會帶來束縛和侷限。在汪曾祺小說
創作中有一樁公案：醞釀了十多年的長篇小說〈漢武帝〉[55]，最終因
何未能付諸筆端？汪曾祺自己的解釋是「不清楚漢朝人的生活細
節」，後來許多人都曾撰文，申說自己的看法，如歸因於「小說觀
念」、「身不由己」、「精力不濟」等等。在我看來，有兩點是決定性
的：一是氣質；一是思維。自己的氣質不宜長篇，汪曾祺在多篇文章
中都曾提到過，篇幅所限，不再具引。要說的是，在小說創作的思維
方式上，汪曾祺深受古文教育、文章學傳統和書畫創作的影響，養成
了推敲字句，斟酌音節，苦心經營節奏和氣氛的習慣。例如他在文章
中經常寫到這樣的創作情形：「我的習慣是，打好腹稿。我寫京劇劇
本，一段唱詞，二十來句，我是想得每一句都能背下來，才落筆的。
寫小說，要把全篇大體想好。怎樣開頭，怎樣結尾，都想好。在寫每
一段之間，我是想得幾乎能背下來，才寫的（寫的時候自然又有些變
化）。寫出後，如果不滿意，我就把原稿扔在一邊，重新寫過。我不
習慣在原稿上塗改。在原稿上塗改，我覺得很彆扭，思路紛雜，文氣
不貫。」[56]這樣一種「打好腹稿」的思維習慣和方式，寫文章可以，
作畫可以，寫短篇也可以。可這種方法一旦施之於長篇，在人物配
置，情節穿插，複雜主題的呈現，大的結構的安排設計等方面，就難

---

54 汪曾祺：〈認識到和沒有認識的自己〉，《北京文學》1989年第1期。

55 早在一九八一年，汪曾祺在給朱德熙的信中提到，「也許會寫一個中篇歷史小說
　〈漢武帝〉的初稿」。一九八三年，人民文學出版社向汪曾祺約寫長篇小說，汪曾
　祺開始醞釀長篇〈漢武帝〉。後來由於不清楚漢朝人的生活細節，最終不得不放棄
　了這部醞釀了十多年的長篇小說。參見汪曾祺〈致朱德熙〉、〈猴年說命〉等文章。

56 汪曾祺：〈揉麵——談語言〉，《花溪》1982年第3期。

免捉襟見肘了。這也許是古代文章學傳統給這位「文體家」所帶來的不可避免的遺憾。

　　不過話說回來，沒有〈漢武帝〉，汪曾祺還是汪曾祺。

第二章
汪曾祺小說「衰年變法」考論

　　在以往汪曾祺小說研究中,「衰年變法」問題基本處於被擱置狀態。人們雖然注意到汪曾祺詩文中多次提到「衰年變法」,但對其試圖「變法」的心理動因,對「變法」後汪曾祺小說各方面發生的變化,並未進行深入系統研究。這一問題的長期擱置,使許多研究者懷疑汪曾祺是否真的實施了「衰年變法」,甚至懷疑汪曾祺二十世紀九十年代是否已然放棄小說創作[1]。更為重要的是,「衰年變法」是汪曾祺小說創作中的一次關鍵轉折,相關研究的長期缺失,使得我們很難把握汪曾祺小說思想、藝術方面發展變化的內在理路。以往研究要麼將八十、九十年代作一體化處理,將九十年代視作八十年代的餘響,完全忽略汪曾祺九十年代小說的獨特價值和意義;要麼將二者分割開來,只強調表面差異,無視兩個時期小說在思想、藝術上的內在關聯。但無論怎樣處理,最終結果往往殊途同歸:八十年代被凸顯,九十年代被遮蔽。如此一來,在文學史視野中,汪曾祺也就成了「尋根小說」的先導,一位接續古代士大夫傳統、講述民國故事的小說家。一位「樂觀」的、追求「和諧」的小說家。然而,這樣的文學史形象是片面的,是長期誤讀的產物[2],是研究者迴避「衰年變法」問題的

1　參見郜元寶:〈汪曾祺論〉,《文藝爭鳴》2009年8期。

2　一九八六年十二月,汪曾祺在《《汪曾祺自選集》自序〉中寫道:「但是總的來說,我是一個樂觀主義者。對於生活,我的樸素的信念是:人類是有希望的,中國是會好起來的。我自覺地想要對讀者產生一點影響的,也正是這點樸素的信念。我的作品不是悲劇。我的作品缺乏崇高的、悲壯的美。我所追求的不是深刻,而是和諧。這是一個作家的氣質決定的,不能勉強。」這段自我定位和評價成為了後來一系列當代文學史評價汪曾祺小說思想和藝術的主要依據。我們不好斷然認定這是一種

必然結果。汪曾祺曾經說過：「我活了一輩子，我是條整魚（還是活的），不要把我切成頭、尾、中段。」[3]要想使汪曾祺擺脫「被肢解」的命運，我們必須從正面打開「衰年變法」這個「紐結」，使其文學史形象得到完整呈現。

一　「衰年變法」的背景及原因

汪曾祺最早提及「衰年變法」是在一九八三年，他在〈我是一個中國人〉最後寫道：「我的作品和我的某些意見，大概不怎麼招人喜歡。姥姥不疼，舅舅不愛。也許我有一天會像齊白石似的『衰年變法』，但目前還沒有這意思。我仍將沿著這條路走下去。有點孤獨，也不賴。」[4]齊白石早先師法「八大」，畫風冷逸絕俗，移居北京後，他發現這種風格不受歡迎，沒有市場，在陳衡恪啟發下，改學吳昌碩式「大寫意」，並自創「紅花黑葉」一派。由於畫風符合大眾心理，很快打開了市場。不難看出，齊白石「衰年變法」本身含有兩層意思：一是迎合；一是創新。從文章意緒看，汪曾祺這裡提及「衰年變法」，取「迎合」的意思更多些。

一九八九年一月，《三月風》發表了汪曾祺的隨筆〈韭菜花〉，並附有漫畫像一幅（作者丁聰），汪曾祺自題絕句一首，後兩句為：「衰年變法談何易，唱罷蓮花又一春。」[5]詩為題畫，不太引人注意。從詩的意思看，汪氏「變法」已經悄然展開，而展開的契機則是參加

「新批評」所謂的「意圖謬誤」，但它對文學史書寫的影響則十分明顯。可以肯定，汪曾祺這裡的自我定位和評價，不可能涵蓋他「衰年變法」後的小說創作。

3　汪曾祺：〈撿石子兒（代序）〉，《汪曾祺全集》（五）（北京市：北京師範大學出版社，1998年），頁251。

4　汪曾祺：〈我是一個中國人〉，《北京師範學院學報》1983年3期。

5　一九九四年十二月，汪曾祺作〈題丁聰畫我〉一詩，後面附錄此詩。參見《汪曾祺全集》（八）（北京市：北京師範大學出版社，1998年），頁43。

「國際寫作計劃」。一九八七年九月，汪曾祺與古華一起赴美，參加由聶華苓夫婦主持的為期三個月的「國際寫作計劃」，行前汪曾祺已有所準備，特意帶上了一個《聊齋》選本，期間改寫了〈瑞雲〉、〈黃英〉、〈蛐蛐〉、〈石清虛〉等四篇作品，回國後又改寫了八篇，總名為《聊齋新義》。這些作品及後來改寫的神話、民間故事和筆記小說，顯示了汪曾祺對「現代主義」中國化道路的積極探索，是其實施「衰年變法」的最初努力。一九九〇年汪曾祺七十歲，他在〈七十抒懷〉一文中表示：「我不願當什麼『離休幹部』，活著，就還得做一點事。我希望再出一本散文集，一本短篇小說集，把《聊齋新義》寫完，如有可能，把醞釀已久的長篇歷史小說〈漢武帝〉寫出來。這樣，就差不多了。」[6]文章表面平易低調，內裡「變法」雄心卻昭然若揭。一九九一年，汪曾祺明確表示，「衰年變法」的思路已然清晰：「我要回過頭來，在作品裡溶入更多的現代主義」[7]。此後，汪曾祺小說在主題和思想方面回歸存在主義，作品的哲理性、悲劇性和荒誕性不斷增強，對「人」的追問成為了他九十年代小說的核心內容。

　　汪曾祺於古稀之年決意「變法」，與其一貫求新求異的藝術追求和藝術個性緊密相關。早在四十年代，青年汪曾祺就清醒意識到，一個小說家必須「找到自己的方法」，在浩如煙海的文學作品和短篇小說中，「為他自己的篇什覓一個位置」[8]。五十年代，他仍舊堅持「凡

6　汪曾祺：〈七十抒懷〉，《現代作家》1990年第5期。一九八一年六月七日，汪曾祺在致朱德熙的信中首次提及〈漢武帝〉，最初計劃寫成「中篇歷史小說」。參見〈致朱德熙〉，《汪曾祺全集》（八）（北京市：北京師範大學出版社，1998年），頁170。一九八三年，人民文學出版社向汪曾祺約寫長篇小說，汪曾祺開始醞釀長篇〈漢武帝〉。參見陸建華：《私信中的汪曾祺》（上海市：上海文藝出版社，2011年），頁75、80、97。後來由於不清楚漢朝人的生活細節，最終放棄了這部醞釀了十多年的長篇小說。參見汪曾祺：〈猴年說命〉，《解放日報》，1992年2月13日。

7　汪曾祺：〈卻老〉，《汪曾祺全集》（五）（北京市：北京師範大學出版社，1998年），頁183。

8　汪曾祺：〈短篇小說的本質〉，《益世報》「文學週刊」1947年第43期。

是別人那樣寫過的，我就決不再那樣寫！」[9]受這種「求異」意識影響，汪曾祺很早就形成了自己非常獨特的小說觀，他寧可自己的小說像詩、像散文、像戲，什麼也不像也行，「可是不願它太像個小說，那只有註定它的死滅」。[10]在某種意義上，汪曾祺四十年代和八十年代初的小說，正是這種個性和追求的產物。一般而言，一個作家風格的形成要經過模仿、擺脫、自成一家三個階段，及至八十年代末九十年代初，汪曾祺小說藝術上的追隨者、模仿者已不在少數，自成一家已不是問題，他要想在藝術上尋求新的突破，就必須擺脫自己。如此，「衰年變法」已勢屬必然。

　　汪曾祺決意「衰年變法」，評論起到了極大的促動作用。汪曾祺非常在乎別人對自己的評價，經常閱讀相關評論。八十年代，他對一些評論持肯定意見：認同淩宇對自己小說語言特點的分析[11]；對評論者稱自己是「一位風俗畫家」表示首肯[12]；有評論指出他小說的語言受到了民歌和戲曲的影響，汪曾祺認為「有幾分道理」[13]。對於批評意見，汪曾祺此時尚能委婉地加以回應：不同意自己小說「無主題」的看法，表示在這個問題上「自己是心中有數的」[14]；對有人說他的小說只有美感作用，沒有教育作用，汪曾祺表示「一半同意，一半不同意」[15]，並進行了耐心解釋。但隨著批評力度的加大，汪曾祺感受到了壓力，他在許多場合、利用各種機會進行反駁。及至九十年代，

9　汪曾祺：〈談風格〉，《文學月報》1984年第6期。

10　汪曾祺：〈短篇小說的本質〉，《益世報》「文學週刊」1947年第43期。

11　汪曾祺：〈揉麵——談語言〉，《花溪》1982年第3期。

12　汪曾祺：〈《大淖記事》是怎樣寫出來的〉，《讀書》1982年第8期。

13　汪曾祺：〈我是怎樣和戲曲結緣的〉，《新劇本》1985年第4期。

14　汪曾祺：〈道是無情卻有情〉，《汪曾祺全集》（三）（北京市：北京師範大學出版社，1998年），頁280。此外〈我是一個中國人〉、〈小說的思想和語言〉等文章也有類似回應，只不過語氣越來越強硬，並在後一篇文章中堅稱「我的小說不是無主題的，我沒有寫過無主題小說。」參見《寫作》1991年第4期。

15　汪曾祺：〈美學感情的需要和社會效果〉，《文譚》1983年第1期。

汪曾祺對評論界彷彿已經失去耐心，認為當時的評論缺乏個性，沒有熱情，「不太善於知人」[16]；甚至在〈七十抒懷〉中明言：「我覺得評論家所寫的評論實在有點讓人受不了」、「最讓人受不了的，是他們總是那樣自信」[17]，對批評的反感可謂「溢於言表」。在同年另一篇文章中，汪曾祺不無諷刺地說：「我有時看評論家寫我的文章，很佩服：我原來是這樣的，哪些哪些地方連我自己也沒想到過」；文章最後重重寫道：「通過評論，理解作家，是有限的」[18]。如此一句三頓，其對評論的態度可想而知。當然，「反批評」只是汪曾祺反駁的一種方式，更有力的方式則是通過自己的創作進行回擊。

「文章千古事，得失寸心知」，在汪曾祺看來，「得失，首先是社會的得失」，一個作家要對讀者負責，要有社會責任感，「總得有益於世道人心」[19]。汪曾祺心目中存在兩類讀者：一類是自己小說「合適的讀者」，他們也是小說家，與作者並排而坐，沒有「能不能」的差異，只有「為不為」區別[20]。這類讀者是作者的「知音」，作者的一切「手段」，他們均能欣然會意，了然於胸。此一讀者意識，反映了汪曾祺小說「唯美」的一面，「為藝術而藝術」的一面；另一類是普通讀者，是「沒有文學修養的普通農民」[21]，是「知識青年」、「青年工人」、「公社幹部」[22]。此一讀者意識，反映了其小說注重現實和社會責任的一面。在汪曾祺的創作中，上述兩種讀者意識形成了一種特殊的張力，不僅影響著他對小說藝術的理解，藝術風格的追求，敘事修

16　汪曾祺：〈何時一樽酒，重與細論文〉，《文學自由談》1991年第3期。

17　汪曾祺：〈七十抒懷〉，《現代作家》1990年第5期。

18　汪曾祺：〈人之相知也難也〉，《讀書》1992年第2期。

19　汪曾祺：〈要有益於世道人心〉，《人民文學》1982年第5期。

20　汪曾祺：〈短篇小說的本質〉，《益世報》「文學週刊」1947年第43期。

21　汪曾祺：〈揉麵──談語言〉，《花溪》1982年第3期。

22　汪曾祺：〈要有益於世道人心〉，《人民文學》1982年第5期。汪曾祺八十年代文章多次提到此類讀者，如〈美學感情的需要和社會效果〉、〈自序〉等。

辭策略的制定，而且左右了「衰年變法」的走向。汪曾祺「變法」中大量「文革」題材小說的出現，正是其使命感和社會責任意識的反應，是其要承擔「文革」責任的具體體現[23]。

此外，汪曾祺決意「衰年變法」，與其對「風格」和「時尚」間關係的思考不無關係。汪曾祺深知，藝術需要時尚，需要人們的欣賞和接受，但是「一個作家的風格總得走在時尚前面一點」、「追隨時尚的作家，就會為時尚所拋棄」[24]。八十年代初，汪曾祺已有危機意識，這不僅因為批評聲音日漸增加，更主要的是，在當時文壇，汪曾祺非常得意的「意識流」已不稀罕。汪曾祺自認為是較早的「有意識的動用意識流方法寫作的中國作家之一」[25]，他四十年代創作的〈復仇〉、〈待車〉、〈小學校的鐘聲〉，八十年代創作的〈歲寒三友〉、〈大淖記事〉、〈釣人的孩子〉、〈曇花、鶴和鬼火〉等作品，均運用了意識流手法。但到了七十年代末八十年代初，國內對意識流已有全面引介，汪曾祺對意識流的局部運用，較之王蒙拋出的「集束手榴彈」[26]，較之宗璞、諶容、張承志、張辛欣、莫言、李陀等新人對意識流的全面探索，在純度和規模上已無特色和優勢可言。汪曾祺要想走在「時尚」前面，就必須另闢蹊徑。經過一段時間醞釀後，他把目光投向了「魔幻現實主義」。

「魔幻現實主義」在八十年代被視為「風暴」，大有「席捲天下」之勢，這條路上已是人滿為患。經驗告訴汪曾祺，跟風沒有前途，他必須找到自己切入「魔幻」的方式。於是，在別人頂禮於《百年孤獨》之時，汪曾祺卻利用「國際寫作計劃」的機會，悄然翻開了

23　汪曾祺：〈責任要由我們擔起〉，《文藝報》，1986年9月27日。

24　汪曾祺：〈小說筆談〉，《天津文藝》，1982年第1期。

25　汪曾祺：〈卻顧所來路，蒼蒼橫翠微〉，《小說月報》1994年第3期。

26　一九七九年至一九八二年，王蒙連續拋出〈布禮〉、〈夜的眼〉、〈風箏飄帶〉、〈蝴蝶〉、〈春之聲〉、〈海的夢〉等六篇作品，並將它們稱為「集束手榴彈」。這組作品當時反響巨大，引發了關於意識流文學東方化的討論。

《聊齋志異》。別人由「拉美」到中國，進行橫向移植；汪曾祺卻追溯傳統，尋找「魔幻」小說在中國的古老基因。在汪曾祺看來，「中國是一個魔幻小說的大國」[27]，從六朝志怪到《聊齋志異》，乃至《夜雨秋燈錄》，「魔幻」故事浩如煙海，「都值得重新處理，從哲學高度，從審美視角」[28]。他要通過自己的「改寫」，給中國當代創作開闢一個天地。[29]

　　汪曾祺「以故為新」，在傳統中尋繹「現代主義」的頭緒，是由其藝術觀和文化觀決定的。汪曾祺在創作上堅持回到現實主義，回到民族傳統，「這種現實主義是容納了各種流派的現實主義；這種民族傳統是外來文化的精華兼收並蓄的民族傳統」[30]。這也就決定了，他接受西方「現代主義」，是以民族文化和文學傳統為本位的，力求態度開放，而又不失根本。在對「現代主義」的接受中，如果一味硬性移植，不能找到傳統的根脈，那樣的藝術是虛假的，不能長久的。這樣的認識，既來自於汪曾祺青年時代模仿西方現代主義所得經驗和教訓的總結，也緣於他對西方現代藝術的觀察和反思。在汪曾祺看來，法國現代藝術是「假」的，他們一味模仿非洲藝術的變形、扭曲、誇大、壓扁、拉長，而沒有認識到這些手法與非洲人「認識世界的方式」之間的內在聯繫。汪曾祺由此認識到，自己探求「現代主義」，必須扎根於中國文化傳統，否則，「不可能搞出『真』現代派」[31]。汪曾祺以上思考是有針對性的。八十年代末九十年代初，「新寫實」、「新狀態」、「後現代」在文壇紛紛亮相，對這種「花樣翻新」、「使人

27　汪曾祺：〈撿石子兒（代序）〉，《汪曾祺全集》（五）（北京市：北京師範大學出版社1998年），頁250。

28　汪曾祺：〈《聊齋新義》後記〉，《人民文學》1988年第3期。

29　汪曾祺：〈美國家書〉，《汪曾祺全集》（八）（北京市：北京師範大學出版社，1998年），頁108。

30　汪曾祺：〈回到現實主義，回到民族傳統〉，《新疆文學》1983年第2期。

31　汪曾祺：〈認識到的和沒有認識的自己〉，《北京文學》1989年第1期。

眼花繚亂」的情況，汪曾祺始終持保留態度[32]。可以說，汪曾祺的思考，既有對當時文壇狀況的批判性審視，又有對自己「變法」取徑方向的考量。汪曾祺改寫《聊齋》故事，目的在於使其獲得「現代意識」，在具體操作上力求「小改而大動」：「即盡量保持傳統作品的情節，在關鍵的地方加以變動，注入現代意識。」[33]這裡的「現代意識」並非虛指，在汪曾祺看來，《石清虛》和《黃英》所體現的「石能擇主，花即是人」的魔幻意識，「原本就是相當現代的」[34]。就本質而言，這樣的「現代意識」是從哲學高度和審美視角，對中國文學傳統中「現代主義」藝術質素的再升發，再認識。

　　從《聊齋新義》改寫的實際情況看，汪曾祺所追求的「現代主義」、「現代意識」是以「魔幻現實主義」為主調的多種現代派藝術手法的綜合運用。除〈《聊齋新義》後記〉所指明的「魔幻」元素外，讀者不難發現「荒誕派」、「表現主義」甚至卡夫卡的影子。在改寫中，汪曾祺一方面從故事本身出發，依據故事自身特點，合理徵用各色「現代主義」藝術手法；另一方面又力求使自己的改寫與「民族傳統」和讀者的閱讀習慣保持適度的張力。汪曾祺的改寫是有選擇的，他以能否提供「現代主義」質素，能否寄寓自己的哲理性思考為標準，對《聊齋》故事進行重新遴選。《蟋蟀》改自《促織》，從現代審美角度看，故事本身不僅極富「魔幻」色彩，而且還是一篇中國版本的《變形記》。值得注意的是，《蟋蟀》刪除了原作中成名妻子問卜一節，這段文字原本巫術氣息濃郁，按理應予保留。但汪曾祺意識到，巫術長期被人視為迷信，它會在無形中阻隔讀者對小說「現代主義」訴求的認識，減弱作品對黑子一家在官僚、雜役拶逼下精神和心靈痛

32　汪曾祺：〈《矮紙集》題記〉，《汪曾祺全集》（六）（北京市：北京師範大學出版社，1998年），頁196。

33　汪曾祺：〈《聊齋新義》後記〉，《人民文學》1988年第3期。

34　汪曾祺：〈《聊齋新義》後記〉，《人民文學》1988年第3期。

苦的表現。同樣，《人變老虎》寫向杲為兄報仇，原作中行乞道士感恩回報，施展法術幫助向杲變虎復仇。汪曾祺將這一情節改寫為向杲在仇恨的吶喊中直接變為老虎。這樣，人物尋仇的主觀意志成為了「變形」的決定力量，「魔幻」色彩雖有減損，「表現主義」訴諸人物精神、情緒與意志的特點卻凸顯而出。此外，《聊齋新義》中發表於九十年代初的〈明白官〉、〈牛飛〉，及九十年代改寫的〈公冶長〉、《樟柳神》等作品，還流露出了濃重的「荒誕」氣息，後文結合「變法」中存在主義思想回歸問題進行論述。

　　汪曾祺對《聊齋新義》寄予了很高希望，但這種改寫式創作沒能達到預期效果。他在「現代主義」中國化方面的努力，並未引起人們的充分注意。原因主要有兩個方面：一是讀者對《聊齋》「花狐鬼魅」故事的接受心理已然定型，汪氏「小改大動」的苦心，往往因閱讀慣性而被忽視；二是改寫《聊齋》、神話、筆記和民間故事等，易受原作侷限。雖然瞄著當時文壇流行的各色「現代主義」的欠缺和侷限，但汪曾祺的改寫在找到「傳統」的同時，卻無意間淡化了「現實」。「現代主義」一旦失去心理和情緒方面的現實依託，再好的「魔幻」、「變形」故事，也只能徒具其形。

二　存在主義的回歸

　　《聊齋新義》起手於一九八七年，最後三篇作品〈明白官〉、〈牛飛〉、〈虎二題〉發表於一九九一年。以「魔幻」為主調改寫《聊齋志異》只是汪曾祺「衰年變法」的一個方面，而在小說思想和主題上回歸存在主義，書寫政治、歷史、生活和個體生命中的「荒誕」，探索人生的可能性，則是「變法」的主線。這一主線在《聊齋新義》中已有顯露，並貫徹「衰年變法」始終。

　　中國對存在主義的譯介始於二十世紀四十年代。汪曾祺早年小

說就已受到存在主義的影響，流露出「厭惡」、「自欺」等情緒和體驗。[35] 據他八十年代回憶，「當時在聯大比較時髦的是 A・紀德，後來是薩特」[36]，自己也曾趕時髦，「讀過一兩本關於存在主義的書，思想上受了影響」[37]。這裡有兩點需要說明：其一，在八十年代「薩特熱」、「存在主義熱」的背景下，汪曾祺不願多談、深談存在主義對於自己以往創作的影響；其二，就當時譯介條件和閱讀習慣看，汪曾祺對存在主義不會有系統了解，但憑其敏感和睿智，少許思想碰撞，就會對他的創作產生深遠影響。及至九十年代，國內對存在主義已有系統翻譯，汪曾祺對存在主義的理解更為深入，對它的複雜性和豐富性有了更多認識。這時的汪曾祺，對「法國存在主義者加繆」的觀點已能隨手稱引[38]；也讀到了卡夫卡小說世界中所寄寓的精神痛苦[39]；「荒謬」也日漸成為其評論他人作品的關鍵詞彙[40]。如果無視以上思想伏線，汪曾祺「變法」時期的小說是難以進入的，給人的印象只能是簡陋、破碎、混亂，是不折不扣的「胡鬧」，這一時期的汪曾祺已然「江郎才盡」。

汪曾祺是才子作家，創作具有兩棲性，戲曲與小說、散文一樣，取得了很高的成就。在汪曾祺看來，「戲要誇張，要強調；小說要含蓄，要淡遠」[41]；「戲劇是強化的藝術，小說是入微的藝術」[42]；寫戲

---

35 參見解志熙：〈汪曾祺早期小說片論〉，《中國現代文學研究叢刊》1990年第3期。

36 汪曾祺：〈自報家門〉，《作家》1988年第7期。

37 汪曾祺：〈美學感情的需要和社會效果〉，《文譚》1983年第1期。

38 汪曾祺：〈小說的思想和語言〉，《寫作》1991年第4期。

39 汪曾祺：〈我的創作生涯〉，《汪曾祺全集》（六）（北京市：北京師範大學出版社，1998年），頁493。

40 參見汪曾祺對曹乃謙、野莽、憚敬新等人的評論。〈《到黑夜我想你沒辦法》讀後〉，《北京文學》1988年第6期；〈野人的執著〉，《小說林》1992年第5期；〈隨筆寫生活〉，《文匯讀書週報》，1992年2月22日。

41 汪曾祺：〈兩棲雜談〉，《飛天》1982年第1期。

42 汪曾祺：〈中國戲曲和小說的血緣關係〉，《人民文學》1989年第8期。

可以「大篇大論，講一點哲理，甚至可以說格言」[43]，而寫小說時則要「逢人只說三分話，未可全拋一片心」[44]。汪曾祺的兩棲世界雖分屬不同藝術門類，但內在思想是相通的，取道戲曲藝術，也許能夠找到進入他小說世界的方便門徑。

　　汪曾祺八十年代改編了三齣舊戲，即〈一匹布〉、〈一捧雪〉、〈大劈棺〉，同樣通過「小改大動」的方式，他試圖發掘傳統戲曲中的荒誕意識。〈一匹布〉是一齣「極其特別的、帶荒誕性的『玩笑劇』」[45]，汪曾祺在改編中只是加入了「抬頭朱洪武，低頭沈萬三」之類細節言辭，突出了原劇中的反諷效果和荒誕體驗。〈一捧雪〉最重要的改編是加入了一場唱工戲（〈五杯酒〉），從而顛覆了原劇中莫成忠義之僕的形象，揭示了他的「自欺」心理。〈一捧雪〉中的莫成，更像是薩特筆下甘願受奴役的厄勒克特拉（〈蒼蠅〉）、加爾森（〈隔離審訊〉）、麗瑟（〈恭順的妓女〉）、凱恩（〈凱恩〉）一類人物：放棄選擇，完全充當一個「為他人的存在」，充當別人讓自己充當的角色，按別人的要求安排自己的命運，使自己的生命呈現出悲哀而又荒謬的狀態。通過這一人物，汪曾祺要對充滿奴性的倫理觀念進行反思，去追問「人的價值」[46]。

　　〈大劈棺〉一九八九年發表於《人民文學》，是汪曾祺戲曲改編的收山之作。該劇原為傳統名劇，故事出自話本小說〈莊子休鼓盆成大道〉。汪曾祺的改編中有兩處最為引人矚目：一是劇終讓莊周勸止田氏自殺；二是為第一場和尾聲寫的一段唱詞：

　　　宇宙洪荒，開天闢地。

43　汪曾祺：〈揉麵——談語言〉，《花溪》1982年第3期。

44　汪曾祺：〈小說技巧長談〉，《芙蓉》1983年4期。

45　汪曾祺：〈中國戲曲和小說的血緣關係〉，《人民文學》1989年8期。

46　汪曾祺：〈一捧雪·前言〉，《新劇本》1986年5期。

或為聖賢，或為螻蟻。

賦氣成型，偶然而已。

誰也沒有什麼了不起。

你是誰，誰是你，

人應該認識自己。[47]

〈一匹布〉、〈一捧雪〉的改編，間接傳達出存在主義對汪曾祺的影響，而〈大劈棺〉的改編可謂「開口便見喉嚨」。這段唱詞和莊周勸阻田氏自殺的行為，直接觸及了一系列存在主義思想主題：「被拋」、「偶然」、「荒誕」、「選擇」、對「人」的追問，等等。我們只要抓住以上思想線索，便能找到理解汪曾祺「變法」時期小說的「鑰匙」。

　　二十世紀八十、九十年代之交，汪曾祺的思想是矛盾的，糾結的。他要回答的核心問題是：世界、歷史、生活、人在本質上究竟是不是荒謬的？他一再表示：「我沒有荒謬感、失落感、孤獨感」[48]；「我不認為生活本身是荒謬的」[49]；自己「寫不出卡夫卡〈變形記〉那樣痛苦的作品」[50]。然而，自己的人生遭際，自己所鍾愛的傳統戲曲，卻又明明告訴自己：「世界是顛倒的，生活是荒謬的」[51]。自己的小說有時也不得不得出自己不願看到的結論：「歷史，有時是荒謬的。」[52]

---

47 汪曾祺：〈大劈棺〉，《人民文學》1989年第8期。第一場首句為「開闢鴻蒙，萬物滋生」，後面沒有「誰也沒有什麼了不起」一句。

48 汪曾祺：〈認識到的和沒有認識的自己〉，《北京文學》1989年第1期。

49 汪曾祺：〈撿石子兒（代序）〉，《汪曾祺全集》（五）（北京市：北京師範大學出版社，1998年），頁245。

50 汪曾祺：〈我的創作生涯〉，《汪曾祺全集》（六）（北京市：北京師範大學出版社，1998年），頁494。

51 汪曾祺：〈京劇杞言——簡論荒誕喜劇《歌代嘯》〉，《汪曾祺全集》（六）（北京市：北京師範大學出版社，1998年），頁392。

52 汪曾祺：〈歷史〉，《汪曾祺全集》（二）（北京市：北京師範大學出版社，1998年），頁541。

在存在主義思想視域中，「偶然」是絕對的，內在於人的。在海德格爾那裡它被領悟為「煩」（或「操心」）；在薩特的小說中被體驗為「噁心」；在加繆的思想中則被表述為「荒誕」。「荒誕」和人緊緊糾纏在一起，「在隨便哪條街上，都會直撲隨便哪個人的臉上」[53]。「變法」時期的汪曾祺，要對「人」發出最後的追問，也必須正視「荒誕」問題。一方面，在現實生活中，他「隨遇而安」，將自己的人生遭際視作一齣齣「荒誕戲劇」[54]；另一方面，作為從事戲曲和小說藝術的「創作家」──加繆眼中「最荒誕的人物」[55]，汪曾祺凌空抓住自己筆下人物，將他們擲入「偶然」，驅向道德邊緣，逼入倫理「死角」，讓他們對「你是誰，誰是你」的問題給出自己的回答。

　　汪曾祺小說在思想上向存在主義回歸，在其改寫作品中已有體現。〈牛飛〉、〈樟柳神〉、〈公冶長〉三部作品雖出處不同，但有一點是相同的：人們希望通過努力，獲得掌握「命運」的能力，擺脫「命運」帶來的困境，但他們無不受到「偶然」的捉弄，最終事與願違，徒增煩惱。讀這些作品，總是難免讓人想起《牆》中的帕勃羅。帕勃羅被敵人俘虜後死心已定，準備戲耍敵人，告訴他們自己的戰友格里斯藏在公墓，他知道格里斯躲在表兄弟家裡。不想格里斯怕連累別人，改變主意藏到公墓，最後被趕來抓他的敵人開槍打死。帕勃羅為此被釋放了，得知經過後，他連眼淚都笑出來了。薩特要告訴讀者的是：哪怕一心向死，人也不可能戰勝「偶然」。汪曾祺的改寫讓人看到的不是笑出的眼淚，而是彭二掙的茫然（〈牛飛〉）；縣官的無奈（〈樟柳神〉）；公冶長的悲憤（〈公冶長〉）。他要告訴讀者的是：宿命

---

53 〔法〕加繆：〈西西弗神話〉，《加繆全集》（上海市：上海譯文出版社，2010年），散文卷I，頁83。

54 汪曾祺：〈隨遇而安〉，《收穫》1991年第2期。

55 〔法〕加繆：〈西西弗神話〉，《加繆全集》（上海市：上海譯文出版社，2010年），散文卷I，頁83。

觀在中國雖然「久遠而牢固」，但它不僅僅是迷信，它所反映的正是
中國人不敢正視「偶然」的民族心理[56]。而「偶然」恰是「荒誕」的
同義詞。[57]

　　當然，汪曾祺對「荒誕」的揭示並未侷限於改寫，他從兩個方面
將自己對「荒誕」的思索推向深入：一是將「荒誕」推向現實；二是
對「荒誕」謀求哲理化的表達。對於前者，後文會從人與他人、人與
物、人與世界三層關係漸次展開，這裡要說的是後一方面。汪曾祺同
意加繆的看法，認為任何小說都是「形象化了的哲學」[58]，加繆也的
確認為「偉大的小說家是哲學小說家」。[59]然而，汪曾祺九十年代在創
作中追求哲理化傾向，卻被我們忽視了，〈牛飛〉、〈公冶長〉、〈生前
友好〉、〈醜臉〉、〈死了〉、〈不朽〉、〈熟人〉等作品都能體現他在這方
面的努力。這些小說或淡化背景；或誇張變形；或將人物符號化；或
對日常瞬間進行定格，汪曾祺都在試圖對「人」的真實存在進行哲學
化的表達。這些作品形式枯簡，內容深刻、複雜，荒誕戲謔的敘述語
調透露出作者冷峻的哲學感悟。

　　〈公冶長〉、〈生前友好〉、〈不朽〉、〈熟人〉所關注的是人與他人
的關係，汪曾祺雖未得出「地獄，就是他人」[60]那樣絕對的論斷，但
他卻將人間的「地獄性」[61]加以展開，讓讀者看到人與人之間的冷漠
和隔絕。〈熟人〉是微型小說，由熟人間問長問短、問寒問暖、問父

56　汪曾祺：〈故人往事〉，《新創作》1987年第2、3期。

57　〔法〕薩特：《存在與虛無》修訂譯本（北京市：生活・讀書・新知三聯書店，
　　2009年），頁2。

58　汪曾祺：〈小說的思想和語言〉，《寫作》1991年第4期。

59　〔法〕加繆：〈西西弗神話〉，《加繆全集》（上海市：上海譯文出版社，2010年），
　　散文卷I，頁143。

60　〔法〕薩特：〈隔離審訊〉，《薩特文集》（北京市：人民文學出版社，2005年），卷
　　5，頁147。

61　〔法〕薩特：〈薩特談「薩特戲劇」〉，《薩特文集》（北京市：人民文學出版社，
　　2005年），卷6，頁540。

母問孩子的套話堆垛而成。及至文末，筆鋒一轉：「你是誰？我不認識你！」如此，「熟人」也就成了反語；〈不朽〉以「文革」為背景，寫梳頭桌師傅趙福山一天上班，劇團突然開會討論他。汪曾祺也像卡夫卡一樣，將人物符號化，讓唱青衣的 A、唱武生的 B、做雜務 C、唱三路老生 D 評說趙福山的為人、藝術造詣、藝術思想和美學思想，一路下來，愈評愈奇，最後會議以追悼會方式結束。平日地位低下的趙福生在「學習」、「致敬」、「永垂不朽」、「三鞠躬」面前，手拿花圈，不知如何是好。小說表面看是寫「文革」鬧劇，實際上汪曾祺要說的是：不只死人，就是活人在「他人」的評判面前，同樣束手無策。

　　除人與他人的關係外，汪曾祺「變法」時期小說對人與物、人與世界關係的理解，也反映出了存在主義的影響。在存在主義視域中，「物」作為「自在的存在」是偶然的，人被拋入「世界」之中也是偶然的。也就是說，在人與物和人與世界兩種關係中，人的存在無不顯示出「偶然性」，或者說「荒誕性」。「荒誕」是人在世界之中的「根基」[62]。在《撿爛紙的老頭》、《要賬》、《百蝶圖》、《非往事·無緣無故的恨》等作品中，人被物或一種情緒所攫取，自身的價值和尊嚴被徹底抽空，成為完全異化的存在。《撿爛紙的老頭》中那個老頭平日破衣爛衫，省吃儉用，死後他的破席子底下卻發現了八千多塊錢，捆得整整齊齊；《要賬》中北京張老頭八十六了，身體好，耳不聾，可有時犯糊塗，臆想中天津李老頭欠他五十塊錢，跑到天津要賬未果，他想不通前因後果，回來整天想這件事。張老頭再活十年沒問題，可他會想這件事想十年。張老頭活著，可活著的意義被那莫名其妙的五十塊錢褫奪了。要說的是，八十年代在《故人往事·收字紙的老人》中汪曾祺也曾寫過一位收字紙的老人。老人每隔十天半月便到各家收

---

62 薩特關於人「在世界之中」的思想來源於海德格爾。海氏認為此在是被拋入世界的，所以「此在在其存在的根基處是操心」。參見海德格爾：《存在與時間》修訂譯本（北京市：生活·讀書·新知三聯書店，1999年），頁318。

集字紙，背到文昌閣化紙爐燒掉。雖然孤身一人，各家念他的好，不時給些小錢，年節送些吃食，日子過得平靜安穩。老人活到九十七歲，無疾而終。兩相比照，由和諧到荒誕，由自然到異化，汪曾祺思想上的變化於此可見一斑。當然，汪曾祺不會讓自己筆下的人物像《噁心》中的羅岡丹那樣，隨便遇到一張紙片，「噁心」之感便湧上心頭[63]。他在九十年代還是寫出了《子孫萬代》這樣的作品，和八十年代的《石清虛》一樣：精神上人與物融，情感上親和無間。只不過《子孫萬代》最終人、物兩離，感傷之情滿紙淋漓。

　　汪曾祺對人與世界關係的理解有一個變化的過程。在八十年代小說中，特別是在高郵故事的敘述中，人與世界契合無間，其中充滿詩意、和諧、歡樂和人間溫愛，殊少流露「荒誕」氣息；及至「變法」時期，《薛大娘》、《仁慧》、《賣眼鏡的寶應人》、《水蛇腰》等作品雖然還在續寫高郵故事，但這個「世界」已經裂出縫隙，不僅闖進了黃開榜（《黃開榜一家》）、關老爺（《關老爺》）之類卑鄙、醜陋、下流的人物；就是這個「世界」內裡，也出現了萊生小爺（《萊生小爺》）、大德生王老闆父子（《辜家豆腐店的女兒》）、小陳三的媽（《百蝶圖》）之類的人物，讓人看到愚頑、扭曲和惡毒。正是在自己刻意經營的充滿「和諧」和「內在歡樂」的「世界」裡，汪曾祺硬生生楔入了〈小孃孃〉那樣令人難以消化的亂倫故事，讓人看到生活「和諧」背後的破碎，生命「歡樂」背後的掙獰。這個「世界」已然搖搖欲墜。

　　其實，汪曾祺「變法」時期小說中還存在著另外一個世界，一個由劇團人物──一群能夠充分體現「荒誕命運」的人[64]──組成的世界。八十年代初，就曾有人建議他寫寫劇團演員，汪曾祺表示自己想

---

63 〔法〕薩特：〈噁心〉，《薩特文集》（北京市：人民文學出版社，2005年），卷1，頁14。

64 〔法〕加繆：〈西西弗神話〉，《加繆全集》（上海市：上海譯文出版社，2010年），散文卷I，頁128。

寫，但一直沒寫，自己還要等一等，因為在他們身上還沒有找到「美的心靈」、「人的心的珠玉」、「心的黃金」[65]。汪曾祺這裡所言與事實不盡相符，此前發表的《晚飯後的故事》和此後不久發表的《雲致秋行狀》中的主人公都是劇團人物，兩篇小說所寫的正是「美的心靈」，人性中的善良。但實施「變法」後，汪曾祺已無意尋找「美的心靈」，他打開這個世界，去寫這群「當代野人」，這群「可有可無的人」，這群讓他「噁心」的人。汪曾祺不僅要告訴人們：「『文化大革命』是我們民族的扭曲的文化心理的一次大暴露。盲從、自私、殘忍、野蠻……」[66]更重要的是，他要逼視人性中的邪惡、醜陋和荒誕，揭示這個「世界」的本相：生命在「他人之死」面前被固化（《生前好友》）；人面對他人評判時的束手無策（《不朽》）；「他人，就是地獄」不只是一個哲學命題，更是一個殘酷的現實故事《當代野人系列三篇》〈大尾巴貓〉……這是一個令人畏懼的「世界」。「變法」時期劇團人物小說的大量創作，是汪曾祺晚年存在主義思想回歸的重要表現，是他以小說方式經營的另一個「世界」，是其書寫「荒誕」人生體驗的一個重要維度。

三　辯證的人性觀形成與「變法」後的小說寫作

薩特等無神論存在主義拒絕外在於人的立法者，「上帝不存在」是他們思考的起點，「如果上帝不存在，也就沒有人能夠提供價值或者命令，使我們的行為合法化」，「沒有任何道德準則能指點你應該怎樣做」[67]。也就是說，人只能在也不得不在自己的選擇和行動中「模

---

65 汪曾祺：〈道是無情卻有情〉，《汪曾祺全集》（三）（北京市：北京師範大學出版社，1998年），頁280。

66 汪曾祺：〈當代野人系列三篇‧題記〉，《小說》1997年1期。

67 〔法〕薩特：《存在主義是一種人道主義》（上海市：上海譯文出版社，2012年），頁17。

鑄」自己，面向未來隨時隨刻「發明」自己。如此，存在主義也就成了「一種使人生成為可能的學說」[68]。而這也正是存在主義對汪曾祺影響最大的一個方面。如果說面對荒誕海德格爾選擇了「超越」，薩特選擇了「行動」、「介入」，加繆強調「反抗」、「自由」和「激情」的話，以文學的方式探求人生的可能，則體現著汪曾祺的激情、超越和反抗。這一點在「變法」時期小說中表現為對日常道德、日常倫理的違逆、冒犯和衝撞，《遲開的玫瑰或胡鬧》、《鹿井丹泉》、《薛大娘》、《窺浴》、〈小孃孃〉等作品對此均有充分體現。

　　對於日常道德和日常倫理的違逆、冒犯和衝撞意識在《聊齋新義》中已有流露。《捕快張三》發表於一九八九年，由《聊齋志異》〈佟客〉「異史氏曰」中的一個小故事改寫而成。這篇小說與前面提到的戲曲歌舞劇〈大劈棺〉幾乎同時完成，小說中張三最後摔杯猛醒，勸阻偷人的老婆自殺，與〈大劈棺〉結尾有異曲同工之妙，兩篇作品的主旨均不在於批判舊道德，而是要表現人通過自己的選擇，以違逆的方式超越日常道德倫理，並在超越中完成「人」的自我塑造。

　　及至九十年代，違逆已經發展為一種冒犯和衝撞：家庭和美的邱韻龍六十歲鬧婚外戀，死乞白賴離婚另娶，表示「寧可精精緻致的過幾個月，也不願窩窩囊囊地過幾年」。對於邱韻龍的移情別戀，作者非但不加譴責，反而對他說的話激賞有加，大呼「精彩」、「漂亮」；（《遲開的玫瑰或胡鬧》）薛大娘「倒貼」保全堂管事呂先生，作者肯定薛大娘是一個「徹底解放的，自由的人」（《薛大娘》）；吹黑管的岑明高傲、寂寞，偷窺女浴室被發現後挨了一頓打。步態端莊、很有風度的虞芳不僅勸止了打人，還主動「獻身」岑明，以近乎「母愛」的方式滿足岑明對性和美的渴望（《窺浴》）。作者不僅以優美的抒情筆調敘寫兩人情愛，而且無情地揭露了打人者內心潛藏的自卑和惡俗。

68　〔法〕薩特：《存在主義是一種人道主義》（上海市：上海譯文出版社，2012年），頁2。

　　越到後來，這種冒犯和衝撞越激烈，越尖銳，甚至發展到令人驚悚、令人顫慄的地步。〈小孃孃〉創作於一九九六年，寫來蜓園謝家姑侄亂倫。亂倫是中外文學常見母題之一，其中被視為經典者亦不在少數。僅就中國當代小說而言，陳忠實的《白鹿原》、張煒的《古船》、余華的《在細雨中呼喊》、蘇童的《米》、京夫的《八里情仇》等均涉及到亂倫母題。但以上作品或者「不辨血親」；或者只寫了「扒灰盜嫂」之類不倫行徑，攪動的僅是倫理禁忌的表層，使讀者面對亂倫所產生的不適感得到了不同程度的紓解。〈小孃孃〉的尖銳在於，作者毫不遮掩，讓二人「明知故犯」，將「血緣婚」、「近親交配」直陳於讀者面前，書寫他們做愛時的快樂和痛苦。由於作者在敘述中表達了自己的同情和理解，該作一經發表，即被斥為「流於邪僻」，「宣揚亂倫」[69]。其實，我們只有把〈小孃孃〉置入此類小說的整體，綜合考察汪曾祺「變法」時期的思想，才可能認識它的價值和意義。

　　「存在先於本質」是薩特存在主義思想的首要原則，它強調「首先有人，人碰上自己，在世界上湧現出來──然後才給自己下定義」，「如果人在存在主義者眼中是不能下定義的，那是因為在一開頭人是什麼都說不上的」。所以，「人性是沒有的，因為沒有上帝提供一個人的概念」，「人除了自己認為的那樣以外，什麼都不是」[70]。受這種觀念影響，汪曾祺漸漸形成了一種辯證的人性觀，這種人性觀在其不同時期的作品中或多或少都有流露，只不過晚年汪曾祺更少顧忌，在〈小孃孃〉等作品中表現得更為直接，形成了對日常倫理道德的冒犯和衝撞。這裡所謂「辯證的人性觀」，是指在小說創作中拒絕日常

---

69 一九九六年，〈小孃孃〉發表於後很快有人投書《作品與爭鳴》「讀者來信」欄，指斥該作「流於邪僻」，是一篇「宣揚亂倫的小說」。參見《作品與爭鳴》1997年4期。
70 〔法〕薩特：《存在主義是一種人道主義》（上海市：上海譯文出版社，2012年），頁7。

道德和倫理成規，以辯證態度對待真假，善惡，美醜，從人的個體境遇和內心出發，在他們的選擇和行為中尋找奠基人性的輝光。《鹿井丹泉》發表於一九九五年，改編自「秦郵八景」之一的民間傳說，小說以抒情筆調敘寫人獸畸戀，作者所重者在純淨無滓的情感，而非畸形歡愛的狎邪趣味；比較之下，揭破事情的屠戶倒是一派下流嘴臉，其污言穢語更是被汪曾祺視為「高郵人之奇恥」。汪曾祺筆下人性和獸性（動物性）的辯證於此清晰可見。同為「秦郵八景」中的民間故事，「露筋曉月」卻被汪曾祺看作對故鄉的侮辱。故事寫姑嫂二人趕路，天黑在草裡過夜，夜裡蚊子多叮人疼，小姑子受不了，到附近小廟投宿，而嫂子堅決不去，最後讓蚊子咬死，身上的肉都被吃淨，露出筋來。在汪曾祺看來，這個故事「比『餓死事小，失節事大』還要滅絕人性」[71]。

　　比較而言，〈小孃孃〉的思想內涵更為複雜，更能反映作者從辯證人性觀出發，對姑侄亂倫的獨特理解和思考。這一點尤其顯示在小說的情節設置上。首先，謝家姑侄亂倫之事外間漸有傳聞，二人在好心人提醒下遠走天涯，他們生活於其中的日常的社會倫理和道德被「懸置」起來。這樣就使不倫之戀在很大程度上成為了個人事件，他們的負罪感更多地來源於自己的內心世界，他們也必須承受自己的動物性衝動所帶來的「懲罰」（謝淑媛難產血崩而死）。其次，除謝氏姑侄外，小說還寫了東大街燈籠店姊妹二人與弟弟之間的亂倫。姐弟三人是「瘋子」，謝淑媛每逢祭祖路過東大街總是繞著走，她覺得「格應」，因為三個瘋子的行為照見了她自己內心深處的「瘋」相[72]。作者這裡表面在客觀敘述，實則暗含批判。謝氏姑侄的行為固然出於自己的選擇，但他們穿越了人性的基本底線，他們身上所具有的一切美好

---

71 汪曾祺：〈露筋曉月〉，《散文天地》1994年第3期。

72 參見高恆文：〈也談汪曾祺的〈小孃孃〉〉，《文學自由談》1997年第4期。

的品質和德行，最終都會在動物性的衝動中，在對人性的僭越中毀棄殆盡。他們的悲劇是倫理的，更是人性的，是人類存在自身的。這樣的悲劇不僅籠罩著人類個體，而且貫穿於人類成長的歷史，人性自我奠基的歷史。在某種意義上，《窺浴》、《鹿井丹泉》、〈小孃孃〉等作品是晚年汪曾祺秉持辯證人性觀探求人生可能的重要步驟，是其對「人」進行執著追問的極限體驗的書寫。這些人物遊走在人性的邊際，他們的選擇、行為和命運所呈現的既是人性的創傷面，又是人性的生長點；他們被視為人類的「異數」，但卻承載著奠基人性的所有痛苦。

　　汪曾祺反覆強調自己是一個「中國式的抒情的人道主義者」[73]，自己的創作是「人道其裡，抒情其華」[74]。對於自己的人道主義，汪曾祺只有簡單的外部界定，並無內容方面的直接陳述。從思想和創作的實際看，汪曾祺的人道主義並非一種既有學說，而是以辯證人性觀為基礎，以思索人生可能為核心內容，以對「人」的追問——「你是誰，誰是你，人應該認識自己」——為落腳點的藝術實踐。也就是說，汪曾祺的創作承續著一種古老的哲學探求：「認識你自己」（德爾菲神諭）。這一點在其「變法」時期小說中體現得尤為明顯，許多作品都是對這一古老告誡的回應，而「記住你將死去意味著認識你自己」[75]。這樣，對死亡的思考和敘述，也就成了汪曾祺「變法」時期小說的核心內容之一。汪曾祺這一時期小說近半數作品以死亡為核心或涉及死亡，關注死亡不僅是一種晚年心理現象，更是汪曾祺晚年存在主義思想回歸的心理契機，是其對「人」進行最後的追問的必然要求。因為只有死亡才能帶來「人」的完整性，「只有死亡才能給

---

73 汪曾祺：〈我是一個中國人〉，《北京師範學院學報》1983年第3期。

74 汪曾祺：〈我為什麼寫作〉，《新民晚報》，1989年4月11日。

75 〔德〕雲格爾：《死論》（北京市：生活・讀書・新知，上海市：三聯書店，1995年），頁42。

『我』蓋棺定論」[76]。

　　死亡在汪曾祺這一時期小說中首先表現為一種修辭學。表面看，人物死亡是一種自然結局，小說不過如實書寫，但其中卻隱含著作者基於人性思考的倫理判斷。作者肯定者多身健壽長，就是死也是一筆帶過，看不出任何痛苦；作者否定者，要麼生不如死，要麼死相難看。撿爛紙的老頭惜錢如命，死後落得破席遮身（《撿字紙的老頭》）；洪思邁好打官腔，說「字兒話」，自己陽痿，老婆偷人，雖然升了官，但卻得了小腦萎縮，連「我是誰」都辨不清（《尷尬》）；「文革」中身先士卒的庾世榮，自覺形象高大，可死後整個人都「抽抽了」（《可有可無的人》）；以整人為消遣的耿四喜死了，追悼會上露出了兩隻「像某種獸物的蹄子的腳」（《當代野人系列三篇》〈三列馬〉）。這些作品中的死亡是作者針對具體人物給出的「判詞」：一種以汪曾祺自己的人道思想為標準的道德判定。

　　汪曾祺「衰年變法」時期小說中的死亡還呈現出一個詩性的層面，一種哀挽的抒情氣氛。在汪曾祺的小說美學中，「氣氛即人物」[77]，他很少直接描寫人物的性格、心理和活動，而是刻意經營「氣氛」，並讓「人物」溶入其中，浸透於字裡行間。汪曾祺「變法」時期的小說依然保持著這種美學風格，只不過和諧、歡樂漸去漸遠，留戀、哀挽流溢筆端。管又萍善畫「喜神」，以替死者造像為生，自己一朝病重，在自己的畫像上添上兩筆，畫筆一摺，咽氣了。一門技藝被帶走了（《喜神》）；王老死了，全城再沒有第二個賣熟藕的了（《熟藕》）；楊漁隱死了，一代名士風流煙消雲散（《名士與狐仙》）；呂虎臣死了，雖留下遺著，可人們再難聽到那種「最叫人感動、最富人情味的

76　〔法〕薩特：《存在主義是一種人道主義》（上海市：上海譯文出版社，2012年），頁155。

77　汪曾祺：〈《汪曾祺短篇小說選》自序〉，《汪曾祺全集》（三）（北京市：北京師範大學出版社，1998年），頁166。

最藝術的語言」了（《禮俗大全》）……技藝，吃食，禮俗，語言，人的死亡使一個「世界」消失了，一種文化衰微了，一種平淡靜逸的生命樣式被帶走了。

　　汪曾祺「變法」時期小說中還存在著一種死亡的哲學。汪曾祺始終認為，小說裡最重要的是思想，「任何小說都是形象化了的哲學」[78]。這種思想或哲學源於「自己的思索，自己獨特的感悟」[79]。就作品實際看，汪曾祺小說中的死亡哲學，既有存在主義影響的印記，又有晚景心態和瀕死體驗的形象表達。在汪曾祺看來，不僅人「賦氣成型」是偶然的，就是一朝「氣消形散」也是偶然的，不可控制的，同樣充滿「荒誕」。《露水》是汪曾祺晚期小說的代表作之一，寫兩個「苦人」同在小輪船賣唱，二人漸漸相知，互相幫襯，一來二去做成露水夫妻。在男的調教下，女的在運河的輪船上紅了起來，得錢比男的還多。故事寫下去，本可以成為標準的汪氏八十年代小說：磨難中有溫情，苦澀中透出歡樂。即使像十一子那樣被打死，一碗尿鹼湯便可還陽續命。生命如此「皮實」，總是能承載希望的。然而，男人「腸絞痧」一夜暴亡，使所有希望化為烏有。此外，《遲開的玫瑰或胡鬧》、《死了》、《名士和狐仙》、《禮俗大全》等作品，都不同程度揭示「死亡」的「偶然」與「荒誕」。

　　不僅如此，汪曾祺還看到了「死亡」特有的悖謬：死亡是偶然的、可能的，但又是必然的、確知的，是不可逾越的。《醜臉》寫了四個人，四張醜臉：「驢臉」、「瓢把子臉」、「磨刀磚臉」、「鞋拔子臉」。但「人總要死的，不論長了一張什麼臉」。更為關鍵的是，「死亡」讓汪曾祺看到了人性的懦弱：許多人缺乏正視「死亡」的勇氣，往往採取逃避態度，讓自己向日常沉淪，在日常煩忙中遺忘自己的「死亡」。

78 汪曾祺：〈小說的思想和語言〉，《寫作》1991年第4期。

79 汪曾祺：〈文集自序〉，《汪曾祺全集》（六）（北京市：北京師範大學出版社，1998年），頁50。

《生前友好》寫一劇團電工。此人有兩個特點：愛吃辣，愛參加追悼會。追悼會上他總是認真聽悼詞，莊重地向遺體告別，但從不落淚。「辣」讓他感覺到自己，而別人的「死」則是自己必須參與的日常事件。這樣的生命是被遮蔽的，被固化的，是迷失的，迷失於日常「煩忙」。汪曾祺這裡已經意識到，「他人之死」不過是「死亡」經驗的一部分，那只是醫學的「死」，生理生命的終結。自己要對「人」進行追問，體驗「人」的完整性，必須親自領受「死亡」，哪怕是以虛構和想像的方式。一九九六年創作的《死了》正是這樣一部作品。該作情節突兀，人物怪異，更像是一篇「仿夢小說」。對於「死亡」，「我」的第一感覺是「真逗」：「死亡」突如其來，讓一切都變得模糊不清，「我」的心願，動機，行為……無不呈現出荒謬可笑。「死亡」本身並不可怕，可怕的地方在於，「死亡」會使生命變得模糊不清，面目全非。「死亡」帶來「完整」，「完整」得又是那樣不可收拾。

　　有論者認為，汪曾祺晚期小說的標誌是一九九二年底創作完成的《鮑團長》，「他的創作史上的一個新的高峰期由此開始」[80]。其實細讀「變法」時期小說不難發現，一九九〇年十月創作完成的《遲開的玫瑰或胡鬧》才是汪曾祺小說創作重新起航的錨定之地。讀者不難看出，邱韻龍不過是個「影兒」，小說中作者生作死想，進行自我定位，尋思自己藝術上「移情別戀」後的種種，琢磨著身後世人的評價：自己「衰年變法」的苦心，在別人眼裡也許只是「老人的胡鬧」；文學史上自己藝術生命的「悼詞」肯定會充滿爭議；自己小說中的微言大概更是難索解人。在「遲開的玫瑰」和「胡鬧」之間，汪曾祺玩味著生命的尷尬與荒誕。

---

80 摩羅、楊帆：〈論汪曾祺九十年代的美學發展及其意義〉，《文藝理論研究》1999年第1期。

第三章
講述「中國故事」的方法
──論賈平凹新世紀小說話語構成的語義學分析

　　如何講述「中國故事」是一個充滿意識形態紐結的大問題，每位小說家都會自覺不自覺地勘測與這一問題的「切線」，從而明確自己講述「中國故事」的路徑和方法，在對能與不能、為與不為的思考中，尋找自身創作的倫理落位，為作品意義的生成提供一個穩定的價值支撐。而所有這些思考，都會轉化為左右小說話語構型的內在力量，影響小說在語言、結構和文體方面的呈現方式，並最終決定一個小說家創作的整體風格。展開對賈平凹小說話語構型的語義學分析主要基於兩方面考慮：一方面，賈平凹對講述「中國故事」、傳達「中國經驗」有長期、系統的思考，並不斷修訂文學觀念，堅持將相關思考貫徹於小說創作，探索小說話語構型的獨特方式。作為有重要影響的小說家，他的思考和探索無疑具有重要的啟示意義；另一方面，賈平凹小說每每飽受爭議，話語構型的語義學分析，可以幫助釐清不同話語層理間的語義內涵，澄清賈平凹隱含在混沌敘述背後的本來面目，擺脫各種誤讀，揭示其創作的意識形態「秘結」[1]。賈平凹小說堅實細密，面對具有堅實內容的東西，最容易做的是判斷，「比較困難的是對它進行理解」[2]，而小說話語構型的語義學分析是達成理解的重要方式和途徑。在賈平凹的文學想像中，自己的小說應當像《山海經》

1　「秘結」是賈平凹多次談到的一種創作現象，指作家創作某一具體作品時的個人秘密或作品的實際所指。

2　〔德〕黑格爾：《精神現象學》（北京市：商務印書館，1987年），上卷，頁3。

中提到的「混沌」那樣，能夠體現中國哲學和藝術的根本精神[3]，然而「混沌」沒有五官，一旦七竅鑿成，「混沌」也就死了。話語構型的語義學分析難免對整個話語群落進行剝離、剖析，為獲得更為合理的理解，出具一份「屍檢報告」，也許是必不可免的代價。

一　重複作為現象

福斯特有過一個奇妙的想法，把不同時代的英語小說家放在一個像不列顛博物館閱覽室那樣的圓屋子裡同時寫作，以便能夠對他們進行共時考察[4]。循著福斯特的想法，屋子能建得足夠大，古今小說家「濟濟一堂」，我們雖然很難斷定賈平凹究竟有怎樣一個位置，但有一點可以肯定：賈平凹是他們當中最重複的一個。他的小說不只局部重複，而且整體重複；既存在於一部小說之中，又跨越於各部作品之間，幾乎涉及小說文本的各個環節。這種重複以前創作就有顯現，但程度較弱，及至新世紀，從〈懷念狼〉到《老生》，隨著文學觀念的變化，重複日益成為賈平凹小說最基本的、甚至是有意識的文本策略，並形成一種綜合性的文本症候。美國文論家希利斯‧米勒認為：「在對文學與歷史、倫理和政治關係進行研究時，如果不去力圖理解表現上看來是抽象或形式化的重複主題，那麼這種研究便會毫無效果」。[5]據此而言，正視重複是真正理解賈平凹小說的關鍵，任何迴避，都可能意味著我們在研究或批評上的自我妥協。

賈平凹小說的重複首先表現在字詞和句式方面。例如〈古爐〉對

3　賈平凹：〈對當今散文的一些看法──在北京大學的演講〉，《美文》（上半月）2002年7期。

4　〔英〕盧伯克、福斯特、繆爾：《小說美學經典三種》（北京市：商務印書館，1990年），頁206。

5　〔美〕希利斯‧米勒：〈作為重複的翻譯──《小說與重複》中文譯本序言〉，《小說與重複──七部英國小說》（天津市：天津人民出版社，2008年），頁3。

「跌」字的使用：

1. 差不多人家的院門都關了，有幾戶還開著，跌出一片光亮……
2. 太陽早已從公房瓦槽上跌下來，簷下的臺階一半黑一半白……
3. 太陽從牛鈴家的屋脊上走下來，跌坐在了天布家院門口的照壁下……
4. 把上屋門一推，屋裡的燈光跌出一片白……
5. 屋裡一片漆黑，窗口外的月光在炕上跌出一個白色方塊。

按理，漢語寫光有很多動詞可供驅遣，追求生動對賈平凹也不是什麼問題，但在〈古爐〉中，凡是寫到日光、月光或燈光，作者都在刻意甚至可以說固執地使用「跌」字。再如〈古爐〉中這樣句式的運用：

1. 霸槽就把蜘蛛的一條長腿拔下來，又把另一條長腿也拔下來，蜘蛛在發出嗦嗦的響聲。
2. 還是在很多年前，水皮家的母豬下崽，下了一個，又下了一個，一下子下出了七個，他們都在那裡看。
3. 霸槽一大早就在鎮河塔前的公路上摔酒瓶子，砰地摔下一個，砰地又摔下一個。
4. 霸槽掰一塊豆腐吃了，再掰一塊豆腐吃，豆腐的香味立即讓樹上的鳥，地上的螞蟻，還有雞，狗，豬都聞見了，他們在空中飛著，地上跟著。
5. 針扎了他的手，他把線扯了，又把褲管的破口往開撕，撕了一片，又撕了一片，褲管成了絮絮。

這一句式源於魯迅《秋夜》開頭那句話：「在我的後園，可以看見牆外有兩株樹，一株是棗樹，還有一株也是棗樹。」不算其他作品，僅〈古爐〉這一句式就被重複仿擬使用了將近四十次。當然，這種情況並非偶然，賈平凹還經常將托爾斯泰、廢名、沈從文等人的經典字詞或句式加以仿擬後重複運用。這樣的重複，顯然不能理解為寫作中的「出格行為」或者「大手筆的藝術特權」。這種近乎偏執的重複需要更合理的解釋。

其次，賈平凹小說的重複還體現在細節層面。

賈平凹小說以堅實細密見稱，他的敘述被稱為「生活流」，「細節的洪流」。[6]說到生活，說到細節，人們總是想到《金瓶梅》、《紅樓夢》，但賈平凹小說生活和細節描寫與二者有著絕大的不同，其中充滿了重複性的「硬塊」。這些細節重複不僅存在於不同作品之間，有時甚至同一細節在同一部作品中也被反覆使用。篇幅所限，僅取〈懷念狼〉中的五段文字，作為類型範例：

1. 十天後，傅山終於再次穿起了獵裝，背著那桿用狼血塗抹過的獵槍，當然還有富貴，出了門。他的行李非常簡單，口袋裡只有錢和一張留著未婚女人經血護身紙符，再就是捆成了一捲的那張狼皮。

2. 羅圈腿便又拿了梳子給了她，抱一捆柴再進屋去了，女人就梳她的亂髮，不住地唾了唾沫往頭上抹。

3. 一個說，「我給她明說了，和婊子上床快活麼，人家會叫床，和你在一搭，我是奸屍哩麼。老婆說，叫床，叫床誰不會？可我們幹起來了，她雙手拍打著床沿叫：床呀，床呀！氣得我一腳把她蹭開了。」

6　南帆：〈找不到歷史——〈秦腔〉閱讀札記〉，《當代作家評論》2006年第4期。

4. 柏架是做香火的原料，鎮上許多人家都從事這種生意，他或許看到了我的什麼，便吹噓他命裡是該革命成功了做大官的，因為他的××上長著一顆痣的，我說那我也就可以做更大的官了，我有三顆痣，他不相信，就過來看……

5. 爛頭正擤鼻涕，笑嘻嘻地跑過來，拍打著舅舅身上的土，但我清楚地看見他把擤過鼻涕的手在舅舅的背上擦了擦。

〈懷念狼〉發表於二〇〇〇年，處於賈平凹文學觀念調整的開啟階段，具有轉折意義。賈平凹以前小說也存在細節重複，但重複頻率較低。新世紀後重複數量明顯增加，頻率不斷增高。第一個例子在許多小說中都有出現，新作《老生》也在使用。這類重複還包括：運屍還鄉掛隻白公雞；撞上晦氣向天唾唾沫；占卜捉筷子；用柳條打通說；用柏朵子燎治漆毒；南瓜瓢子治槍傷；喝黃鼠狼血治腎病……從表面看，這些細節源於特定的風土、民俗或民間禁忌，一位作家長期關注特定地域，描寫固定空間裡的生活，自然容易形成此類重複。但值得注意的是，賈平凹小說中的風俗與禁忌，一半源於他的觀察和記憶，一半則是他以「可以有」的方式創造和虛構的[7]。這種有意為之的重複，顯然是作者的一種文本策略。第二個例子也在多篇作品中被反復使用過。此類重複還包括：小孩屙完屎，讓狗舔擦屁股；囤囤吞下土豆，噎得兩眼睜得大大；把梳落的頭髮挽個髻，塞進牆縫留著賣錢；婦女們逮著自家雞就摳屁眼，摸有蛋沒蛋……這類重複一般源於生活，寫實性較強，反映了賈平凹細緻入微的觀察能力和出色的細節定型能力。第三個例子屬比較特殊的一種，大多改寫自民間笑話、段子或者相聲。此類細節重複率相對較低，上面的例子只在〈懷念狼〉和《倒流河》用過兩次，但會有新的笑話或段子不斷加入進來，並被重

7　賈平凹、韓魯華：〈關於小說創作的答問〉，《當代作家評論》1993年第1期。

複利用。賈平凹小說幽默、詼諧，有一種特殊的「輕」，這類重複反映出賈平凹與民間詼諧文化的緊密聯繫。第四個例子多用在得意、好強、有野心的人物身上，如《倒流河》中的立本、〈古爐〉中的霸槽，《病相報告》中的算命先生，也都長了那麼一顆痣。此類重複數量極大，難以盡數。它們多與性器官和屎尿等「物質——肉體因素」[8]緊密相關，並構成了賈平凹小說話語構型最具特色，也頗富爭議的一面。第五種類型寫農民的自私、狡黠、陰損和殘忍。此類重複還包括：屎屙在家外面，寧可砸爛也不留給別人拾撿；偷割仇家樹木、葫蘆、牽牛花藤蔓；防人偷柿子，樹幹塗上屎；暗地給對頭家祖墳釘桃木橛子；與人爭奪食物，先唾上唾沫占下；繫上褲腳偷糧食；無緣無故將麻雀、螳螂、蜘蛛、螞蟻等小動物肢解撕碎……這一類型體現著賈平凹對農民獨特的了解和觀察。

　　細節重複不止以上五類，更多的難以歸類，充斥在賈平凹小說文本的角角落落。

　　再有，賈平凹小說的重複在事件和文本構成方面也有充分體現。在事件方面，〈懷念狼〉等四部長篇都寫了激烈的衝突或械鬥；〈古爐〉等三部長篇寫到了大規模的集體瘙癢或疫病；〈懷念狼〉等四部長篇都寫到了挖掘太歲、雕像或石碑等事件；〈秦腔〉等三部長篇寫到大洪水。小的事件重複為數眾多，不勝枚舉。賈平凹小說敘述一直追求混沌效果，為掌控、調節敘述節奏，在文本構成上經常插入異質性文本。這一文本策略在《白夜》和《高老莊》就有嘗試，新世紀小說還在使用。如《病相報告》中胡方留在四幅畫背後的文字；〈秦腔〉中的秦腔曲譜；《帶燈》中的短信；《老生》中的《山海經》文本，等等。雖然穿插方式和修辭目的各異，但作為文本構成的方式，則明顯屬於重複。

8　〔俄〕巴赫金：《拉伯雷的創作與中世紀和文藝復興時期的民間文化》（石家莊市：
　　河北教育出版社，2009年），頁21。

最後，賈平凹小說的重複還反映在人物配置和背景設置方面。這一層面的重複比較寬泛，相對於字詞、句式和細節，給人的感受不那麼強烈。在人物配置方面，重複更多體現為人物塑造的類型化、系列化。如異人：紅岩寺老道（〈懷念狼〉）、中星爹（〈秦腔〉）、善人（〈古爐〉）、唱師（《老生》）；稀女子：白雪（〈秦腔〉）、杏開（〈古爐〉）、帶燈（《帶燈》）；鄉村長者或老支書：夏天義（〈秦腔〉）、支書爺（〈古爐〉）、老皮（《老生》）；半癡半癲人物：引生（〈秦腔〉）、來回（〈古爐〉）、木鈴（《帶燈》）。作為文學形象，狗尿苔（〈古爐〉）和墓生（《老生》）令人印象深刻，但他們與石頭（《高老莊》）顯然屬於同一族裔，都是有預感特異功能的半大小子。人物配置的重複與小說背景設置緊密相關。賈平凹小說的背景是「雙核」的，商州和西安被他視為自己的「根據地」[9]。新世紀以來，背景的重心轉向前者，除《病相報告》和《高興》外，其他五部作品均以「棣花——商州」為背景原型。《病相報告》地涉多方，鄂豫陝三省交界之地是重心之一，人物言行心理也頗多陝南特色。《高興》寫農民在城市悲苦的底層生活，實則是〈秦腔〉向城市的延伸部分。這樣，賈平凹小說中的人物在幾部作品間往往相互串通，有時姓名都是相近或相同的。

把賈平凹新世紀小說擺起來，我們面前彷彿呈現出一個無形的、由各式重複貫穿的話語構架。它是整體的、多維的、動態的，富於彈性，充滿張力。細讀小說文本，賈平凹的書寫一旦觸及具體情境，就會被某種力量所左右，進入一種自動狀態：重複性的字詞、句式、細節、事件，就像「插件」或「模塊」一樣，順勢而出，躍然紙上。在他的小說中，問題可以變，生活可以變，情節、時代和主題都可以改變，但不變的恰恰是由各式重複交織混編而成的隱形框架。賈平凹常說「厚雲積岸，大水走泥」，其小說敘述中的細節也足夠洶湧，但總

9　賈平凹：《高老莊》〈後記〉（合肥市：安徽文藝出版社，2010年），頁317。

有一些「硬塊」積存下來，成為小說話語框架的構件，在其他小說文本中反覆出現。掌握這一隱形構架，是認識賈平凹創作由局部意象經營轉向整體意象經營的關鍵，是理解其文學觀念轉變的基礎[10]。這一構架的作用，在新作《老生》中也可以得到充分驗證：小說由四個故事組成，寫了秦嶺——商州的百年歷史。整部作品以唱師和匡三兩個人物一明一暗貫穿銜接，又以九段《山海經》文本及師生教學問答作硬性切割。前三個故事，作者依然故我，繼續使用各種重複，僅第一個故事在細節和事件方面對以往小說的重複就不少於十八處。有了這些重複，賈平凹的風格和味道得到了保持和延續。及至第四個故事，各式重複幾近消失，故事寫得很實，「周老虎事件」和「非典」也被改寫後收羅進來。如此處理，賈氏小說的原有味道被弱化了。

二　重複的語義內涵

　　一般而言，重複被視為小說創作的大病，甚至是絕症，因為它意味著作者生活經驗的匱乏，想像力的衰退，原創力的枯竭。僅從局部看，重複是消極的、習慣性的，給人的感覺只能是虛假和蒼白。但是，我們如能從話語構型角度出發，對賈平凹的重複進行整體把握，可能會避免無謂的誤讀，獲得更為合理的解釋；那些重複性細節和事件，作為話語構型生成的構件，才能呈現出新的語義內涵。例如，在〈古爐〉、《帶燈》、《老生》中，霸槽、帶燈、玉鐲都做過同一件事情：要把黑狗或雜毛狗洗成白狗。從局部看，這一行為是無厘頭的，充其量不過是賈氏詼諧的重複使用，但作為話語構件，將三個不同人物的行為疊加起來：霸槽不是「平地臥」的，他要改變自己在村裡的地位和境遇；帶燈初來乍到，對改變櫻鎮社會狀況信心滿滿；土改中

---

10 賈平凹：《懷念狼》〈後記〉（合肥市：安徽文藝出版社，2010年），頁198。

丈夫被槍斃，自己被騙姦，地主婆玉鐲落得半瘋不癲，改變命運的意願甚至無從表達。疊加後不難看出，「把黑狗洗成白狗」實際上是人物的下意識行為，背後隱藏的是改變命運、境況和現狀的強烈意志。又如：

> 1. 殺進商州城，一人領一個女學生。（《浮躁》）
> 2. 一舉打下榆林城，一人領一個女學生。（《藝術家韓起祥》）
> 3. 打出秦嶺進省城，一人領個女學生。（《老生》）

以上三句是典型的細節重複，如果單獨看，你會對樸素的「革命」意願報之一笑；疊加起來，你不能不驚訝民間低位想像的洞見和正面歷史敘述的不見。韓起祥因一句唱詞被逐出革命隊伍，表面原因是政治覺悟不高，真實原因是他不懂「革命」規矩，一時興起，把心裡話給唱出來了。

更為重要的是，只有在這一隱形的話語構架之內，通過重複所產生的語義連接和衍生，個別構件的意義才能得到完整呈現。〈古爐〉中的霸槽，「文革」中得意一時，每逢到野外屙屎，跟後就掮了鍬跟上，挖個坑，屙下，再埋上。當重複把造反派小頭目和政治領袖連接到一起時，差異中的相似，很容易讓人產生一種遠距離的歷史醒悟。再如《老生》中的這段描寫：

> （王）財東問：誰？匡三說：我。財東問：幹啥呢？匡三說：
> 屙哩。財東說：屙了我拾。匡三卻提了褲子，抱了石頭把屙下
> 的屎砸滅了。

這段文字介於細節和事件之間，原型可能另有出處，但非常經典，寫盡了農民的自私和狹隘。賈平凹新世紀七部長篇都用過這一局部事

件。而《高興》中黃八砸碎酒瓶,〈古爐〉中麻子黑打碎守燈家米麵缸之類的行為,也都遵循著同樣的行為邏輯。由這一邏輯衍生出去,小如一坨屎,大至整個「天下」,都會在這一邏輯中損毀殆盡。崇禎的「最後瘋狂」和張獻忠的殘暴濫殺,只不過是這一邏輯兩個不同版本的故事。賈平凹寫農民也是在寫國人,這樣的邏輯在國人行為中一日不去,整個民族就難以走出一次次始於瓦礫、終於瓦礫的苦難輪迴。這一重複背後實際上隱含著賈平凹小說一種特殊形態的憂患意識,一種很難為人辨識的批判性。就此而言,賈平凹與魯迅之間存在著極為深刻的精神關聯。魯迅所以在雜文中抓住張獻忠不放,實際上看到的也正是「一坨屎」邏輯的鬼影。當這個匡三有朝一日真的當上大軍區司令員,坐擁西北,成為「真正的西北王」,家族裙帶遍植社會權力各個階層的時候,賈平凹的憂患也就可想而知了,因為極權主義和封建主義的幽靈,都是在那「一坨屎」裡滋生出來的[11]。

　　在由各式重複交織混編而成的整體構架中,個體構件的質量和活力決定著文本處理的成敗。作為個體構件,賈平凹小說中的重複大多取自現實生活,被直接或改造後推廣使用。雖然不是每一個都經過精心打造,但許多構件的設計、鍛造和使用,都體現出極為出色的意象、符號捕捉能力。他在小說中寫稀女子上街、趕集、購物,吸引很多目光,回來後抖落一地眼珠子。這一細節的處理,吸收了中西文學關於側面描寫的元素,也有一定的魔幻色彩,成為賈平凹小說眾多重複中極為精到的一筆。賈平凹小說經常採用分身敘述,這應該屬□技巧重複一類。當小說中人物對另一空間、另一地點中的人有強烈的接近和了解的意願時,他們就會變成或驅使蒼蠅、蜘蛛、老鼠之類,借小動物視角敘述那個人所在之處發生的事情。《病相報告》、〈秦腔〉、

---

11 參見〔法〕多米尼克・拉波特撰,周莽譯:《屎的歷史》(北京市:商務印書館,2006年),頁68。

〈古爐〉都運用過這一技巧。從寫實角度看，分身敘述破壞了視角統一，但從整體意象化角度理解，這一屢被重複的技巧顯然吸納了傳統神魔小說和魔幻現實主義元素。賈平凹說自己在現實中不是「大鬧天宮的孫悟空」[12]，但在文本世界裡，孫猴子的分身法卻讓他跨越空間阻隔，享受敘述上的大自在。此外，賈平凹小說中的許多構件，如老支書與貧協主席之類人物生前作對，死後墳墓相鄰還要吵嘴；土匪或游擊隊被殺後割下腦袋，把塵根放在嘴裡；兩隻動物相鬥僵持而死；大樹被砍伐滿地流血；用碗扣出圓圈作對聯……單獨看都很寫實，實際上在不斷重複中已被徹底意象化、符號化。在不同的文本語境中，這些意象和符號都有著深刻而又豐富的語義內涵。

在賈平凹新世紀小說的各類重複中，以細節和事件重複為最多；在細節和事件重複中又以關乎性和屎尿的數量為最大。有論者認為，〈古爐〉中的糞便意象是多義的，不僅「中止了明亮而詩意的抒情風格」，而且與「吃」相映成趣、循環往復，暗喻了某種人生的辯證法，「造就了小說的形而上學意味」[13]。這一論述非常深刻。但需要指出的是，性器官和屎尿作為「物質──肉體下部形象」，在賈平凹小說中往往是被重複使用的，除前文已提到的外，相關重複還包括：吃炒麵便秘用竹棍或鑰匙摳；廁所尿尿沖蛆殼子，或比試誰尿得高低遠近，或者在地上尿出自己的名字或意願；自我閹割，那物在地上還一蹦一蹦的；蔑視某女人，就是脫光擺在那兒，拾個瓦片把×蓋上，看都不看，等等。其實，賈平凹在小說中播散「物質──肉體元素」，首先是要呼喚真純、質樸的自然人性，祛除人性的異化和矯偽給人類帶來的病相。正像他所說的那樣：「誰也知道那漂亮的衣服裡有皺的肚皮，肚皮裡有嚼爛的食物和食物淪變的糞尿，不說破就是文明，說

12　賈平凹：〈責任與風度〉，《東吳學術》2014年第1期。
13　南帆：〈剩餘的細節〉，《當代作家評論》2011年第5期。

穿就是粗野；小孩無顧忌，街頭上可以當眾掀了褲襠，無知者無畏，有畏就是有知嗎？」[14]說到底，人類的文明史，就是性的壓抑史，糞便的驅逐史。在現實世界，自然人性見光死；在文本世界，則可縱情狂歡。這樣，我們也就能夠理解：為什麼在〈秦腔〉、〈古爐〉、《帶燈》等小說中，日常生活屎尿薰天，大雨時節屎尿橫流，家族械鬥、對上訪者的拷問，必然伴隨著充滿戲劇性的「屎尿大戰」和「肉身下部」展覽。當然，其中也必然充斥著重複性的話語構件。更為重要的是，「物質──肉體下部形象」為賈平凹提供了一條隱秘的修辭通道：通過那物上的一顆痣，顛覆了一切歷史和現實中的權力相術學迷思。在反反覆覆的使用中，使一切神聖和崇高的事物都從下部得到重新理解，在上、下的翻轉和混淆中，實施肆意的「脫冕」和解構。在這裡，肉身帶著壞笑，「打了個側手翻」[15]。此外，「割下腦袋，把塵根放在嘴裡」，作為符號化話語構件的使用，也給人留下了深刻印象：通過嘴和塵根兩個能指的奇怪連接，上與下、食與色被混拼在一起。如此，對「造反」和「革命」懲罰，卻揭示著「造反」和「革命」最原始的動機和目的。

　　對於小說中的重複，希利斯·米勒在上世紀八十年代就有過系統研究。他認為：「任何一部小說都是重複現象的複合組織，都是重複中的重複，或者是與其他重複形成鏈形聯繫的重複的複合組織。在各種情況下，都有這樣一些重複，它們組成了作品的內在結構，同時這些重複還決定了作品與外部因素多樣化的關係」[16]。其實，只要把希利斯·米勒的思路稍加拓展，在一個作家全部作品或一定時期之內作

---

14 賈平凹：〈看人〉，《商州初錄》（合肥市：安徽文藝出版社，2013年），頁22。

15 〔俄〕巴赫金：《拉伯雷的創作與中世紀和文藝復興時期的民間文化》（石家莊市：河北教育出版社，2009年），頁426。

16 〔美〕希利斯·米勒：《小說與重複──七部英國小說》（天津市：天津人民出版社，2008年），頁3。

品的整體中，都能找到相似的「複合組織」。他的論述，有助於我們對賈平凹小說隱形話語構架的理解和認識。但是，就研究對象而言，《吉姆爺》、《呼嘯山莊》等七部英國小說，在重複的規模、種類和方式上，與賈平凹的小說不可同日而語，重複性質也有很大差異。希利斯‧米勒的理論，很難溶解賈平凹小說中那些漂浮的「硬塊」。在我看來，只有把賈平凹新世紀小說中的重複現象，納入到對其文學觀念和思維方式的考察中，在他對中國傳統哲學和藝術的吸納和繼承中，才能獲得真正的理解，並找到重複產生的根本原因。

　　賈平凹在不同場合、不同文章裡反覆強調的「大」字：大境界、大自在、大精神、大技巧、大憂患、大悲憫、大風度……因為能「大」，所以他的小說不僅關注國家、民族、社會和人倫，而且還關注「存在的境遇、死亡和神秘體驗、自然和生態狀況、人性的細微變化等命題」[17]。「大」在賈平凹小說文本中的美學形態則具體體現為「混沌」。雖然賈平凹對「大」的領悟始於《周易》，但他對「混沌」之美的領會則大成於《老子》。在現實世界《老子》哲學對賈平凹有怎樣的影響，不是我們必須思考的問題。但在藝術世界裡，《老子》哲學則是理解作者宇宙觀和人生觀的基礎。「混沌」恰恰是作者宇宙觀和人生觀向小說文本世界的美學生成。

　　賈平凹小說「混沌」美學的生成有一個漸變的過程：上世紀八十年代，他對「混沌」的追求還是朦朧的，只是企圖使自己的作品「更多混茫」、「更多蘊藉」[18]，「真真實實寫出現實生活，混混沌沌端出來」[19]；九十年代，賈平凹的認識漸趨清晰，認為好的作品，「囫圇圇是一脈山，山不需要雕琢」[20]，他要在現實的基礎上「建立自己的一

17　謝有順：〈賈平凹小說的敘事倫理〉，《西安建築科技大學學報》2009年第4期。

18　賈平凹：〈序言之二〉，《浮躁》（合肥市：安徽文藝出版社，2010年），頁1。

19　賈平凹：〈序〉，《妊娠》（合肥市：安徽文藝出版社，2010年），頁2。

20　賈平凹：〈後記〉，《廢都》（合肥市：安徽文藝出版社，2010年），頁429。

個符號體系，一個意象的世界」[21]，而文學觀的改變使他在創作上放棄「扎眼的結構」、「華麗的技巧」，在整體上張揚自己的意象，力求寫出生活「無序而來，蒼茫而去，湯湯水水又黏黏糊糊」的原生態[22]，及至新世紀之初，賈平凹已不再看重局部印象，而是直接將情節處理成意象，「如此越寫得實，越生活化，越是虛，越具有意象」，而「以實寫虛，體無證有」，正是他的興趣所在[23]，但是很快，賈平凹再次表示要改變文學觀念，向魯迅看齊，進一步加強責任意識，「如果在分析人性中瀰漫中國傳統中天人合一的渾然之氣，意象氤氳，那正是我新的興趣所在」[24]。賈平凹新世紀小說向魯迅靠攏的一面，後文結合啟蒙話語問題會作進一步闡述。這裡值得注意的是，賈平凹小說所追求的注重整體的「混沌」美學，符合「整體先於細節」[25]的審美思維規律，但強烈的整體意識對小說的細節和局部事件的處理產生了兩個方面的影響：一是在一些作品中出現大量硬傷，有時甚至主人公姓氏都被搞錯[26]；二是讓細節和局部事件從「真實不真實」問題中解脫出來，只要遭遇相近情境，就使自己的書寫進入自動狀態：以符號化、定式化細節和局部事件代替現實性、仿真性細節和局部事件，從而造成大量重複的產生。這是賈平凹新世紀小說重複產生的美學根源。

再有，在《老子》哲學中，「混沌」、「道」、「大」同物異名，具有「逝」、「遠」、「反」三種本質屬性。賈平凹追求敘述的「混沌」化，他的小說也帶有這三個方面的特點。「逝」在賈平凹小說中表現為與時俱進、與世遷變，關注時代精神和社會現實的遞嬗演進；「遠」則指致廣大，致久遠。在小說中具體表現為對人生在世諸多方

---

21 賈平凹、韓魯華：〈關於小說創作的答問〉，《當代作家評論》1993年第1期。

22 賈平凹：《高老莊》〈後記〉（合肥市：安徽文藝出版社，2010年），頁318。

23 賈平凹：《懷念狼》〈後記〉（合肥市：安徽文藝出版社，2010年），頁198。

24 賈平凹：〈後記〉，《病相報告》（合肥市：安徽文藝出版社，2010年），頁184。

25 〔美〕懷特海：《思維方式》（北京市：商務印書館，2004年），頁56。

26 郭洪雷：〈給賈平凹先生的「大禮包」〉，《文學報》，2011年12月29日。

面的整體觀照，間接體現為責任意識，關心國運民瘼的憂患和悲憫。當然，自己的小說能「逝」、能「遠」，也必然滲透著、反映著作者強烈的藝術自信：「好作品五十年後見分曉」[27]。但真正能使賈平凹小說出人「一頭地」的，則在知「反」。這裡的「反」，不僅指賈平凹小說具有人類返歸自然本源的詩意維度，而且指他的小說所呈現出的對「同樣事物永恆輪迴」的巨大憂患，畢竟「天地不仁，以萬物為芻狗」。這一點在賈平凹小說中既表現在時序設置、人物命名、情節設置和對歷史的認識方面，又表現在對械鬥、洪水、「捉鬼攆鬼」等諸多循環性、重複性事件的描寫中。「反」是一種大重複，滲透於小說之中，體現著作者對時代、社會和歷史發展的大憂懼。這一點不僅可以造成事件、人物、背景的重複，而且這種重複已經由局部的技巧、手法，上升為一種整體的、本體論的認知和感受。這是賈平凹新世紀小說重複產生的形而上根源。

除上述內在根源外，傳統戲曲對賈平凹新世紀小說重複現象的產生也有很大影響。賈平凹日常喜歡傳統藝術，認為自己作品中的東方美學思想「很大程度上得力於中國的文人畫、民樂、書法和中國戲曲」[28]。如就話語構型和重複而言，這種影響主要體現在他對傳統戲曲程式化和劇本「構成法」的吸收和借鑑上。程式來源於生活，是傳統戲曲反映和表現生活的形式，具有誇張性、規範性和靈活性。各種程式經過歷代藝人的不斷探索和反覆錘煉，使中國傳統戲曲慢慢發展出一套相對穩定性的符號性、象徵性表意體系。焦菊隱認為，「在戲曲程式的寶庫中，有著極為豐富的程式單元。我們可以採用其中某些適於表現某一特定劇本內容的單元，交錯拼聯，構成這一特定劇本的形式。同是那些單元，但一經作者的取捨，它們就能表現出不同的內

27　賈平凹：〈好作品50年後見分曉〉，《新聞晨報》，2002年4月24日。

28　賈平凹：〈答《文學家》編輯部問〉，《動物安詳》（合肥市：安徽文藝出版社，2013年），頁219。

容、不同的思想、不同的人物」[29]。這裡所說的「交錯拼聯」是指傳統戲曲的「構成法」，用來處理相應的各種題材。「程式是有形的，構成法是無形的。構成法支配著程式，它本身也具有一定的無形的程式。這是使人物外在行為和思想感情，都能具體形象化的一種藝術程式。這也是中國戲劇學派的一種獨特的藝術程式」[30]。從前面對賈平凹新世紀小說話語構型的分析可以看出，賈平凹的小說思維有著濃重的程式化色彩，他從生活中直接或間接遴選並精心打造的重複性的話語構件，有似於「程式單元」；而那個在不同情境下左右其書寫進入自動狀態的隱形話語框架，更像是傳統戲曲劇本的「構成法」。較之前面兩種根源，傳統戲曲的影響是外源性的，但卻更直接、更重要。如果現實主義真的是無邊的，我們必須把「現實主義」作為小說創作的絕對視域，那麼，賈平凹新世紀小說的創作，更像是一種程式化的現實主義。

三　「故鄉思維」與「民族寓言」

明確了賈平凹新世紀小說重複產生的內外根源，我們必然會作這樣的思考：那個由各式重複加以貫穿的隱形話語框架從何而來？進而，這一框架內部又充斥著怎樣的話語群落，並使「混沌」敘述獲得了怎樣的推進動力？

眾所周知，賈平凹小說創作與鄉土文學有著千絲萬縷的聯繫，他的絕大多數作品都是寫鄉村的，讀他的《浮躁》，很多人都會想到《邊城》。賈平凹說《浮躁》僅寫了一條河上的故事，「商州應該是有這麼一條河的」[31]。在文學的世界裡，這條河的源頭連接著沈從文筆

29　焦菊隱：《焦菊隱戲劇論文集》（上海市：上海文藝出版社，1979年），頁252。
30　焦菊隱：《焦菊隱戲劇論文集》（上海市：上海文藝出版社，1979年），頁264-265。
31　賈平凹：〈序言之一〉，《浮躁》（合肥市：安徽文藝出版社，2010年），頁1。

下的那條清溪，不僅韓文舉、小水兩人身上映照著老船夫和翠翠的影子，就連「小獸物」這個沈從文形容少女的專利用詞，也被賈平凹毫不猶豫用在了小水身上。然而，《浮躁》之後不久，賈平凹即表示要擺脫這種「似乎嚴格的寫實方法」對自己的束縛[32]。為此甚至不惜失卻一部分最初的讀者。此後，賈平凹走上了不斷追求「混沌」敘述的道路。但是，自稱農民的賈平凹，在精神上離不開土地，他的經驗和記憶與故土緊緊纏繞在一起。「故鄉思維」是他必然的選擇。說到「故鄉思維」，人們必然會想到黃永玉，是他明確提出了這一概念。由黃永玉追溯而上，汪曾祺、沈從文、廢名、魯迅等，都在自己的故鄉作出了大文章，故鄉是他們抒發情感、伸展文思的獨特空間，其中充滿了文化和精神的「暗碼」。新時期以後，這種古老的文學思維，在福克納「郵票」的助推下，繼續發揮著自己的影響，莫言、張煒、閻連科等一大批小說家，都在用創作澆灌著自己的「血地」，構建出一個個屬於自己的文學王國：高密東北鄉生發出莫言的飛騰的想像；膠東半島承載著張煒的大地深情；耙耬山區訴說著閻連科充滿苦難和譫妄的故事……然而與以上諸人不盡相同，在賈平凹新世紀小說中，故鄉卻被坩堝化了，成為他煅煉、思考、展示、演繹各式各樣問題的「器皿」。有論者曾問賈平凹：「你思考鄉土中國問題，是作為思考中國問題的一個窗口，但鄉土中國遇到的問題和整個中國遇到的問題不相等，關注鄉土的人會克服重重障礙走進你構造的相對封閉的世界，另外一群人是否會被你這種語言或多或少排斥在外呢？」[33]賈平凹當時並未直接回答這一問題。其實，在賈平凹的認識裡，「中國是傳統農業國家，農耕文明歷史以來影響著這個民族的政治、經濟、軍事、

---

32 賈平凹：〈序言之二〉，《浮躁》（合肥市：徽文藝出版社，2010年），頁1。
33 賈平凹、郜元寶：〈關於〈秦腔〉和鄉土文學的對談〉，《上海文學》2005年第7期。

文化，以及人的思維和生活方式」[34]，所以，在小說世界裡，「棣花——商州——中國」是一個由隱喻相勾連的整體。同時，這也是賈平凹攜帶著環境問題、情感價值問題、信仰問題、道德問題、體制問題、政治問題……不斷返回故鄉並將故鄉「柑塢化」的認識基礎。新世紀之初，賈平凹希望自己能像魯迅那樣，在「混沌」敘述中展開人性分析，但「人性」不能抽象演繹，它需要「問題」，需要「問題」背後的衝突和矛盾，因為只有在衝突和矛盾中「人性」才能得到深刻、完整的揭示。要說的是，賈平凹所思考的「問題」，有些在其故鄉本身就有顯現，更多的則是當今中國社會各方面問題的轉移和折射。所有這些「問題」，只有在他熟悉的、充滿經驗和記憶的世界裡，才能得到充分展開。山是那山，水是那水，人也還是那些人，時代可以變，「問題」可以變，故事中的人名、地名也都可以不斷變換，但不變的是留存在記憶深處的生命扎根之地。賈平凹深知，故鄉才是自己小說藝術之「真理」得以升騰的地方。這樣我們也就能夠理解，為什麼一幅碗扣的對聯，可以從《浮躁》貼到《老生》；一坨屙下的爛屎，可以從〈懷念狼〉中的爛頭沿用到《老生》中的匡三。因為，那個由重複貫穿的話語構架，支撐著虛構的文本世界；而被「柑塢化」的故鄉，則連通著整個中國的社會現實。在某種意義上，那個話語框架是「柑塢化」故鄉的文本對應物。

　　從創作歷史看，賈平凹是一個問題意識、責任意識、當下意識、憂患意識都很強的小說家。新時期以來，甚至新時期以前的一些小說中，都滲透著他對社會問題的觀察和思考，只不過這些作品往往通過人物情緒、心理、欲望和精神的折射來反映「問題」。在後來的創作中，賈平凹一直追求「混沌」敘述，而「混沌」中裹挾的「問題」卻常常為人們所忽視。及至新世紀之初，當賈平凹把在「混沌」中分析

---

34 賈平凹：〈轉型期社會與文學寫作——在北京師範大學的演講〉，《美文》（上半月）2014年第1期。

人性作為自己新的興趣所在時，「問題」也就慢慢浮出了文本表面：
〈懷念狼〉寫生態環境問題；《病相報告》寫情感價值問題；〈秦腔〉
寫農業蕭條、勞力外流、土地流失、幹群關係惡化等基層社會問題，
為此還參考了《當代中國鄉村治理和選舉觀察研究叢書》中的材料和
數據；《高興》寫底層問題；《帶燈》寫上訪，「問題」更是大面積
地、直接地裸露在文本表層。當然，這些問題都是那個女讀者提供材
料後，放在故鄉，經過提煉，藝術地展示出來的。事實上，《帶燈》
這部作品，與其說是「生活流」，還不如說是「問題流」更準確。這
裡特別值得一提的是〈古爐〉。從表面看，該作是寫「文革」、寫歷史
的，但從創作背景看，從霸槽這個人物的塑造看，從《後記》隱隱約
約、遮遮掩掩的暗示看，作者的一隻腳，其實已經踩在了「你懂得」
的邊線上。把〈古爐〉看成政治問題小說可能有點板滯，不那麼藝
術，但卻可以直指賈平凹的文心所向。

　　從以上追溯不難看出，賈平凹小說中始終流淌著「問題小說」話
語的暗河。說到「問題小說」，人們自然會想到五四，想到趙樹理。
在賈平凹所受影響的譜系裡，沒有趙樹理的位置，但相近的成長背
景，相似的興趣愛好，相同的責任意識，使賈平凹小說中的「問題小
說」話語自然地接榫在趙樹理那裡。然而時代不同，「問題」呈現方
式不同，二人對「問題」的感受、思考和敘述也會產生極大差別。在
趙樹理看來，「問題小說」應當在做群眾工作的過程中尋找主題，「遇
到了非解決不可而又不是輕易能解決的問題，往往就變成了所要寫的
主題」，這樣「容易產生指導現實的意義」[35]；並且，「一部作品或一
篇作品，只能反映一定的社會問題，不可能把社會問題都反映出
來」，「文藝作品不是百科全書，不能把什麼問題都包括進去。要分清

---

35 趙樹理：〈也算經驗〉，《趙樹理全集》（北京市：大眾文藝出版社，2006年），卷3，
　頁350。

主次，抓主要的東西，省略次要的東西」[36]。當今時代，「問題」呈現
的途徑和方式多樣，「問題」數量和複雜程度，絕非簡單「分清主
次」就能解決清楚。賈平凹明確意識到，解放以來所形成的農村題材
的寫法，已不適合當前的情況，「我在寫的過程中一直是矛盾、痛苦
的，不知道該怎麼辦，是歌頌，還是批判？是光明，還是陰暗？以前
的觀念沒有辦法再套用，我並不覺得我能站得更高來俯視生活，解釋
生活，我完全沒有這個能力了」[37]。這不禁讓人想起了詹明信的那句
話：「政治的困境導致美學的困境和表達的危機」[38]。為擺脫「危
機」，「換一種寫法」也就成了賈平凹的必然選擇：攜帶諸多社會問
題，不斷返回懸掛著自己經驗和記憶的「故鄉」。在渾然、浩蕩、元
氣淋漓的敘述中，以「問題小說」話語為經，以「鄉土小說」話語為
緯[39]，並在二者的張力中，以漂浮著重複性話語構件的細節洪流裏挾
「問題」之流，在記錄農村一步步走向消亡的同時，也在記錄著時
代、社會、民族、國家的演進過程。雖然對具體問題的解決無能為
力，但「問題」背後的矛盾和衝突，足以供賈平凹充分展開對複雜人
性的分析，並從「政治的、宣傳的、批判黑暗的、落後的、凶殘的、
醜惡的東西中發現品鑒出真正屬於文學的東西」[40]。

---

36 趙樹理：〈當前創作中的幾個問題〉，《趙樹理全集》（北京市：大眾文藝出版社，
　　2006年），卷4，頁302。

37 賈平凹、郜元寶：〈關於〈秦腔〉和鄉土文學的對談〉，《上海文學》2005年第7期。

38 〔美〕詹明信：〈處於跨國資本主義時代中的第三世界文學〉，《晚期資本主義的文
　　化邏輯》（北京市：生活・讀書・新知三聯書店，1997年），頁539。

39 在賈平凹的理解中，中國文學史歷來有兩種流派或兩種作家的作品。時地不同，他
　　對它們的稱謂也不盡相同。例如：「政治傾向性強烈的」與「藝術性強烈的」；「主
　　流文學」與「閒適文學」；或從性質上將二者比喻為「陽與陰」、「火與水」等等。
　　在他對自己小說的美學期許中，對兩者應兼容並收、並行不悖，否則是無以稱
　　「大」的。本文以「問題小說」話語和「鄉土小說」話語描述賈平凹小說話語框架
　　內的兩條主導脈絡，主要是考慮他新世紀小說創作的實際狀況。

40 賈平凹：〈讓世界讀懂當代中國〉，《人民日報》，2014年8月31日。

　　賈平凹新世紀小說追求「混沌」敘述，在其隱形話語框架內部必然存在著一個複雜的話語群落。除主導性的「問題小說」和「鄉土小說」話語外，這個群落內部還有許多話語纏繞盤結在一起。賈平凹常說「大水走泥」，「大水」固然可以「走泥」，但有時也難免「泥沙俱下」——在整體話語框架的疊加和連接作用下，顯示出各話語間的衝突和矛盾。而這也正是賈平凹思想內在矛盾和衝突的反映，並折射出賈平凹創作上政治困境、倫理困境與美學困境之間的微妙關聯。

　　在長篇小說敘述中插入異質性文本是賈平凹小說文本構成的慣技，以前在《白夜》、《高老莊》等作品中就有嘗試，新世紀後更是經常使用。這種技巧一般可分為兩種情況：一是硬插入，如《病相報告》、《帶燈》、《老生》等，它們的共同特點是：插入文本裸露於文本表層，具有結構和語義兩個方面的功能。二是軟插入，如〈秦腔〉和〈古爐〉，它們的特點是：插入文本經作者處理後與故事敘述融為一體，只有語義功能，殊少結構功能。我們要說的是〈古爐〉對善書的處理和使用。賈平凹在〈古爐〉中說：「先是我們村裡的一個老者，後來我在一個寺廟裡看到了桌子上擺放了許多佛教方面的書，這些書是信男信女編印的，非正式出版，可以免費，誰喜歡誰可以拿走，我就拿走了一本《王鳳儀言行錄》。王鳳儀是清同治人，書中介紹了他的一生和他一生給人說病的事蹟。我讀了數遍，覺得非常好，就讓他同村中的老者合二為一做了善人。善人是宗教的，哲學的，他又不是宗教家和哲學家，他的學識和生存環境只能算是鄉間智者，在人性爆發了惡的年代，他註定要失敗的，但他畢竟療救了一些村人，在進行著他力所能及的恢復、修補、維持著人倫道德，企圖著社會的和諧和安穩」[41]。要說的是，小說中善人郭伯軒實由三個人捏合而成：村中老者提供了現實軀殼，王鳳儀提供了一套人生哲學，賈平凹經常提到

41　賈平凹：〈後記〉，《古爐》（北京市：人民文學出版社，2011年），頁605。

的高僧澄昭提供了一顆人心舍利。其中《王鳳儀言行錄》由王弟子後人整理彙編而成，核心思想出自《宣講拾遺》，信仰「因果報應」和善惡「感應」，只不過事例隨時代發展有所更新，思想內容被進一步地系統化了。而《宣講拾遺》由鄉間文人採集百姓易於接受的故事和傳說編纂而成，用以解釋宣講清世祖《聖諭》和明太祖《六諭》[42]，目的在於維護基層社會秩序的和諧穩定。〈古爐〉中善人說病的情節有些在《王鳳儀言行錄》和《宣講拾遺》中尚能找到事例原型。而這兩本書中的思想，深植於中國悠久的善書傳統，在宋元時期，所謂善書紛紛應世，包括《陰騭文》、《覺世經》、《勸善書》、《了凡四訓》、《女誡》、《功過格》，等等，當時刊印無數，廣布社會各個階層，它們的共同特點是：道德約束的內化和道德檢省的自我量化。這些善書的共同祖範大家並不陌生，就是《子夜》中吳老太爺逃到上海灘懷裡抱著的《太上感應篇》。

〈古爐〉寫「文革」，實際上賈平凹在當今現實中感受到了某種情緒的復蘇，他要思考的是：「文革」之火不是從中國社會的底層點起的，那中國社會底層為什麼會一點就燃？等等。應當說，賈平凹在這方面的思考是相當深入的，由此他想到了恢復、修補人倫道德的問題。然而令人失望，〈古爐〉卻以簡單插入的方式，輕易地搬出了一套鄉願式的善人哲學。且不說善人哲學怎樣宣揚絕對順從和奴性，僅就重構社會道德框架的艱巨性而言，試圖以廟裡隨便碰到的一本善書中的倫理話語，來填補整個社會倫理資源的巨大虧空，實在有點太過輕易。其實我們還應記得，在吳家四小姐房間靠窗的桌子上，那部《太上感應篇》早已被雨打風吹去了。

---

42 明太祖朱元璋《六諭》亦稱《聖諭六言》，具體內容為：「孝順父母，尊敬長上，和睦鄉里，教訓子孫，各安生理，毋作非為。」清世祖順治《聖諭六訓》為朱元璋《六諭》的盜版，只改動了三個字，具體為：「孝敬父母，恭敬長上，和睦鄉里，教訓子孫，各安生理，勿作非為」。參見〔日〕酒井忠夫：《中國善書研究》（下）（南京市：江蘇人民出版社，2010年），頁510。

　　但是，我們不能據此判定，賈平凹新世紀小說創作是消極的、保守的、反現代性的，這樣會錯過對其創作複雜性和多樣性的認識。如從小說話語構型的整體出發，在其小說隱形話語框架內部，還存在著與善書倫理話語完全不同甚至相反的話語。

　　善人哲學、善書倫理話語在小說中是以文本插入的方式出現的，雖然經過處理，但給人的印象直接而顯豁。相對而言，賈平凹新世紀小說中啟蒙話語的存在則顯得比較分散，比較隱蔽，容易被忽略。其實，只要抓住賈平凹自覺繼承和發揚魯迅的批判精神和啟蒙意識這一關鍵，其小說中啟蒙話語的存在便能昭然若揭。賈平凹很早就讀過魯迅，《秋夜》開頭兩句話，曾令他「眼裡噙滿了淚水」[43]。他在《病相報告》〈後記〉寫道：「我的好處是靜默玄想，只覺得我得改變文學觀了。魯迅好，好在有《阿Q正傳》，是分析了人性的弱點，當代的先鋒派作家受到尊重，是他們的努力有著重大的意義。《阿Q正傳》卻是完全的中國味道。二十多年前就讀《阿Q正傳》，到了現在才有了理解，我是多麼的蠢笨，如果在分析人性中瀰漫中國傳統中天人合一的渾然之氣，意象氤氳，那正是我新的興趣所在」[44]。文學觀念的轉變，前文提到的反反覆覆的句式仿擬，以及對魯迅式意象，如病人吃蒸饃蘸人腦漿（〈古爐〉、《藝術家韓起祥》、《老生》）、吃嬰兒（《帶燈》）的仿擬和使用，都反映著賈平凹小說中魯迅影響的痕跡。

　　賈平凹新世紀小說啟蒙話語的存在最集中的體現還是在人物塑造方面。《病相報告》是一部頗具先鋒性的小說，但複雜的文本操作使賈平凹感到很不自在，沒等《病相報告》寫完，他就急不可耐地先寫了一篇很賈平凹、也很魯迅的中篇小說《阿吉》。說《阿吉》「很賈平凹」，是因為該作充滿各式重複；說它「很魯迅」，是因為阿吉是阿Q

43　賈平凹：〈自傳──在鄉間的19年〉，《作家》1985年第10期。
44　賈平凹：〈後記〉，《病相報告》（合肥市：安徽文藝出版社，2010年），頁183-184。

精神上的近親，是作者在新的歷史背景下對阿Q的重寫，是在人性分析基礎上，對魯迅國民性批判精神的自覺繼承。阿吉與阿Q的不同在於，阿吉從城裡學會了說段子，好編排人。阿Q想「革命」，但沒資格，只好在夢裡「革命」；阿吉想「革命」，但沒機會，大罵「文化大革命」，恨它怎麼就不再來啦。一句罵一副墨鏡，透過阿吉這個人物，阿Q和〈古爐〉中的霸槽被自然地連接到了一起。實際上，賈平凹在〈古爐〉中給了阿Q參加「革命」的資格和機會，讓他頂著「霸槽」的名字，在「文革」中委實威風了一把。[45]這樣，賈平凹在小說裡也就坐實了魯迅自己的看法，中國倘不革命，阿Q便不做革命黨，只要革命，就會做的。「我的阿Q的運命，也只能如此，人格也恐怕並不是兩個」[46]。

再如帶燈這個人物，在以往解讀中，人們看到了帶燈身上的「理想主義精神內涵」，看到了「人道主義悲憫情懷」。在我看來，要想真正理解帶燈這一人物形象，必須把她和瘋子木鈴聯繫起來：帶燈在明處，貫穿小說始終；木鈴雖在暗處，卻也是草蛇灰線，伏脈千里。「帶燈」微暗如螢，「木鈴」悶鈍無聲。她們無法照亮、喚醒被囚禁於權力和苦難之中的人們，也無法引導他們走出內心的蒙昧、愚頑和殘忍。最終，一場殘暴的衝突之後，帶燈和木鈴走到一起，遊走在深夜的街巷「捉鬼攆鬼」。這裡，人們不難想到魯迅「鐵屋子」的寓言，不難想到「知識」和「啟蒙」在中國遭遇的困厄和悲劇命運。說帶燈這一人物是「啟蒙話語」的產物，不只因為「帶燈」與「啟蒙」（Enlightment）存在語義關聯，更重要的是要理解帶燈驅攆捉拿的到底是怎樣的一種「鬼」？這個「鬼」賈平凹看到了，它就是《老生》

---

45 在一次與筆者的私下談話中，陳曉明先生提出霸槽是對阿Q的續寫。文中論述，受到這一觀點很大啟發。

46 魯迅：〈《阿Q正傳》的成因〉，《魯迅全集》（北京市：人民文學出版社，2005年），卷3，頁397。

第四個故事中老余和唱師談論的「鬧世事」的活鬼；魯迅也看到了，阿 Q 也許就是阿「鬼」[47]。鬼者，歸也。它不僅可以歸去，也可以歸來。我們再次見到了那個「大重複」：一切都是舊鬼上身，一切都是舊鬼重來。在這個意義上，賈平凹小說是不折不扣的「民族寓言」[48]。「重複」在他那裡已然成為一種詩學。上世紀五十年代初，侯外廬先生曾有過一個觀點，認為阿 Q 的 Q 是 Question 的簡稱，直到七十年代末，他還在堅持這一觀點。不想六十多年後，在賈平凹的小說裡，「鬼」與「問題」奇妙地糾結在了一起。正所謂：「太平之世，人鬼相分；今日之世，人鬼相雜」。不僅如此，馬克思也看到了那個「鬼」：「一切已死的先輩們的傳統，像夢魘一樣糾纏著活人的頭腦。當人們好像只是忙於改造自己和周圍的事物並創造前所未有的事物時」，他們卻戰戰兢兢地請出了「亡靈」[49]。就此而言，賈平凹小說又是超越「民族寓言」的，因為他的寫作揭示了共同的「人類意識」，抵達了自己所企慕的「陽光層面」。[50]

　　講述「中國故事」，傳達「中國經驗」，「讓世界讀懂當代中國」，是賈平凹自身創作追求的最新表達[51]；新世紀以來的小說創作，是他對這一追求的具體踐行。賈平凹的創作啟示我們：講述「中國故事」沒有固定的方法，任何所謂「方法」的呈現，都意味著一條獨行孤往的藝術探索之路的不斷延伸。這樣的道路無法複製，難以模仿。一位優秀的小說家，必須具有高遠的精神境界，高度責任意識和文化自

---

47 〔日〕丸尾常喜：《「人」與「鬼」的糾纏──魯迅小說論析》（北京市：人民文學出版社，2006年），頁91。

48 〔美〕詹明信：〈處於跨國資本主義時代中的第三世界文學〉，《晚期資本主義的文化邏輯》（北京市：生活・讀書・新知三聯書店，1997年），頁523。

49 〔德〕馬克思：〈路易・波拿巴的霧月十八日〉，《馬克思恩格斯選集》（北京市：人民出版社，1972年），卷1，頁603。

50 賈平凹：〈對當今散文的一些看法──在北京大學的演講〉，《美文》（上半月）2002年7期。

51 賈平凹：〈讓世界讀懂當代中國〉，《人民日報》，2014年8月31日。

信。在他的藝術視界裡，「中國故事」、「中國經驗」不是「人類意識」加以通約的對象，它們本身就是共同的「人類意識」的一種絕對表達。翻上民族文化的雲層，「中國故事」、「中國經驗」也是照亮人類生命、人類存在的一盞燈火。

第四章

盛世危言：一代人的憂與懼

——評賈平凹長篇小說〈古爐〉

賈平凸長篇的出產很有規律，從《浮躁》開始，基本兩年左右一部，其中《廢都》沉潛較長，用了四年，出版後一時「洛陽紙貴」，出現了到處爭說《廢都》的奇觀。這次〈古爐〉也用了四年，年近六旬的賈平凹拿出了自己最長的一部作品。〈古爐〉是寫「文革」的，對於賈平凹而言，那段記憶「刻骨銘心」：「文革」開始，他十二、三歲，上初中時參加過「刺刀見紅」造反隊，畢業後回家當農民，曾寫過「打倒朱德」的標語……那時他肯定體驗過「造反」和「批判」所特有的興奮；然而，也是在「文革」中，父親被打成「反革命分子」，開除公職，押送回村勞動改造，「封建殘渣餘孽」或「四類分子」那時所要承受屈辱與歧視賈平凸也並不陌生。隨著年齡增加，賈平凹感受到了那段記憶的糾纏，他要用自己的方式，給個人記憶，同時也是給民族的集體記憶一個交代。

一　在生活中尋找敘述視角

毋庸諱言，在當下語境中，「文革」尚不能被自由言說，每當切近那段歷史，你總會感受到有形或無形、直接或間接的抑制，長此以往，那段歷史便漸漸沉入個人和民族集體記憶中「有意遺忘」的暗區。要想激活那段歷史記憶，賈平凹的最大困難還不在於題材敏感，而在於自身經歷的有限，他清楚地意識到，自己不可能從全方位把握

「文革」，他要想以小說的方式穿越「文革」，必須選取一個適切的敘述視角。

　　近十年來，賈平凹在不斷探索著小說的敘述視角：〈懷念狼〉以作為記者的「我」為視角，在獵人舅舅陪伴下，為了保護狼而追蹤、拍攝僅剩的十五隻狼，然而事與願違，最終卻荒誕而又悖謬地目擊了十五隻狼被一一獵殺。在這一過程中，人性與狼性之間相剋相生的驚人真相，使得「我」所代表的文明、理性和所謂的環保意識受到無情的嘲弄和顛覆；《病相報告》嚴格遵循視角一致的成規，採用純粹第一人稱，以「分進合擊」方式，多角度還原一段刻骨銘心的愛情。但這樣的嘗試讓賈平凹感受到了「不自在」，很快放棄了此種技巧偏執；〈秦腔〉的視角以奇取勝，小說中引生看似瘋瘋癲癲，實則清醒冷靜，表面是自慰、自宮的花癡，實則是忠貞執著的精神戀愛者。正是透過引生的眼睛，小說見證了現代觀念衝擊下古老秦腔無可挽回的衰敗命運，見證了鄉村世界被拔離土地後所引發的精神病相和生命扭曲。從該作的敘述看，賈平凹未能擺脫人物視角自身的限制，時不時倒敘、補敘，視角轉換略顯滯重，與其追求的「自在」尚有距離；《高興》中劉高興這一視角使賈平凹收穫了特殊的敘述語調——超脫悲苦與激憤，以歡愉而又幽默的語調敘說底層故事。考察前幾部長篇，不難發現賈平凹在經營敘述視角方面的特點和傾向：多採用內部聚焦的人物視角，且越來越傾向於從現實生活中尋找和發掘性格獨異的敘述者，並透過這一人物視角傳達自己的道德關懷和倫理立場。

　　我們知道人物視角有自身侷限，受「視角一致」成規的影響，往往不能轉換自如。但在賈平凹眼裡，「視角轉換」並不是小說能否成功的關鍵，[1]他深知中西小說思維方式不同，而「視角一致」深受焦點透視觀念的影響，為了克化這一成規，賈平凹一方面承續傳統，以

1　賈平凹：〈我心目中的小說——賈平凹自述〉，《小說評論》2003年第6期。

人物視角為主，輔以全知視角；另一方面，吸收「魔幻元素」，以打破「視角一致」的禁忌。賈平凹坦承馬爾克斯、博爾赫斯、略薩等拉美小說家給自己的啟示，[2]但他又深知一味拘泥於技巧借鑑，「啟示」終會淪為「泥淖」，自己所追求的「中國氣派」更是無從談起。故此，他在〈古爐〉中以童話置換「魔幻」，同樣收到了解放視角的作用。狗尿苔是賈平凹選取的基本敘述視角。他十二、三歲，前無來處，後無落腳，既古靈精怪，又含屈抱辱，人境的逼仄使其幻想無端，在與動植物的交流中，收穫了一個美麗的童話世界。狗尿苔身上有賈平凹自己的影子，[3]在小說中，他不僅是作者記憶的附著點，而且還是傳達作者倫理立場的理想中介。更為重要的是，狗尿苔的童話世界，可以讓作者在視角選擇上突破「人」的限制，使敘述進入「萬物有靈」的生命交響狀態。童話允許賈平凹「以物觀物」，自由選取聚焦者，最終使敘述視角的選擇在生命世界中流轉無礙、自在圓融。

　　賈平凹強調生活本身就是故事，故事裡有它本身的技巧。在敘述視角的選擇上，他善於利用人物自身特點，制定具體敘述策略，這在〈秦腔〉和《高興》中已有充分體現。同樣，在〈古爐〉中賈平凹利用狗尿苔的年齡和心理特徵構築了一個童話世界，打破了「視角一致」的成規；更進一步，他還利用狗尿苔的性格、身體特點和階級地位，採取低位、旁觀的敘述策略。狗尿苔長得黑，個頭矮，肚大腿細，眼突耳乍，又是偽軍屬，在村裡人見人欺。然而，狗尿苔是作者眼中的天使。他充滿童心，生性良善，樂於助人，但又聰穎狡黠，還時不時發點兒蔫壞。在村裡人人作踐他，但又都信任他。他上山下河，穿門過戶，沒人注意，沒人理會，永遠在人群的低處，只能作批

2　賈平凹：〈關於語言——在蘇州大學「小說家講壇」上的演講〉，《當代作家評論》2002年第6期。

3　賈平凹、舒晉瑜：〈盡力寫出中國氣派——訪作家賈平凹〉，《中華讀書報》，2011年1月19日。

判與武鬥的旁觀者。這樣的人物作為聚焦者，使敘述本身獲得了極大的自由。

　　值得注意的是，狗尿苔並不是一般意義上的兒童少年，他心智成熟，幽默促狹，身懷異秉，穎異通天，攜帶著過量的成人經驗和生命智慧，是一個寄寓著賈平凹道家理想的人物形象。賈平凹曾說是一尊明代童子佛將神明賦予了狗尿苔[4]，但狗尿苔身上所蘊含的美與醜、善與惡、有用與無用的哲學辯證，具有鮮明的道家印記。金庸先生一再否認《鹿鼎記》是寫「文革」的，但狗尿苔還是讓人想到韋小寶——無論是身處於傾軋的朝廷，還是游走於險惡的江湖，都能周旋自如、遊刃有餘，並成為最終的受益者。只不過韋小寶收穫的是嬌妻美妾，狗尿苔得到的卻是豐厚的「象徵資本」——那粗粗的像龍一樣的白皮松的樹根、善書和善人不朽不滅的「心」。

二　「故事」都是當下的

　　賈平凹小說多產且多爭議，他的《廢都》被斥為反文化、反真實、反現代性的寫作，〈懷念狼〉被視為消極寫作的典型文本……他的創作可能存在諸多欠缺和不足，但賈平凹有一點值得尊敬，他的小說始終伴隨著強烈的現實焦慮，即便是《廢都》這樣的作品，你在閱讀中都能體會到一種難以排遣的當下隱憂。正因如此，賈平凹的小說技巧無論怎樣花樣翻新，內容無論如何奇幻詭譎，在整體上始終保有現實主義本色。〈古爐〉的創作也不例外。〈古爐〉要激活「文革」這段歷史，書寫和反思人性在「革命」中的症候與病相，通過歷史和人性去思考民族、國家的命運，而這一切的「結穴」則在作家的當下體驗。在小說中賈平凹最感興趣的問題是：「如果『文革』之火不是從

4　賈平凹：〈後記〉，《古爐》（北京市：人民文學出版社，2011年）。

社會最底層點起，那中國社會的最底層卻怎樣使火一點就燃？」在某種意義上，〈古爐〉也是一種書寫底層的作品，一種歷史化的底層寫作，他所關注的問題不只是底層生活的貧窮與艱難，底層情緒的憤懣與不平，更重要的是，「文革」使他認識到：「貧窮使人容易兇殘，不平等容易使人仇恨」[5]，凶殘與仇恨是人性中的「惡」，而底層之「惡」對社會、文化的毀滅與破壞，使其成為中國歷史最為重要的塑形力量，並最終左右整個民族的命運。

　　就政治而言，「文革」已有定論，但思想、文化方面的反思還遠未窮盡；我們否認「文革」是革命，但在大批判、造反和武鬥中，參與者表現出的情緒和精神症候又頗具革命特徵。站在重慶「紅衛兵」公墓前，面對「革命」吞噬的年輕生命，你可能想到的更多是理想、浪漫和激情，而不是陰謀和野心；「文革」是中國歷史的一塊陰影，更是讓人難於直面的人性「黑洞」。賈平凹是「過來人」，對於這一點感懷尤深。在他看來，「文革」原因雖有千種萬種，但責任應該是大家的，我們每個人都是有罪的。「日日夜夜的躁動不安、慷慨激昂、赴湯蹈火、生死不顧，這裡有著人自以為是的信仰，也有著人的生命類型的不同，這如蜜蜂巢裡的工蜂、兵蜂和蜂王。」[6]各人性情、氣質、稟賦不同，「革命」中所呈現的人性樣態自然不同。賈平凹正是透過「生命類型」去勘探人性，甄檢善惡，洞徹人性深處的隱微，在造反、批判和武鬥中揭示「革命者」的情感症候和精神病相。

　　在〈古爐〉中，賈平凹刻畫了四類「革命者」：第一類凸顯了人性的邪惡與醜陋。如麻子黑、黃生生和馬部長，他們冷酷、殘忍、暴虐，權力的追逐和虛妄的信仰使他們的人性極度扭曲；第二類人物是「革命」的領導者，如霸槽和天布。他們是古爐村「革命」的領導者

5　賈平凹：〈後記〉，《古爐》（北京市：人民文學出版社，2011年）。

6　賈平凹：《我是農民》（長春市：吉林人民出版社，1998年）。

和傳播者，但「革命」使他們欲望噴張，最終墮入惡的深淵；第三類是被「知識」扭曲、遮蔽了良心的人，如水皮和守燈之流。此類人物多為鄉村知識分子，但「知識」並未成為改變自身心智和命運的力量，反而使他們失去了農民的淳樸和良善；第四類是「革命」中的「烏合之眾」，如迷糊、跟後、禿子金、灶火等等，他們是革命的主體和決定力量，在日常狀態，他們是被損害者，被侮辱者，他們具有天然的反抗和革命訴求，「革命」中他們是「跟後」，是「迷糊」，他們既可以「打破萬惡的舊世界」，也可以「助紂為虐」、「為虎作倀」，加之中國鄉村複雜而又根深蒂固的家族關係，使得他們既可以被輕易掌控，又可能瞬間失控，成為摧毀一切的非理性力量，

在眾多人物中，守燈和霸槽二人值得特別關注。守燈是地主的兒子，村中每有「風吹草動」，他便成為理所當然的鬥爭對象。他有知識、有文化，鑽研瓷藝，本可成為忍辱負重的文化傳承者，但長期的羞辱和壓抑，使其成為品行扭曲、心理陰暗的「怨恨者」，最終墜入惡障，為惡所噬。守燈這一形象是否可以填補古來文學人物的空白，不好簡單論定，但可以肯定的是，這一人物源於現實，源於賈平凹對「被侮辱和被損害」者人性的獨特省察。小說沒有簡單地「同情弱者」，從而錯過對人性複雜與灰暗的諦視，作者透過這個人物，讓讀者洞徹人性的幽微，震撼於現實雕鐫人性之力的奇詭與苛酷。

與守燈恰成對照，霸槽可謂是天然的「反抗者」，「革命」的領導者，是應時運而生的「蜂王」，他是古爐村最俊朗的男人；個頭高，皮膚白，稜角分明，可以輕易俘獲女人；他有文化，有頭腦，有野心，被善人郭伯軒稱為「古爐村裡的騏驥」，「州河岸上的鷂鷹」，就連支書也怵他三分；他渴望「運動」，期盼「革命」，謀求在亂世出人頭地，特別是神秘的「領袖」體徵，給了他強烈的心理暗示，當「文革」來臨，他必然一展英雄本色，然而致命的欲望，近於本能的報復心理，加之「革命」激情的致幻效應，很快使其生命進入到譫妄狀

態。如在改革年代，他可能成為另一個金狗，然而時世弄人，在變亂的「革命」時代，「當代英雄」最終淪為歷史的丑角。

三　歷史災難的人性根源

通過「生命類型」勘察人性，使賈平凹意識到在歷史、文化和社會等因素之外，存在著更為深層、更為內在的「革命」動力，它隱匿於人性深處，是人性的「痼疾」。他要告訴你的是：「革命」從未走遠，因為它隱伏在你生命的幽暗之處。然而，勘察人性之「病」只是賈平凹現實隱憂的一個方面，與此相關，〈古爐〉以「解剖麻雀」的方式，通過「瓷」與「中國」間的借代，徵用巨型隱喻，書寫了國家、民族的命運和歷史——一種夢魘般的「輪迴」。在小說中，賈平凹通過來去無蹤的神秘人物（來回）、自然時序的流轉（一年一度滌蕩世界的大水）、政治權力的輪替（土改得權的支書至武鬥奪權的霸槽）等多個方面來感受、敘述中國社會與歷史運行的永恆「輪迴」。他要告訴你的是：「革命」不會走遠，它會以各種不同方式捲土重來。無論願意與否，你都會為「革命洪流」所裹挾——「革命，革革命，革革革命，革革……」[7]不管你是「革命」、「反革命」或者「不革命」，最終難逃「殺人」與「被殺」的死局。

賈平凹不是哲學家，他不會像黑格爾那樣，以思辨直面人性之惡，冷靜地闡釋歷史發展的「惡動力」；他也不是學者，於書齋中探究中國歷史於「永恆輪迴」中所呈現的「超穩定結構」。他是一個講故事的人，一個在敘述中感受和思考的人，在〈古爐〉中他必須思考的是：「在中國，以後還會不會再出現類似『文革』那樣的事呢？」[8]他想透過「文革」思考人性，於人性幽暗處得窺「輪迴」的隱秘。然

7　魯迅：〈小雜感〉，《魯迅全集》（北京市：人民文學出版，2005年），卷3，頁556。
8　賈平凹：〈後記〉，《古爐》（北京市：人民文學出版社，2011年）

而，結果令人沮喪：一場躁動，一場激情，一場虛假信仰間的攻伐，一場欲望噴張、棄絕人性的武鬥，它們都以「革命」的面目出現，而「革命」的結果不過是走了一個「來回」——麻子黑、守燈、馬部長、天布、霸槽被槍斃了，在槍聲中，霸槽的孩子降生了，那孩子哇哇地哭，「像貓叫春一樣悲苦和淒涼」——新的「輪迴」開始了。

中國人對「革命」並不陌生，《易》〈革〉：「天地革而四時成，湯武革命，順乎天而應乎人。革之時大矣哉！」我們的先人知道，「革命」是大事，「革命」之「時」尤為重大，它須順天應人方能獲得合法性。然而，中國近代以來「天崩地裂」，舊有「道德框架」被打破，國家倫理資源的虧空導致信仰全失、敬畏全無，一時間「革命」頻仍，不知有多少罪惡假革命之名而行。也許旁觀者清，正如外人所言：「近百年來，中國在思想和行為方面與西方也許有許多相似之處，但自儒教退出中國社會歷史舞臺後，中國社會中心的道德真空一直未得到填補。」[9]自上世紀九十年代以來，在所謂「後革命」時代，貧富、貴賤的分差日顯，社會矛盾加劇，「怨恨」情緒再度瀰漫。如何重構「可以公正地調和彼此的利益衝突」[10]的道德框架，如何填充社會中心的道德真空，不僅是文化、道德建設的關鍵，而且也是化解社會矛盾的根本所在。更為重要的是，「絕對價值」場域的長期空置，會使它淪為政治投機的賭場，個人欲望和權力爭逐，會在光天化日之下「借屍還魂」，使一場場新的「革命」動地而來。

上世紀九十年代中期，劉小楓曾撰文認為，漢語世界的倫理資源發生了重要變化，擁有社會法權的政黨倫理在現代化經濟——政治轉型過程中逐步衰微，精神倫理的社會化面臨危機，在當時情境下，精英倫理要麼走向純粹個體化，日益喪失社會化功能，要麼向既存大眾

---

9 〔美〕彼得・漢森：《二十世紀思想史》（上）（上海市：上海譯文出版社，2008年），頁78。

10 殷海光：《中國文化的展望》（上海市：上海三聯書店，2002年），頁486。

倫理靠攏，削弱自身所謂「高超」的道德內涵。尤為關鍵的是，政黨倫理衰微之後，漢語世界的國家倫理資源將進一步虧空，儘管佛教等教團型宗教有日益明顯參與社會倫理建構的行動，仍不足以平衡民間型大眾倫理的伸展力。[11]就全文而言，劉小楓情之所鍾還在精英倫理，希望能固守並維護大學的人文領域；與此同時，他還踐行精英知識人的責任倫理，組織策劃迻譯西典，特別是基督教文化理論典籍。此舉效果與影響如何尚不得而知，但對其行為有人提出質疑，認為劉小楓在以基督教歸化中國人。

　　落位西陲的賈平凹於文壇向有邊緣意識，至於思想界就更是邊緣的邊緣了。不過賈平凹深信，認知的路徑可有不同，對雲層之上高遠精神境界與價值的追求則可異趨同歸。從〈古爐〉這部作品看，在如何攝取合理倫理資源重構社會「道德框架」問題上賈平凹「情有別寄」，他所認同者恰是近代以來逸出主流文化視野，一直與精英倫理處於結構性緊張之中，並在社會底層潛運默行的民間信仰和大眾倫理——善書和善人的宗教與哲學。

四　價值虧空與「病急亂投醫」

　　細讀之下不難發現，〈古爐〉由兩條倫理脈絡支撐：一條是躁動的、欲望的，它以「革命」為徽號，彰顯著人性之惡。這是小說的主線，前面提及的諸多「革命」人物都是由這條線牽動的「玩偶」；另一條是沉靜的、講求倫常的，它以善人哲學為標誌，昭示著人性之善。這是小說的輔線，善人、蠶婆、葫蘆媳婦、三嬸等人構成了這一脈絡的主體，他們的生活也許庸常，但他們看似平凡的道德意識，卻構築了日常倫理的基底。其中善人是這一倫理脈絡的引領者。我們從

11　劉小楓：《這一代人的愛和怕》（北京市：華夏出版社，2007年），頁293-294。

小說〈後記〉知道，善人是有原型的，一個偶然的機會，賈平凹接觸到了《王鳳儀言行錄》，他讀了數遍，覺得非常好，便將家鄉村裡的一位老者和王鳳儀捏合成善人這一形象。賈平凹在〈後記〉中寫道：「善人是宗教的，哲學的，他又不是宗教家哲學家，他的學識和生存環境只能算是鄉間智者，在人性爆發了惡的年代，他註定是要失敗的，但他畢竟療救了一些村人，在進行著他力所能及的恢復、修補，維持著人倫道德，企圖著社會的和諧和安穩。」[12]

對照相關材料可知，那位村裡的老者只為善人提供了「軀殼」，而善人的身世、言行和思想大多來自王鳳儀和他的《言行錄》，小說中許多善人說病的例子，亦由《王鳳儀言行錄》的記載改寫而來。王鳳儀是近代一位慧能加武訓式的人物，說他像六祖慧能，是因為他是個有「奇跡」的人，除講書說病外，一字不識的他卻通過宣講善書發展出一套人生哲學；說他像武訓，是因為他廣結善緣，於東三省及河北興辦義學四百餘所。善人哲學的特點是以「孝」為核心，講求「死心化性、萬教歸一」，其內容駁雜渾融，非儒非道非佛，亦儒亦道亦佛；其思想框架被概括為十二字：「性、心、身」（三界），「木、火、土、金、水」（五行），「志、意、心、身」（四大界）……王鳳儀人生哲學是實用的，而非系統的，其思想基礎源於對「因果報應」和「感應」的信仰，而其思想本質，則深植於中國悠久的善書傳統。中國的善書源於晉，興於宋，盛於明清兩代。近世善書以成書於兩宋之間的《太上感應篇》為濫觴，其後《陰騭文》、《覺世經》、《勸善書》、《了凡四訓》、《女訓》、《功過格》等紛紛應世，宋元以後刊印無數。明清兩代善書又以宣講明太祖《六諭》和清世祖《聖諭》為主，[13]目的在

---

12 賈平凹：〈後記〉，《古爐》（北京市：人民文學出版社，2011年），頁605。

13 明太祖朱元璋《六諭》亦稱《聖諭六言》，具體內容為：「孝順父母，尊敬長上，和睦鄉里，教訓子孫，各安生理，毋作非為。」清世祖順治《聖諭六訓》為朱元璋《六諭》盜版，只改動了三個字，具體為：「孝敬父母，恭敬長上，和睦鄉里，教訓子孫，各安生理，勿作非為。」

於維護社會秩序的和諧。清同治年間刊印的《宣講拾遺》，由鄉間讀書人採集百姓易於接受的故事傳說纂集而成，用以闡釋明太祖《六諭》的善書。[14]從傳記材料可知，王鳳儀所講善書即出於《宣講拾遺》，只不過事例隨世遷變，有所翻新，思想內容被進一步的系統化了。賈平凹接觸到的《言行錄》即由王鳳儀弟子門人整理彙編而成。

　　賈平凹在〈古爐〉中讓王善人更名換姓，頂著村裡老者的軀殼，講病、勸善、度人、化世，又為其增添接骨之技，使其既能救人之「心」，又能治人之「身」。在古爐村，善人郭伯軒是智者，是人性之善的引領者，他講病的方式和「賢人爭罪，愚人爭理」的思想，使其更像村人的「懺悔師」，他和象徵古老文化傳統的白皮松一樣，作為傳統倫理和高潔道德的象徵，高居於山神廟──古爐村的最高處。作為主要人物之一，他與夜霸槽成為小說中善、惡兩條倫理脈絡的代表，在他們與童心未泯的狗尿苔構成一個道德角力的三角。小說開始，村人都打趣、欺負狗尿苔，只有霸槽關心他，他喜歡霸槽，加之霸槽有文化，長得俊朗，做事有「勢」，霸槽成了狗尿苔的「偶像」，狗尿苔則成了霸槽的「屁股簾子」──走到哪跟到哪。隨著故事發展，霸槽──就像他的名字那樣──「驢」性漸露，憑自己的魅力以霸道的方式俘獲杏開，目睹一切的狗尿苔產生了朦朦朧朧的「嫉妒」；「文革」開始，霸槽搶軍帽，奪像章，穿軍裝，背長槍……狗尿苔一時羨煞，但隨著「文革」深入，破四舊，大批判，「榔頭隊」和「紅大刀隊」的武鬥……心地良善的狗尿苔，在婆的護佑和善人的點化下，在心理上慢慢遠離「霸槽哥」，漸漸走到「善人爺」一邊，並最終得其衣缽，和葫蘆媳婦一起，成為善人仙化後遺存凡世的善種。

　　在〈古爐〉中，白皮松被炸掉當了劈柴，連樹根也被瘋搶；善人神秘地死了，留下了他的善書。正如賈平凹所言，在人性爆發惡的時

14　〔日〕酒井忠夫撰，劉嶽兵等譯：《中國善書研究》（下）（南京市：鳳凰出版傳媒集團，2010年），頁510。

代，善人的宗教與哲學是註定要失敗的。然而，通過賈平凹在小說中
對講病事例的大量改寫、摹寫，通過善人之口對王鳳儀善人宗教與哲
學的謄寫、宣敘，以及善人故後使其善種得以薪火相傳的處理可以看
出，賈平凹對善人的宗教和哲學深寄厚望——通過善人思想的影響，
在人性深處獲取掙脫「輪迴」命運的倫理支撐。但是我們應該看到，
人性爆發惡的時代，不過是中國社會歷史「輪迴」式運行的一個環
節；人性之惡的爆發，也不只「革命」一種形式。就筆者所知，當下
王鳳儀的善人宗教和哲學還在以不同形式流布民間，記述其言行的善
書在不斷刊印，其後人和門人也在不遺餘力地宣講傳播。然而，作為
大眾倫理和民間信仰，善人的思想要想成為重構社會「道德框架」的
有效資源，填充「社會中心的道德真空」，必然面對「社會化」的困
境：一方面，就善人思想的歷史淵源和本質屬性看，它是主導政治力
量的合謀者——協助後者維護社會的穩定和諧。然而，民間信仰向來
缺乏穩定，極易走向「教團化」，發育為新的社會力量。所以，主導
政治力量對其總是心存戒備，往往恩威並施，既撫且控，使其在社會
上難得伸展；另一方面，善人的宗教和哲學是依靠「奇跡」和「因果
報應」來維繫的，在小說中，此類描寫可以被視為追求奇詭與神秘效
果的藝術技巧，也可以理解為對「現代性」文化的重新「施魅」……
但是，善人的思想一旦走出小說世界，必然遭遇常識、理性和科學的
迎頭「阻擊」。此外，善人的思想依附於善書傳統，而善書的功效往
往是通過道德約束的內化和道德行為的自我量化（如各式《功過
格》）來實現的。在這一傳統影響下，善人思想非但不能走出傳統倫
理重德輕法的藩籬，反而會阻礙人類行為外在約束機制的發育，使社
會、歷史的運行難改舊轍。在重構當下社會「道德框架」的進程中，
由於「社會化」困境和自身侷限的存在，善人的宗教和哲學顯然力不
從心，難堪大任。

　　〈古爐〉和《廢都》均是賈平凹的用力之作，可以肯定，〈古

爐〉不會像《廢都》那樣火，但它還是讓人看到了賈平凹一如既往的
現實關懷，看到一種基於當下的歷史反思意識，一種正視人性幽暗的
現實批判精神。當今時代被許多人目為「盛世」，那麼〈古爐〉則堪
稱「盛世危言」。

第五章
論莫言小說的動物修辭

一九五五年，九十一歲的齊白石畫了四隻青蛙，一叢蘭草。一隻青蛙後腿被蘭草纏住，懸空掙扎；另外三隻蹲在地上，眼巴巴向上張望。這是一種常用的動物修辭，筆墨趣味之下遮掩的是人的「倒懸之苦」。畫畫是傳情達意，在那樣的時代，也許只能用這樣一種婉曲的方式。要說的是，每一位畫家都有自己的「拿手活兒」，齊白石的蝦，徐悲鴻的馬，李苦禪的鷹，黃胄的驢，畫一種固定的、自己熟悉的事物，在體驗藝術創作所帶來的自由感受的同時，畫家還可以準確傳達自己微妙的思想和情感。其實小說家何嘗不是如此，在長期的寫作實踐中，自己的人生經歷、情感方式和生命體驗，慢慢凝聚、固定到某些具體事物中去，使它們成為寫作者傳情達意的常規性修辭載體。在這方面，莫言更像前面提到的畫家，在動物書寫中找到了自己的修辭載體，也感受到了審美創造中人的自由。

一　「動物」的發現

談論莫言小說的動物書寫，並不是新鮮話題。早在上世紀九十年代，張清華就對莫言小說的動物書寫有過論述：「比如莫言在許多小說中都描寫了具有靈性的動物，他不止一次地寫到黃鼠狼、狐狸、狗及騾子等動物，它們不再是一般的動物，而是秉承天地意念的某種神靈，它們與人類具有相似的感覺和智能，並與人有著某種神秘的必然

關聯。這種傾向實際上也是來自古典審美傳統。」[1]後來張清華將這一論述進一步深化，認為當代沒有哪一個作家能像莫言這樣多地寫到動物，「這是莫言『推己及物』的結果，人類學的生物學視角使他對動物的理解是如此豐富，並成為隱喻人類自己身上的生物性的一個角度。」[2]這裡的論述，已經觸及了莫言小說動物修辭的一些問題。然而，我們應當看到，莫言小說寫作有一個發現「動物」的過程，在這一過程中，莫言不僅繼承古典審美傳統，而且還接受西方動物書寫的影響，激活自己的人生經驗，將動物撒播在小說的方方面面，裡裡外外，使其成為自己小說修辭的常規載體，成為莫言對世界、對生命、對人展開思考和認識的「裝置」。

　　《春夜雨霏霏》、《醜兵》、《放鴨》、《白鷗前導在春船》、《因為孩子》、《黑沙灘》等早期作品，並沒有顯示出莫言對「動物」有特別的敏感，即使小說題目涉及動物，動物描寫也是一晃而過，沒能給人留下更深的印象。一九八四年發表的《島上的風》是莫言小說中動物形象的首次集中亮相。要塞區馮司令的女兒馮琦琦是生物系動物專業的高材生，達爾文的狂熱崇拜者，她利用假期上〇〇八島考察「生存競爭」、「最適者生存」。她在島上經歷了颱風，目睹了副班長李丹捨身救助戰友的英雄事蹟。守島士兵的行動，李丹的事蹟，打破了馮琦琦「最適者生存」的人生信條，接受了李丹的「人是動物，但動物不是人」的觀念。就實際而言，這篇小說並不成功，更像是對英雄事蹟報導的改寫，有說教氣，修辭也略顯僵硬。小說中孤島成了人性與人生觀念的試驗場，兔子、雞、海老鼠、海鳥、蛇、貓和人一起，被驅入自然災難帶來的極端情境，以便彰顯人性的光輝。在我看來，《島上的風》中馮琦琦與副班長李丹之間的一段對話極為關鍵，有助於理解

<hr />

1　張清華：〈選擇與回歸──論莫言小說的傳統藝術精神〉，《山東師範大學學報》1991年第2期。

2　張清華：〈敘述的極限──論莫言〉，《當代作家評論》2003年第2期。

莫言對「動物」的發現：

> ⋯⋯
> 我是研究動物的。
> 你研究人嗎？人也是動物。
> 馬克思說，猴體解剖是人體解剖的一把鑰匙。我想動物之間的關係也是理解人與人之間關係的一把鑰匙。

　　莫言在部隊當過政治教員，讀過艾思奇的《辯證唯物主義和歷史唯物主義》，對馬克思理論有一定程度的了解。只不過小說中馮琦琦「誤記」或者顛倒了原話順序。馬克思原話是：「人體解剖對於猴體解剖是一把鑰匙。反過來說，低等動物身上表露的高等動物的徵兆，只有在高等動物本身已被認識之後才能理解。」[3]這段話很有名，體現著馬克思主義歷史意識的原則，第一句更是經常被人引用。在馬克思看來，對「人」的認識先於對「動物」的認識，「動物」是人在自我成長、自我認識的道路上被發現的。這也就意味著，自然實存的動物缺乏意義，只有在人的自我認識中，才能獲得更大、更為深遠的意義。在某種程度上，被誤記的馬克思的這句話，喚醒了莫言的動物意識，成為了莫言「動物」發現在思想上的起點。「動物」的發現，為莫言小說打開了一個重要的修辭空間，並在創作中衍生出多樣而又複雜的審美形態。而小說中的無意識「誤記」和「顛倒」，暗示了莫言小說基本修辭策略的選擇：採取低端透視，在對「動物」的書寫和辯證思考中，完成對「人」的拆解和重塑。而這一點，在其後來的創作中有充分的體現。

　　應當說，在《島上的風》中，人與動物的對比，使莫言對「人」

3　〔德〕馬克思：〈導言〉，《1857-1858年經濟學手稿摘選》，《馬克思恩格斯文集》（八）（北京市：人民出版社，2009年），頁29。

充滿信心。但是很快，在修辭層面，動物就由對峙、分立走向了與人
平行甚至內在於人的位置。例如《枯河》中這段描寫：

> ……街上塵土很厚，一條綠色的汽車駛過去，攪起一股沖天的
> 塵土，好久才消散。灰塵散後，他看到有一條被汽車輪子碾出
> 了腸子的黃色小狗蹣跚在街上，狗腸子在塵土中拖著，像一
> 條長長的繩索，小狗一聲也不叫，心平氣和地走著，狗毛上泛
> 起的溫暖漸漸遠去，黃狗走成黃兔，走成黃鼠，終於走得不見
> 蹤影。

在修辭上，黃狗與那個孩子平行設置，他在樹上看到狗被碾壓，其實
是自己命運的暗示和預演。後來對支書和父親的毒打與死亡的描述，
經由「塵土」和「繩索」，都與黃狗被碾壓的血腥場景牽連、混合在
一起。更為重要的是，這段文字初步顯示了動物、動物性向莫言小說
文本和書寫本身的全面滲透。無論局部還是整體，莫言在《爆炸》、
《紅高粱家族》、《食草家族》、《十三部》、《豐乳肥臀》、《蛙》等作品
中，都曾使用過這樣的平行設置。

　　《秋水》發表於一九八五年，是莫言「高密東北鄉」文學王國的
創世之作[4]。小說結尾，爺爺教給「我」白衣盲女唱的那首兒歌，呈
現了這樣一幅「世界圖景」：

> 綠螞蚱。紫蟋蟀。紅蜻蜓。
> 白老鴰。藍燕子。黃。
> 綠螞蚱吃綠草梗。紅蜻蜓吃紅蟲蟲。

4　莫言自己認為，《白狗秋千架》最早提出了「高密東北鄉」，但幾乎同時創作的《秋
　水》，也提到了「高密東北鄉」。究竟哪一篇更早，學界尚有不同認識。專就寫作性
　質看，《秋水》具有更為濃重的創世氣息。

> 紫蟋蟀吃紫蕎麥。
>
> 白老鴰吃紫蟋蟀。藍燕子吃綠螞蚱。
>
> 黃吃紅蜻蜓。
>
> 綠螞蚱吃白老鴰。紫蟋蟀吃藍燕子。
>
> 紅蜻蜓吃黃。
>
> 來了一隻大公雞，伸著脖子叫「哽哽哽——
>
> 噢——」

這個世界青黃色雜，五彩斑斕，既生生不息，又相生相剋。這是一個動物的世界，也是人的世界。那時「高密東北鄉」是蠻荒之地，方圓數十里，一片大澇窪，荒草沒膝，水汪子相連，棕兔子、紅狐狸、斑鴨子、白鷺鷥、黑的爺爺、白的奶奶、紫衣女人、黑衣男人、白衣盲女。這裡有生死，有愛恨，有情仇；這裡無法無天、無善無惡、無因果無業報，這就是一個「最適者生存」的世界。爺爺年輕時殺死三個人，放起一把火，拐了一個姑娘，可他得到「仙死」，八十八歲無疾而終。不難看出，在這篇小說的修辭運作中，動物既是外在於人的，又是內在於人的，對於這樣一個動物／人的世界，時間是唯一的裁決者，也是最後的收容者：一切最終都會在時間之中汩沒消散。在這裡，而不是在《紅高粱家族》裡，人們彷彿看到了莫言「新歷史主義」書寫的真正源頭，聽到了這樣一種歷史意識得以生成的最初的消息。

《十三步》創作於一九八七年，其中一段敘述值得特別注意：

> 「動物園是最富有教育意義的地方，」猛獸管理員手扶著欄杆，那模樣酷似欄杆內的動物，他冷漠地說，「人類需要向動物學習生活。你注意他們的臉，他們那深邃的、富有浪漫氣息的眼睛……」
>
> 欄杆內的猴子們突然變得安靜起來，它們艱難地立著，好像在諦聽他的話。

「恩格斯說，『猴體解剖是人體解剖的一把鑰匙』，」他說，「猴子的臉上，都有一個智慧的額頭，我們自認為比它們高明，但你能猜到它們此刻在思想什麼嗎？」

表面看，猛獸管理員重複了那句話，只是這次又錯記了說話人。但就整體而言，《十三步》呈現出了與《島上的風》完全不同的修辭景觀。《十三步》是炫技之作，是莫言小說中最難讀的一部。就像莫言所說的那樣，「《十三步》這部小說我想真正看懂的人並不多，確實寫得太前衛了，把漢語裡面所有的人稱都實驗了一遍。」[5]頻繁的人稱變換，快速的時空組接，讀者很容易被敘事的湍流所淹沒。要想理解這部作品，必須抓住兩個關鍵：其一，小說的整體構思和局部細節，顯然受到了莎士比亞《錯誤的喜劇》和《麥克白》的影響。張赤球和方富貴相貌相近，造成了情節的錯進錯出；持續不斷的敲門聲，使敘述獲得了一種外在的節奏。其二，在人的故事、人類社會的背面，貼襯著動物的故事、動物園中動物的生存圖景。就像小說所寫的那樣：「我們聽說美國曾經發生過類似的事情，說是有一個哲學家，一日忽然想到，動物園裡如果沒有人，動物園就是不完整的，於是他就給動物園園長寫了一封信，自願到動物園裡去展覽。動物園給他準備了一個籠子，籠子外掛著一個牌子，上面寫著：人，靈長類，產於世界各地，分白種、黃種、黑種、紅種……這裡展示的是一個紅白混血人種……」由此，我們就能夠意識到，就敘事姿態而言，在動物與人的關係層面，「籠中敘事」實際上是一種低端的敘事設置，在人與動物之間，敘事者可以放言無忌，擺脫敘事的陳規和學理限制，在各種技巧和手法之間自由穿行。作者甚至憑仗「低端」優勢，時不時「夾槍帶棒」，對以往批評給自己帶來的困擾嬉笑怒罵，肆意排擊。

5　莫言、王堯：〈與王堯長談〉，《碎語文學》（北京市：作家出版社，2012年），頁134。

　　從以上幾部作品可以看出，上世紀八十年代中期，莫言對小說中的動物修辭進行了多方探索。這裡值得注意的是，動物能夠成為了莫言小說修辭的常規載體，有著極為複雜的原因。前面張清華曾提到莫言對古典審美傳統的繼承，當然更多的人還會想到莫言童年時期與動物的親密接觸，對動物習性的熟悉。但外國作家的影響以往所論甚少，值得特別注意。提到外來影響，人們馬上會想到馬爾克斯。莫言曾經說過，「一個作家對另一個作家的影響，是一個作家作品裡的某種特殊氣質對另一個作家內心深處某種潛在氣質的激活，或者說喚醒。」[6]而在莫言看來，馬爾克斯對自己的喚醒和激活並不是那些魔幻故事，「而是他那種不把人當人的高超態度」，這才是馬爾克斯了不起的一招，「一招鮮，吃遍天，後來者只有望洋興嘆。」[7]「不把人當人」，在物、動物的層面認識人，思考人，書寫人，使馬爾克斯的小說獲得了極為特殊的對人性的透視能力，發現這一點，使莫言激動不已。然而，單就動物書寫而言，川端康成、傑克·倫敦、阿斯塔菲耶夫、勞倫斯、卡夫卡等人對莫言的影響更大、更直接、更長遠。莫言讀書總是不讀完，馬爾克斯的《百年孤獨》如此，川端康成的《雪國》也同樣如此，正是後者喚醒了莫言：「原來狗也可以進入文學」。莫言回憶自己閱讀《雪國》：「那是十五年前冬天裡的一個深夜，當我從川端康成的《雪國》讀到『一隻黑色的秋田狗蹲在那裡的一塊踏石上，久久地舔著熱水』這樣一個句子時，一幅生動的畫面栩栩如生地出現在我的眼前……川端康成小說中的這樣一句話，如同黑夜中的燈塔，照亮了我前進的道路。」「當時我已經顧不上把《雪國》讀完，放下他的書，我就抓起了自己的筆，寫出了這樣的句子：『高密東北鄉原產白色溫馴的大狗，綿延數代之後，很難再見一匹純種。』這是

6　莫言：〈中國小說傳統──從我的三部長篇小說談起〉，《用耳朵閱讀》（北京市：作家出版社，2012年），頁152。

7　莫言：〈我與譯文〉，《會唱歌的牆》（北京市：作家出版社，2012年），頁232。

我的小說中第一次出現『高密東北鄉』這個字眼，也是在我的小說中第一次出現關於『純種』的概念。這篇小說就是後來贏得過臺灣聯合文學獎並被翻譯成多種外文的《白狗與秋千架》。從此之後，我高高地舉起了『高密東北鄉』這面大旗，就像一個草莽英雄一樣，開始了招兵買馬、創建王國的工作。當然，這是一個文學的王國，而我就是這個王國的國王。在這個文學的王國裡，我發號施令，頤指氣使，手裡掌握著生殺大權，飽嚐了君臨天下的幸福。」[8]在莫言生動的敘述中，儼然是一條狗叼來了「高密東北鄉」。

上世紀八十年代，隨著外國文學作品的出刊譯印，莫言他們那代小說家，都經歷了兩三年瘋狂閱讀、「惡補」外國文學作品的時期。那時莫言的閱讀非常龐雜，許多作家、作品都影響到了莫言小說中動物書寫。例如《豐乳肥臀》對勞倫斯《狐》的直接改寫；《幽默與趣味》對卡夫卡〈變形記〉的仿寫；《四十一炮》老蘭胯下說來就來的駿馬對《鄉村醫生》的模仿；《懷抱鮮花的女人》中的黑狗對歌德《浮士德》中靡菲斯特形象功能的借鑑，等等。當然，這種影響不僅體現在局部處理和技巧手法方面，還體現在對動物性與人性關係的認識上：「在一般文學作品中，動物總是被賦予一些神秘超感的東西。諸如寫牛啊、馬啊之類，往往把它擬人化，童話作品基本上是這樣的寫法，為的是讓孩子把動物當做朋友與夥伴。成人作品中動物往往被寄託了更多的想法。比如傑克・倫敦《野性的呼喚》裡的那條狗。本來和人是朋友，但當它的主人被人殺死之後，它去報了仇，之後就變成一匹狼。這裡面有許多複雜的寓意，獸性與人性的轉換、生存的競爭等等，總之在傑克・倫敦的系列作品中，其動物描寫遠比童話作品中要複雜、淩厲得多，也嚴肅得多。」[9]對外國文學作品的多層次、

8　莫言：〈在京都大學的演講〉，《用耳朵閱讀》（北京市：作家出版社，2012年），頁7。
9　莫言：〈莫言談動物〉，《莫言對話新錄》（北京市：文化藝術出版社，2010年），頁369-370。

多角度的借鑑，對《山海經》、《莊子》、《封神演義》、《西遊記》、《聊齋志異》等作品所體現的古典審美傳統的繼承，使動物形象、動物感覺、動物意識、動物思維向莫言小說全面滲透，使其小說的動物修辭呈現出極為複雜的面目。

二　「動物」的功能

說到莫言小說中動物的修辭功能，人們馬上會想到《生死疲勞》，想到以動物視角、以所謂「六道輪迴」結構文本。在莫言看來，《生死疲勞》所以能夠在陰陽兩界的轉換上，讓大家覺得還比較自然，除了小說的敘述腔調誇張之外，還有就是他對小說裡所描寫的幾種動物非常熟悉。「小說裡的牛呀，驢呀，豬呀，狗呀，我確實是跟它們打了大概有二十年的交道，我多次講到我和牛的關係，我從五年級被趕出校門，就與牛一起呆了兩三年，與牛有一種心靈上的溝通。」而高密也算聊齋文化圈，東北鄉過去人煙稀少，屬於「三不管」的荒涼之地。在這樣的環境裡「人更容易產生幻想，人跟鬼怪文化、動物植物之間的關係，比人煙稠密的城市裡密切得多，親切得多。我從小就是在這樣一種聊齋文化的氛圍中長大的，談狐說鬼是我日常生活的重要一部分，而且我小時候也不認為他們說的是假話，而真的認為那是存在的。」[10]其實閱讀相關傳記文字，細讀他的全部作品就會發現，莫言何止熟悉以上幾種動物，上學時放過的羊，外地拉來的駱駝，農場退役的戰馬，離家不遠生命蕃息的大水汪子裡、草甸子上的鳥獸蟲魚，都在他的童年記憶中留下了深刻的印象，都曾在他的小說中反覆「出鏡留影」。從莫言上面自述可以看出：童年記憶為

---

10 莫言、孫郁：〈說不盡的魯迅——2006年12月與孫郁對話〉，《莫言對話新錄》（北京市：文化藝術出版社，2010年），頁208。

其小說的動物書寫提供了豐富的材料，《聊齋》文化培育了他的想像方式，做出了經典示範，提供了形式的可能性。

　　陳思和先生認為，《生死疲勞》中的人畜故事分為三種類型：其一，「動物直接參與人世間故事，推動人世間故事的發展與變化」；其二，「人畜故事是相互呼應補充，有機結合，由動物敘事來補充人世敘事所無法完成的描寫，這時候的動物往往成為人的代言者，承擔起人世的故事」；其三，「單純的動物自己的故事的發展，與人的故事暫無關係，最多只是對人世故事的一種嘲諷」。[11]以上分類從敘事著眼，只針對一部作品，分類依據是人畜故事所具有的「推動」、「補充」、「嘲諷」等功能。同樣依據功能，如果從修辭角度出發，對莫言的寫作進行整體考察，我們會發現，莫言小說中動物書寫所具有的修辭功能極其複雜多樣。

　　首先，動物作為一種外在於人的客觀自然，具有維持「真實」幻覺的功能。作為符號系統，任何文學文本都不可能複製現實，文學的「真實」是一種感受，一種幻覺，是作者利用讀者的認知習慣，通過截取、選擇、組接、描述、設置背景、經營細節等一系列手段，所追求的一種修辭效果。在莫言的寫作中，動物是小說修辭情境構成的重要元素，是維持「真實」幻覺的重要手段。莫言小說（包括早年小說）此類「動物」修辭俯拾即是，舉不勝舉：

　　　　淡淡的花香裡，只有幾隻赭紅的野蜂子在飛，蟈蟈躲在葉下，憂鬱地尖聲鳴叫，螞蚱在飛，燕子在捕食。懸掛在田野上空、低矮彎曲的電話線上，蹲著一排排休憩的家燕。（《棄嬰》）

　　　　吃過飯，大寶早早地爬上了自己的炕，懷著鬼胎裝睡。天上好

11　陳思和：〈人畜混雜，陰陽並存的敘事結構及其意義〉，《當代作家評論》2008年第6期。

月亮，照得窗戶紙通亮，一隻小蟋蟀在窗戶上「吱吱」地叫。
（《白鷗前導在春船》）

爺爺握住的是奶奶的兩塊肩胛骨，只輕輕一抬，奶奶的骨架便
四分五裂，橫在地上成了一堆。纏繞著修長黑髮的骷髏打著爺
爺的腳面，兩個曾經駐留過奶奶如水明眸的深凹裡，兩隻紅螞
蟻在抖動著觸角爬行。父親扔掉奶奶的腿骨，掉過頭去，放聲
大哭著逃跑了。（《紅高粱》）

四老爺走出屋，走出院子，一步比一步沉重地走在幽暗的小巷
子裡。牆頭上的扁豆花是一團團模糊的白色暗影，蟈蟈的鳴叫
是一道飄蕩的絲線，滿天的星斗驚懼不安地眨動著眼睛。（《紅
蝗》）

那棵大槐樹拖離了肖家大門口幾十米遠，地面上留下一個大
坑，坑裡有許多根被拽斷的樹根。十幾個孩子在那兒找蟬的幼
蟲。（《蛙》）

《棄嬰》這個例子非常普通，即一般所謂「景物描寫」。莫言和許多
作家都長於此類描寫，甚至用地方名物或動植物直接排陳，就能構築
一個結實的「世界」。《白鷗前導在春船》、《紅高粱》、《紅蝗》、《蛙》
裡動物書寫的例子在莫言小說中極為常見，已經成為一種程式化修辭
手段：作者的眼睛，或者說敘述者、人物的眼睛，彷彿能在一瞥之
間，將那些以不同速度發生於不同時間的事情或事件盡收眼底。其實
這裡的螞蟻、蟈蟈和蟬的幼蟲，並不是寫實性的存在，而是作者實施
微觀修辭時具體的技巧和手法。對於這一點，《四十一炮》講得非常
清楚：「大和尚的兩扇耳朵上，落滿蒼蠅，但他光溜溜的頭皮上和他

油膩膩的臉上卻連一隻蒼蠅也沒有。院子裡有一棵龐大的銀杏樹，樹上鳥聲一片，鳥聲裡間或想起貓叫。那是兩隻野貓，一公一母，在樹洞裡睡覺，在樹杈上捕鳥。一聲得意的貓叫傳進小廟，接著是小鳥淒慘的叫聲，然後是群鳥驚飛的撲棱聲。與其說我嗅到了血腥的氣味，不如說我是想到了血腥的氣味；與其說我看到了鳥羽翻飛、血染樹枝的情景，不如說我想到了這個情景。此刻，那隻公貓，用爪子按著流血的獵物，對著另外一隻缺了尾巴的母貓獻媚。」[12]這段敘述帶有元修辭性質，揭破了動物書寫的修辭本質：和許多描寫一樣，小說中的動物書寫並非來自對現實的直接觀察，而是為了維持小說中「真實」的幻覺所實施的修辭技巧和手段。

要說的是，以上所舉各例，是福樓拜之後現代小說極有代表性的一種修辭技巧。莫言沒有明確談到過福樓拜對自己的影響，但《包法利夫人》、《情感教育》中有代表性的技巧和手法，經常被莫言採用。例如《情感教育》：

> 弗雷德里克感覺到腳下有什麼軟綿綿的；那是一位穿灰大衣的中士的手，他臉朝下趴在水溝裡。更多的工人成群結隊趕來，把士兵逼往警衛隊隊部。火力更猛了。酒店的店鋪開著，不時有人進去抽一鬥煙，喝一杯啤酒，再回去戰鬥。一隻流浪狗開始嚎叫。引來笑聲。

這裡狗的嚎叫和莫言筆下的蟋蟀、螞蟻、蟈蟈、蟬的幼蟲異曲同工，都是通過對非人的、不可操控事物的描寫，來遮掩對人的行為描寫的虛構性、操控性和修辭性。實際上，這些動物的存在、它們叫聲都是修辭文本的構成物。這樣的書寫，實施著一種情感和聚焦的轉移，書

---

12 莫言：《四十一炮》（北京市：作家出版社，2012年），頁3-4。

寫者在轉移中拒絕了情感的介入。《紅高粱》寫「兩隻紅螞蟻在抖動著觸角爬行」在這一點上體現得尤為突出。巧合的是，受過福樓拜影響的斯蒂芬・克萊恩的《紅色英勇勳章》也選擇了螞蟻：

> 一個死人看著他，那人坐在地上，背靠著一棵圓柱似的大樹。屍體身上穿的是一件原本應為藍色的制服，現在褪色成一片慘綠。那雙盯著年輕人看的眼睛，黯淡無光，好像從一側看到的死魚眼睛。嘴張著。嘴的紅色已經變成嚇人的黃，灰不拉幾的臉皮上有一些小螞蟻爬來爬去。其中一隻正艱難地沿著上唇滾著一個什麼小包。

給人感覺，兩個文本背後隱藏的不是人的「眼睛」，而是推拉著的冰冷的「鏡頭」：離屍體、屍骨越來越近，讀者正一步步走向恐怖，而與此同時行文卻一步步後退，堅決抵制著情緒。「這裡還有一個對細節的現代性迷戀：主人公好像注意到那麼多東西，把一切都記錄下來！」在死亡之中，生命在繼續，螞蟻們忙碌爬行，對人類的死亡無動於衷。[13]這樣一種戲劇化、非人格化的敘事技巧是最為隱蔽的修辭手段之一。

　　在《紅蝗》中，莫言將這一手段發揮到極致，根本用不著調查、研究、分析、批判、鉤沉、索引，只用充滿細節、充滿動物的講述，就使捉姦者四老爺通姦殺人的舊事活現當場。講到四老爺第一次勾搭小媳婦失敗，羞惱沮喪：

> 她的兩副藥還躺在地上，站起來時，你（四老爺）看到了，便用腳端了一下，一包藥的包紙破裂，草根樹皮流在地上，另一

13　〔英〕詹姆斯・伍德撰，黃遠帆譯：《小說機杼》（鄭州市：河南大學出版社，2015年），頁30-32。

包藥還團團著，你一腳把它踢到牆角上去，那兒正好有個耗子洞，一個小耗子正在洞口伸頭探腦，藥包碰在它的鼻子上，它吱吱叫著，跑回洞裡去了。(《紅蝗》)

四老爺被「我」的講述攫住了，「故事」更像是慢慢收緊的「套索」。講到小耗子時，四老爺否認爭辯：「胡說，沒有耗子，根本沒有耗子，我在藥包上踹了兩腳，不是一腳，兩包藥都破了，我是把兩包破藥一起踢到了藥櫥下，而不是踢到牆角上！」為了捉姦，四老爺告訴四老媽，「今黑夜我還到藥鋪裡困覺，耗子把藥櫥子咬了一個大窟窿」。利用這個瞎編的細節，四老爺騙過四老媽，「我」沿用這一細節，四老爺當然知道是假的。但是，這時的四老爺已經被「真實」的幻覺淹沒了，具體是一腳還是兩腳，破了一包藥還是兩包藥，有還是沒有耗子，是耗子還是黃鼠狼子、「話皮子」，都已無關緊要。四老爺已然完全墜入彀中，糾纏細節實則是內心掙扎。故事講完，四老爺嘩啦一聲倒在地上，戰戰兢兢地說「魔鬼……雜種……雜種……魔鬼……成了精了……」這裡講的是一個通姦殺人的故事，也是一個關於「修辭」的故事。莫言讓讀者見證了修辭中「動物」的力量。

其次，莫言小說中動物的功能還體現在語言層面。有研究者稱莫言小說的語言是「動物語言」，這裡「動物」一是指沒有羈絆和規範的野性，二是動物性。莫言對此有自己的認識：「我覺得語言就是一種說服力。對語言的技術化的量化的分析是很困難的，有一些可以量化，比如常用的詞彙；但作家的語感是無法量化的，語感是有獨特性的……我的語言的形成，主要還是和童年的關係，和原野鄉村文化有關係。當然後來的學習豐富了我的語言。」[14]莫言對小說語言的理解

---

14 莫言、劉頲：〈與《文藝報》記者劉頲對談〉，《碎語文學》（北京市：作家出版社，2012年），頁237。

是修辭性的，[15]無論「野性」、「動物性」所暗示的感覺的敏銳微細，還是《歡樂》、《十三步》、《酒國》、《檀香刑》、《四十一炮》、《蛙》等作品所體現的狂歡化、遊戲化的語感效果，都應以小說的「說服力」為目的。這裡尤其值得注意的是，動物在莫言小說狹義修辭層面的活躍。文學語言與日常語言的一個主要區別就是辭格的大量運用。錢鍾書說得更具體：「比喻正是文學語言的特點」[16]，而莫言小說中比喻兩造的後端則隱藏著一個動物的世界。《罪過》和《豐乳肥臀》中莫言根本無視比喻的禁忌，就近取譬，以蹄子喻蹄子，以尾巴喻尾巴，以脖子喻脖子，以嘴喻嘴，以臉喻臉，最終用熟悉的牛、蛇、雞、馬、羊整合出一匹新奇的駱駝；《拇指銬》中阿義被銬在樹上，冰雹過後四肢灰白冰冷，只有內心深處還有一點微弱的暖意，「像一隻小麻雀的心臟，像一點螢火蟲的微光」；《紅高粱》中余占鰲輕輕握住奶奶那隻小腳，「像握著一隻羽毛未豐的鳥雛」；《酒國》寫冬日的寒冷像一隻野貓，「從門縫裡爬進來，咬著我的腳」；《四十一炮》寫落魄的父親背著女孩站起來，「腦袋往前探著，脖子伸得好長，像一頭引頸就戮的牛。鼓鼓囊囊的挎包在他的腋下晃晃蕩蕩，好像屠戶肉架子上懸掛的牛胃。」類似的辭格運用，在莫言小說文本中密度極高。動物總能為莫言奇崛的比喻和修辭想像，提供足夠的支撐和落腳點。

---

15 〔古希臘〕亞里士多德將修辭術定義為：「一種能在任何一個問題上找出可能的說服方式的功能。」參見羅念生譯：《修辭學》（北京市：生活‧讀書‧新知三聯書店1991年），頁24。就小說而言，無論是狹義層面的遣詞造句，辭格運用，還是廣義層面的整體策略的制定與實施，都會受到講與聽（寫與讀）這一潛在關係的影響。而這一關係決定了小說藝術修辭維度的存在。考察巴爾扎克、福樓拜、托爾斯泰、陀思妥耶夫斯基、卡夫卡等人的作品，我們都能發現其中的說服意圖和爭辯機制。在莫言小說中，這一點既體現為對語言對說服力量的追求，又體現在他對演講體的借鑑、內部對話空間的設置等方面。從這裡出發，我們也許對莫言小說敘述的狂歡化和遊戲化會有更為深入的理解。

16 錢鍾書：〈讀《拉奧孔》〉，《七綴集》（北京市：生活‧讀書‧新知三聯書店，2001年），頁49。

　　再有，動物所具有的修辭功能在莫言小說中還體現在結構方面。說到莫言小說中動物的結構功能，人們馬上會想到《檀香刑》的「鳳頭」、「豬肚」、「豹尾」，想到《生死疲勞》的「驢折騰」、「牛強勁」、「豬撒歡」、「狗精神」。在莫言看來，長篇小說通常最令人困惑的就是結構問題，「我不願意四平八穩地講故事，當然也不願意搞一些前衛的、讓人摸不清頭腦的東西。我希望能夠找到巧妙的、精緻的、自然的結構，這個難度是很大的，甚至是可遇而不可求的。」[17]然而，就像人們所看到的那樣，還是動物，幫助莫言解除了困惑和疑難。在這方面，以往研究已多，此不贅述。要說的是，莫言早在一九八五年左右，就對小說中動物的結構功能進行過多方探索：在《透明的紅蘿蔔》裡，鴨子還只是偶然一用的視點，看著老鐵匠挑著鋪蓋頹喪離去。到了《球狀閃電》，刺蝟、奶牛已成為獨立的視角，組織起了完整的敘事單元。那隻活躍的刺蝟的確使「第一人稱敘述具有了第三人稱敘述的方便」[18]。而在《爆炸》中，對狐狸的圍追堵截與敏感的計生打胎，成為了平行的結構設計。毋庸諱言，計劃生育中的觀念、口號，執行中的具體行和措施，有許多很難在小說中直接呈現。而莫言借助動物，實施了自己的「隱微書寫」：

　　　　在那片齊胸高的玉米林裡，二十幾個男人圍成一個半圓，嗷嗷地叫著往南趕。能看到飄在綠色之上的男人脖子和頭，看不見狗，能聽到狗叫，狗叫聲空洞，透著恐懼。狗吵得熱鬧，並不見狐狸的動靜。我把吃進眼裡的景物慢慢往外吐，又看到窗玻璃，一隻蒼蠅在玻璃上吐著唾沫刷翅膀，窗框上綠漆發白，嵌玻璃的油泥乾裂，綻出一道道豎紋。姑和妻子把臉從玻璃上揭

---

17 莫言、王堯：〈與王堯長談〉，《碎語文學》（北京市：作家出版社，2012年），頁141。
18 朱寶榮：〈動物形象：小說研究中不應忽視的一隅〉，《文藝理論與批評》2005年第1期。

下來，對望一下，同時發出了遺憾的歎聲。是狐狸嗎？我並不
希望誰來回答我，只是為了打破寂寞隨便問。妻子張惶地看著
姑，姑的臉上有一層神秘的蠟色，她說：是狐狸！不是狗，狗
尾巴翹著，狐狸尾巴拖拉著，像掃帚一樣。要是夜裡，能看到
它跑出一溜火光來。

這是一段複雜而又曖昧的修辭文本。和前文提到的各種細節性的小動
物一樣，那隻刷翅膀的蒼蠅，維持著「真實」的幻覺。而所謂「隱微
書寫」，體現在被圍堵、追打的狐狸身上。這裡需要書寫者與閱讀者
之間的默契，需要心領神會。莫言不甘於隱微書寫帶來的曖昧，他要
在默契之處「走鋼絲」，非要有此一問：「是狐狸嗎？」其實誰也知道
答案，但莫言要明示寫作的現實禁忌，讓人們感受到自己內心深處的
大不忍：不忍聞看殘酷的、令人糾結的現實中生命的零落與摧殘。姑
姑的解釋是一種抹糊，抹糊過去了一種我們未必能夠承受的「真
實」。直到多年以後，《蛙》才把狐狸的故事，部分還原為人的現實境
遇。通過不斷的摸索，莫言逐漸發現，結構處理不僅是一種政治[19]，
更是一種修辭的智慧。到了後來的《豐乳肥臀》、《生死疲勞》，動物
為莫言打開了一個無所拘束的言說空間：「在動物的狂歡和戲謔中展
示人世的痛苦和無奈。」[20]

三　「動物」的內化

尼采曾經說過：「一個事物的特性是對其他『事物』產生的作
用：如果不考慮其他事物，那麼這個事物也就沒有特性。」「這意味

---

19 莫言、王堯：〈與王堯長談〉，《碎語文學》（北京市：作家出版社，2012年），頁142。
20 莫言：〈我寫小說，小說也在寫我〉，《莫言對話新錄》（北京市：文化藝術出版社，
　　2010年），頁188。

著，沒有其他事物的事物是不存在的。」「這意味著，『自在之物』是不存在的。」[21]這也同樣意味著，沒有純粹的「人」，也沒有純粹的「動物」，只有在二者的作用和關係中，「人」和「動物」才能得到真正的理解。也正是在這個意義上，「人」內在於「動物」，「動物」也是內在於「人」。至於把何者當作理解「鑰匙」，只不過是理解的方向不同罷了。從低端著眼，莫言看到了人性內裡的殘暴、扭曲和黑暗：「人和動物的根本區別在於，人可以對同類施以酷刑……這個地球上，真正的猛獸不是老虎也不是獅子，而是人」[22]；「我原來以為我母親是說世界上的野獸和鬼怪都怕人，現在我才明白，世界上，所有的猛獸，或者鬼怪，都不如那些喪失了理智和良知的人可怕。世界上確實有被虎狼傷害的人，也確實有關於鬼怪傷人的傳說，但造成成千上萬人死於非命的是人，使成千上萬人受到虐待也是人」[23]；「我覺得要是人真的壞起來會超過所有的動物，動物都是用本能在做事情，而人除本能之外，還會想出很多辦法來摧殘自己的同類。人一方面可以成佛、成仙、成道，可以是無限的善良，但要是壞起來就是地球上最壞的動物」[24]。正是有了這樣的認識，莫言拒絕對小說人物進行單向的、簡單化的處理，他經常在小說中設計修辭認知的裝置，讓人物自己旋轉變換，讓他們身上的動物／人性得到立體呈現。

　　相較於同期的《大風》、《五個餑餑》、《透明的紅蘿蔔》、《枯河》、《秋水》、《白狗秋千架》等作品，《石磨》並不太引人注目。小說寫了爹與娘和四大娘之間扭曲的情感關係，也寫了「我」和珠子對沉重倫理負擔的沖決。爹年輕時和四大娘相好，後來被拆散。爹娶了

21 〔德〕尼采撰，維茨巴赫編，林笳譯：《重估一切價值》（上海市：華東師範大學出版社，2013年），上卷，頁138。

22 莫言：〈打人者說〉，《會唱歌的牆》（北京市：作家出版社，2012年），頁355-357。

23 莫言：〈恐懼與希望〉，《用耳朵閱讀》（北京市：作家出版社，2012年），頁141。

24 莫言、王堯：〈與王堯長談〉，《碎語文學》（北京市：作家出版社，2012年），頁126。

比自己歲數大的娘，四大娘嫁給了「二流子」。「二流子」喝醉淹死，爹不喜歡娘，爹與四大娘通姦偷情，娘只能忍氣吞聲。「石磨」是篇名，也是一個象徵物，同時還是莫言埋設的一個人性認識的「裝置」：「我」和母親、四大娘、珠子一起推磨，「我總想追上四大娘，但總是追不上。四大娘很苗條的腰肢在我面前晃動著。那道斜射的光柱週期性地照著她的臉，光柱照著她的臉時，她便瞇起細長的眼睛，嘴角兒一抽一抽的，很好看。走出光柱，她的臉便晦暗了，我願意看她輝煌的臉不願意看她晦暗的臉，但輝煌和晦暗總是交替著出現，晦暗又總是長於輝煌，輝煌總是一剎那的事，一下子就過去了。」這裡沒有簡單的倫理判斷，也沒任何道德譴責，「輝煌」與「晦暗」的旋轉變換，呈現出一幅樸素的人性圖景。如果說《石磨》中「晦暗」，還只是暗示著人類的動物性的情欲，那麼，到了《奇死》中，「動物」儼然成為了人性認知的符號。成麻子為保命保家，帶鬼子進村殺人放火炸地窖子，沒想到自家妻女被糟蹋殘害，兒子被殘殺。成麻子上吊被救，後來加入裹狗皮過冬的膠高大隊，他作戰勇敢，衝殺在前，成了虎膽英雄。然而，獻計奇襲馬店鎮立下大功的成麻子，竟吊死在村頭的一棵柳樹上。「一切跡象都證明他是自殺的。他上吊時沒把那張狗皮解下來，所以從後邊看，樹上好像吊著一條狗；從前邊看，樹上吊著一個人。」成麻子的死是另一樁「奇死」，人們看到了其行為畸變背後複雜的人性內涵。而在《懷抱鮮花的女人》中，莫言對這一「裝置」進行了戲劇化處理：

> 黑狗不齜牙也不咆哮，機警地一閃，就讓氣勢洶洶、頭重腳輕的上尉撲了空。他差不點兒就跌到池塘裡去，皮涼鞋上沾滿了紫色的淤泥。他回過頭來，看到黑狗已經蹲在適才他站著的地方，而他站著的位置，恰是剛才黑狗蹲踞過的。上尉的凶猛一撲，起到的作用是人與狗交換了位置，並且還使女人將身體旋

轉了九十度。她那可怕的微笑在臉上綻開著。上尉又向黑狗撲
去，黑狗還是悄無聲息地機警一閃，女人輕俏地旋轉九十度，
人與狗又一次交換了位置。緊接下來上尉連續發起的十幾次凶
猛進攻，結果都是一樣。他氣喘吁吁地站著，女人和狗卻都是
呼吸平穩，沒有絲毫的恐慌和緊張。

「女人與狗」是莫言小說中常見的一種形象組合，《白狗秋千架》、
《築路》也都用過。以往研究認為，那個懷抱鮮花的女人「非我族
類」[25]，或者直接被指認為鬼，小說寫了一個人鬼故事[26]。在我看
來，對於返鄉結婚的軍人王四來說，這個有著安娜・卡列尼娜般美感
和氣質的女人[27]，是與未婚妻「鬧鐘姑娘」相對稱的人物。這個女人
只會微笑，一言不發，如影隨形，更像是王四心象的外化。如果非要
說鬼，那也是軍人王四心裡有「鬼」。小說所寫，正是婚姻臨近時
刻，人在凡俗庸常與理想高貴之間的游移，人的內心深處的掙扎，一
種臆想性的倫理焦慮。而黑狗與王四、動物與人位置的旋轉變換，正
是這種「掙扎」和「焦慮」的符號化的、極富設計感的修辭運作。我
以為，小說中的黑狗更為詭異，它與歌德《浮士德》中的那條黑狗肯
定有「血緣」關係，它可以滿足你的一切欲求，但也時刻拷問著你，
是否要徹底放縱自己的欲望，把自己的靈魂出賣給魔鬼。這樣，我們
也就理解了王四的醒悟：「我們被它給玩弄了」。

　　莫言小說中動物的內化在很多方面都有表現。在《蛙》中它可以
體現為用器官命名人物，以突出人物的動物性特徵；《民間音樂》、
《透明的紅蘿蔔》、《紅耳朵》等許多作品中，小孩子往往都長著一雙

25　王德威：〈魂兮歸來〉，《當代作家評論》2004年第1期。

26　洪治綱：〈論莫言小說的混雜性美學追求〉，《中國現代文學研究叢刊》2015年第8期。

27　〔日〕藤井省三：〈莫言與魯迅之間的歸鄉故事譜系——以托爾斯泰〈安娜・卡列
　　尼娜〉為附線來研究〉，《小說評論》2015年第3期。

象徵本能和感性的充血的大耳朵，《紅耳朵》中王十千那雙又紅又大耳朵，甚至成了性器官的延伸。而《檀香刑》小甲眼裡「世上的人，都是畜生投胎轉世」，「大街上，小巷裡，酒館裡，澡堂裡，都是些牛呀，馬呀，狗啦，貓啦什麼的」，有權有勢者，不過是豺狼虎豹大白熊而已。在趙小甲意識裡，動物不只是人的比價表，人的世界其實就是動物的世界。從認識邏輯看，從動物與人分立，到動物與人合一，還會有一些過渡形態，這些過渡形態，也會能轉化生成新的審美形態。例如，《酒國》中丁鉤兒醉酒，他的身體和意識分離，他的意識變成了一隻美麗異常的蝴蝶。這一手法更像是孫猴子分身術與七十二變的結合。要說的是，賈平凹在《病相報告》、〈秦腔〉、〈古爐〉、《帶燈》、《極花》等也經常使用這一手法，讓人物的意識從肉身分離，變化為小老鼠、蜘蛛、蒼蠅、蜜蜂之類。在他那裡，分身變化多寫人的情感癡迷和極端狀態下的心靈逃逸。而在《酒國》裡，那隻「妖蝴蝶」寫出了醉給主體帶來的破碎感，醉態之下對自身的遺忘，同時也為小說提供了一個側位的，無所不到、無孔不入的移動的敘事角度。

　　莫言小說中動物的內化，不止表現在修辭認知和敘述方式上，更為內在的表現，則是敘述行為的本能化：將人的感覺書寫推向極致，甚至呈現出動物本能才能具有的一些特點。這是莫言小說給人留下的最為深刻的印象之一。《透明的紅蘿蔔》中黑孩大耳朵聽覺靈敏，「他聽到黃麻地裡響著鳥叫般的音樂和音樂般的秋蟲鳴唱。逃逸的霧氣碰撞著黃麻葉子和深紅或者淡綠的莖稈，發出震耳欲聾的聲響。螞蚱剪動翅羽的聲音像火車過鐵橋。」甚至菊子姑娘彈落的頭髮，都能發出響亮的聲音。黑孩有著敏銳的嗅覺，強大的嗅覺彷彿傳遞給了身邊的花花草草：「那些四個稜的狗蛋子草好奇地望著他，開著紫色花朵的水芡和擎著咖啡色頭顱的香附草貪婪地嗅著他滿身的煤煙味兒。河上飄逸著水草的清香和鱺魚的微腥，他的鼻翅扇動著，肺葉像活潑的斑鳩在展翅飛翔。」不僅小孩子，莫言筆下許多人物都有著這樣的嗅

覺，所以「香氣撲鼻」也就成了莫言嗅覺描寫的標誌，成了其小說文本中重複率最高的成語之一。莫言有幾個非常推重的作家，除福克納、馬爾克斯外，德國作家聚斯金德也是經常被提起的一個，莫言看重的正是其小說《香水》中格雷諾耶比動物還要強大的嗅覺。

當然，莫言也知道，僅僅有氣味還構不成一部小說。「作家在寫小說時應該調動起自己的全部感覺器官，你的味覺、你的視覺、你的聽覺、你的觸覺，或者是超出了上述感覺之外的其他神奇的感覺。這樣，你的小說也許就會具有生命的氣息。它不再是一堆沒有生命力的文字，而是一個有氣味、有聲音、有溫度、有形狀、有感情的生命活體。我們在初學寫作時常常陷入這樣的困境，即許多在生活中真實發生的故事，本身已經十分曲折、感人，但當我們如實地把它們寫成小說後，讀起來卻感到十分虛假，絲毫沒有打動人心的力量。而許多優秀的小說，我們明明知道是作家的虛構，但卻能使我們深深地受到感動。為什麼會出現這樣的現象呢？我認為問題的關鍵就在於，我們在記述生活中的真實故事時，忘記了我們是創造者，沒有把我們的嗅覺、視覺、聽覺等全部的感覺調動起來。而那些偉大作家的虛構作品，之所以讓我們感到真實，就在於他們寫作時調動了自己的全部的感覺，並且發揮了自己的想像力，創造出了許多奇異的感覺。這就是我們明明知道人不可能變成甲蟲，但我們卻被卡夫卡的〈變形記〉中人變成了甲蟲的故事打動的根本原因。」[28]多年後莫言所說的這段話，既是悟道之言，又是對自己寫作經驗的總結。他已看透了小說「真實」的修辭本質，它只不過是由諸多感覺所維持的一種「幻覺」。而他的經驗，就是對自己感覺本能的全方位調動和激活，使自己的寫作獲得生命的力量，生命的氣息。在某種程度上，《透明的紅蘿蔔》能夠成功，能夠引起人們的注意，很重要的一點就是這種「生

---

28 莫言：〈小說的氣味〉，《用耳朵閱讀》（北京市：作家出版社，2012年），頁75。

命」意識的覺醒。正是在「生命」意識中，「猴子」和「人」獲得了共通感，獲得了進行整體理解的可能。黑孩和老田鼠、小耗子、百靈鳥、麻雀、鴨子、青蛙、瘦魚、河蝦、知了、螻蛄、螞蚱一樣，都是有著各自的感覺和生命體驗，莫言的動物書寫，使他在一定程度上擺脫了「人類中心主義」的幼稚和麻木，使自己的感覺和本能得到了凸顯和解放，並在小說藝術上獲得了獨特的美學風貌。

　　米蘭・昆德拉曾經說過，「小說家是存在的探究者」[29]，而「人與動物之間的關係構成了人類存在的一種永恆的深處背景，那是不會離棄人類存在的一面鏡子（醜陋的鏡子）。」[30]在這個意義上，莫言正是帶著這把鏡子走上了人類存在的探究之旅的。在這面鏡子裡，我們既看到了人的殘暴和醜陋，也看到了莫言小說美學品質的深層肌理，還看到了莫言小說修辭的載體選擇、基本策略和運作機制。

---

29 〔捷〕米蘭・昆德拉撰，董強譯：《小說藝術》（上海市：上海譯文出版社，2014年），頁56。

30 〔捷〕米蘭・昆德拉撰，尉遲秀譯：《相遇》（上海市：上海譯文出版社，2010年），頁227。

第六章
別樣的「身體修辭」
——對嚴歌苓《金陵十三釵》的修辭解讀

　　讀完嚴歌苓的《金陵十三釵》，我們馬上想起了《傾城之戀》，想起了那段經典文本：

> 成千上萬的人死去，成千上萬的人痛苦著，跟著是驚天動地的大改革……流蘇並不覺得她在歷史上的地位有什麼微妙之點。她只是笑盈盈地站起身來，將蚊煙香盤踢到桌子底下去。

追求現世安穩的張愛玲，以其特有的呢喃細語，在因果無常的亂世中，搜求著無助的個體生命的渡世之舟。就小說本身而言，兩部作品有著諸多相似，如故事背景、敘述切入歷史的方式、女性視角等等，但二者的敘述動力和修辭意旨截然不同。同樣是民族的苦難和屈辱，張愛玲涉身其間，身經目歷，在咿咿呀呀的胡琴聲中，「不盡的蒼涼」之感油然而生。六、七十年後，嚴歌苓要講述一個南京大屠殺的故事，並希望自己的故事能夠激活民族的集體記憶，那段歷史反而要尖銳得多，沉重得多。張愛玲的「身經目歷」，可以使她的「蒼涼」獲得真實的基底；嚴歌苓的困難是，「歷史」在她的故事中怎樣才能得到還原？民族的苦難如何在當下的敘述中被賦形，並讓讀者產生切膚之痛？

　　嚴歌苓選擇了身體。

一　身體作為歷史的連通器

　　如何呈現歷史的問題，始終橫在人們面前。在歷史研究中，有人將歷史做了進一步區分，認為所謂歷史其實有兩個含義：一是指社會在過去所發生的事情的總名，這個歷史是靜止的，它和時間沒有什麼關係，時間對於它並不發生影響；另一含義則是指：「歷史家研究人類社會過去發生的事情，把他所研究的成果寫出來，以他的研究為根據，把過去的本來的歷史描繪出來，把已經過去的東西重新提到人們的眼前，這就是寫的歷史。」[1]不難看出，對於呈現前一種歷史，人們本就沒抱多大希望，人們把希望寄託在書寫的歷史上。然而，歷史書寫極其複雜，意識形態的影響無所不在，寫就的歷史也並不那麼令人放心。特別是在上世紀六十年代以後，語言、文字作為工具的可靠性、透明性受到懷疑，面對書寫的歷史，人們心裡更加沒底。

　　小說敘述畢竟不同於歷史書寫，虛構和想像為其贏得了充分的回旋餘地，它們可以在敘述和歷史之間搭建一座橋樑——形象。對於「形象」人們理解不同，在具體的小說文本中，形象的選擇和塑造與作者的修辭目的緊密相關。嚴歌苓希望自己的故事能夠讓這個民族直面「令人不快的歷史」，使其「由強迫性失憶變為強迫性記憶，記住那些不忍回顧的歷史」[2]。這就要求在故事中民族的苦難不僅要「有血有肉」，讓人「刻骨銘心」，而且必須連通當下。這樣，是身體而不是形象，成為了嚴歌苓最便當的選擇：

　　　　我姨媽書娟是被自己的初潮驚醒的，而不是一九三七年十二月十二日南京城外的炮火聲。她沿著昏暗的走廊往廁所跑去，以為那股濃渾的血腥氣都來自她十四歲的身體。天還未亮，書娟

1　馮友蘭：《中國哲學史新編》（北京市：人民出版社，1982年），冊1，頁1-2。
2　嚴歌苓：〈失憶與記憶〉，《小說月報》（原創版）2005年第6期。

一手拎著她白棉布睡袍的後擺，一手端著蠟燭，在走廊的石板地上匆匆走過。白色棉布裙擺上的一攤血，五分鐘前還在她體內。就在她的宿舍和走廊盡頭的廁所中間，蠟燭滅了。她這才真正醒來。突然啞掉的炮聲太駭人了。要過很長時間，她才從歷史書裡知道，她站在冰一樣的地面上，手持鐵質燭臺的清晨有多麼重大悲壯。

比較而言，張愛玲善於書寫細碎的私人經驗，「歷史」只是影影綽綽地浮動在其小說的字裡行間。在《金陵十三釵》中，嚴歌苓雖也借重於私人經驗，不過她採用的是較婚戀更為直接的身體感受──女性獨有的初潮體驗。梅洛‧龐蒂說「世界的問題，可以從身體的問題開始。」其實歷史也不例外，尤其是一個民族苦難和屈辱的歷史，最先訴諸的就是人的肉身。如果說「我姨媽書娟」的身體為作者的敘述提供了一條抵達歷史的「通道」，一個適切的敘述視點；那麼，豆蔻的身體則使民族的屈辱和苦難被直接賦形：

豆蔻的手腳都被綁在椅子的扶手上，人給最大程度地撕開。

這是小說中多次提及的一種身體姿態，它成為了那場野蠻屠殺中女性恐懼的直接根源，成為民族屈辱與困難的象徵性姿態。

細讀《金陵十三釵》不難發現，文本中堆滿了「身體」，其中既包括書娟朦朦朧朧中覺醒的身體，也包括窯姐們骯髒的「香香肉」；既有紅菱「肉滾滾的肚皮」，也有玉墨胸脯顯出的「兩團圓乎乎的輪廓」；不僅有「黛玉般」小兒女的痛經，還有妓女豆蔻「下體被撕爛，肋骨被捅斷」的創痛⋯⋯。可以說，在這篇小說中身體無所不在，其存在既是物質性的，也是隱喻性的。這種情況在嚴歌苓以往的小說中非常少見。然而，就作品的整體修辭效果而言，正是在一系列

的身體感受中，在身體流淌出的血跡中，歷史的脈絡漸趨清晰，歷史的肌理依稀可見。這樣的身體修辭，「使身體成為一個意義的結點，亦即刻錄故事的地方，並且，使身體成為一個能指，敘述的情節和含義的一個最主要的動因。」[3]只不過，《金陵十三釵》中的「身體」所刻錄的是民族的苦難、恥辱和掙扎。

二　身體作為隱喻

在《金陵十三釵》中，作者提到了一個叫拉比的人，從阿多那多神父的語氣判斷，這個人就是拉貝，時任德國西門子公司駐中國代表，南京大屠殺期間出任南京國際安全委員會主席。一九九七年，經由華裔女作家張純如的發掘，他的日記在塵封半個世紀後得以重見天日。《拉貝日記》中文版的出版，成為了世紀末中國轟動一時的文化事件。

《拉貝日記》是一個有良知的德國人對野蠻殺戮的記錄，其中最為引人注目的就是對強姦、輪姦的記載，如「十二月中旬日記」中的一段：

> 十二月十七日有人報告說，在金陵女子文理學院對面田祥（音譯）先生家的附近（第二條街），日本士兵犯下了強姦暴行。（王）40）十二月十七日，一名年輕姑娘在琅玡路（珞珈路二十五號對面）上被拖到一棟房子裡遭強姦。（王）41）十二月十七日，一名年輕姑娘在司法部大樓附近遭強姦後被刺傷下身。（王）42）十二月十七日，一名四十歲的婦女在仙府窪（音

3　〔美〕彼得·布魯克斯：《身體活──現代敘述中的欲望對象》（北京市：新星出版社，2005年），頁7。

譯）被強行拖走後遭強姦。（王）43）十二月十七日，在三元巷
附近有兩名姑娘遭多名日本士兵強姦。（王）44）十二月十五
日晚，多名日本士兵強行進入三條巷的一座房子，強姦了相當
數量的中國婦女。（王）45）十二月十七日，許多婦女被從五
臺山小學強行帶走，遭到了通宵的強姦，第二天早晨才被釋
放。（王）46）十二月十七日，吳家花園內兩名中國人遇害，兩
名婦女被強行拖走，之後便音訊全無。（王）47）十二月十六
日晚八時，兩名日本軍官和兩名日本士兵闖進幹河沿十八號，
將房內的男子全部趕走。幾名婦女得以逃脫，沒能逃脫而留下
的婦女遭強姦。其中一名日本士兵將內衣忘在了房子裡。提供
報告的人名字叫吳仙琴（音譯），三十歲，她本人也遭強姦。

在《拉貝日記》中，特別是在十二月中旬以後的日記中，這樣的記載
連篇累牘，俯拾即是，強姦和輪姦彷彿成為了勝利者宣告勝利的一
種「儀式」。這樣的羞辱和傷害，在我們的內心深處被直接置換成憤
怒和仇恨，它們成為了現代中國人集體記憶中「南京大屠殺」的核心
意象。

　　對於《拉貝日記》出版所產生的轟動，戴錦華進行了極具女性主
義傾向的解讀，她認為強暴他地、他人的女人，是古往今來男性征服
者用以宣告占領、昭示勝利的必需程序。而且，戰爭結束後，歷史如
果有勝利者、成功地征服者來書寫，那麼類似作為將被有意地遮蔽
掉；如果被侵略者反敗為勝，那麼，它則是審判失敗者時必然出示的
滔天罪證。「但發人深省的是，這個橫亙在我們歷史記憶中心的、被
強暴、蹂躪的女人，始終只能是有力、有效的見證物，而幾乎從來不
可能成為見證人；因為『她』在心照不宣的權力與文化的『規定』
中，已先在地被書寫為一具屍體，一個死者」。[4]

4　戴錦華：〈見證與見證人〉，《讀書》1999年第3期。

　　從以往創作看，嚴歌苓的創作不能簡單地歸結為「陰性書寫」。我們雖不清楚《金陵十三釵》在多大程度上受到了女權主義理論的影響，但可以肯定的是，她要將女性敘述貫徹始終，將女性身體修辭播撒的文本的每一個角落；並且，她堅決地選擇了性別／權力這一鏈條的最末端──妓女的身體，來刻錄、印證這段歷史，使那些已被先在地書寫為「屍體」或「死者」的見證人，在民族的集體記憶中復活。

　　應當看到，女性身體不同於一般的身體，它是性別／權力作用的產物。在這種權力的作用下，它總是讓人充滿了罪惡和骯髒的感覺，尤其是妓女，她們往往成為欲望、罪惡、骯髒的化身，即使在女性敘述視角之下亦復如此。在《金陵十三釵》的開始，「我姨媽書娟」成為了敘述的聚焦者，窯姐們的身體就是在她的視線下「展示」出來的：

　　　　阿顧捉住了一個披肩散髮的窯姐。窯姐突然白眼一翻，往阿顧
　　　　懷裡一倒，瘌痢斑駁的貂皮大衣滑散開來，露出裡面精光的身
　　　　體。阿顧老實人一個，嚇得「啊呀」一聲嚎起來，以為她就此
　　　　成了一具豔屍。
　　　　……
　　　　我姨媽書娟驚訝地看著阿顧怎樣將那蓬頭女人逮住，而那女人
　　　　怎樣就軟在了阿顧懷抱裡，白光一閃，女人的身子妖形畢露，
　　　　在兩片黑貂皮中像流淌出來的一攤骯髒牛奶。……
　　　　局面已不可收拾。一個窯姐叫另一個窯姐扯起一面絲絨斗篷，
　　　　對神父們說她昨夜逃的太慌，一路不得方便，只好在此失體統
　　　　一下。說著她已經消失在斗篷後面。

妓女玉墨引誘了「我姨媽書娟」的父親，因此，有著黛玉般情懷的書娟對妓女充滿仇恨，對她們的身體充滿鄙視和厭惡；然而，在初潮的驚恐中，書娟對自己的身體又何嘗不是充滿恥辱、淫邪之感：「這肉

體將毫不加區分地為一切淫邪提供沃土與溫床，任他們植根發芽，結出後果。」她仇視自己的身體：

> 她咬碎細牙，恨著恨著恨起了自己。書娟恨自己是因為自己居然也有樓下妓女的身子、內臟，以及這滾滾而來的骯髒熱血。

嚴歌苓要想讓那些沉默的「見證人」重新出場，去見證那段屈辱和苦難，最為直接也是最為適切的方式就是通過女性身體，通過被蹂躪的身體，通過衝突和戰爭中女性特有的身體恐懼和驚慄，讓「她們」浮出民族歷史記憶的海面，重新展布在小說中，展布在讀者面前。這時，在民族戰爭的境況下，無論你是聖潔的少女，還是骯髒的妓女，無不籠罩在身體的恐懼和驚慄中。正如小說中玉笙所言：「全南京的金枝玉葉也好，良家婦女也好，婊子窯姐也好，在日本鬼子那裡都一樣，都是扒下褲子，兩腿一掰，⋯⋯」玉笙的一番話，才使那些女孩子們知道什麼叫恐怖。才真正知道：

> 恐怖不止於強暴本身，而在於強暴者面前，女人們無貴無賤，一律平等。對於強暴者，知恥者和不知恥者全是一樣；那最聖潔的和最骯髒的女性私處，都被一視同仁，同樣對待。

我們需要進一步思考的是，在民族戰爭修辭中，在異族強暴者面前，女性身體為什麼被「一視同仁」？

要想找到答案，我們必須從隱喻層面來理解《金陵十三釵》中的女性身體。在這裡，強姦並不是簡單的女人身體被男人侵犯的問題。正如斯皮瓦克（Gayatri Spivak）所指出的，在種族衝突和戰爭中，女人成為了一個「概念——隱喻」（concept－metaphor），它造就男人社群的團結，既是男人的「領土」，又是社群內權力的行使方式。當發

生衝突和戰爭時，雙方爭相糟蹋和強姦對方的女人，成為征服、凌辱
對方（男人）社群的主要象徵和關乎社群的具體想像。[5]這些性暴力
行為所涉及的男性施暴者與女受害者之間的權力關係，並不是單純的
性別政治意義上的，還是民族（種族的、民族國家的）政治意義上
的。在隱喻的層面上，這些施暴者，以保護自己國家利益或民族純潔
性的名義，對他國或他民族進行侵犯的時候，伴隨著土地掠奪的，必
然是對他民族的純潔性進行干擾或破壞，而通常的手段就是強姦當地
的女人以及強迫她們懷孕。這些強姦和輪姦，「公開地展示一個處於
強勢的民族對一個處於弱勢的民族進行侵犯的『到位』，加強他們的
恥辱感。迫使婦女懷上異族的孩子就更徹底地從血統的途徑毀滅一個
民族的自主和純淨性。」[6]

　　對於《金陵十三釵》的女性身體修辭，我們只有從隱喻層面上，
才能理解它的深刻內涵。才能理解是什麼造成了少女與妓女共同的恐
懼，是什麼使得她們的身體在強暴者面前具有同樣的意義。嚴歌苓憑
其女性特有的直覺，從喚醒民族集體記憶的修辭目的出發，揭示出凌
辱女性身體行為所具有的深刻內涵，從而使造成一個民族「強迫性失
憶」的潛在原因，在身體的修辭中呈現在讀者面前。

三　身體的詩學轉換

　　在當下小說的身體修辭中，人們總是從兩個方面來把握身體的意
義：一方面，揭示出權力如何通過一套完整的「身體技術」，對身體
進行有效的「規訓」，使身體成為權力的塑造物。在這樣的小說敘述
中，身體承載了人類生命沉重的壓抑感；另一方面，身體則是作為欲
望對象出現的。對於前者，由於受福柯的影響，人們在理論層面上已

5　劉健芝：〈恐懼、暴力、家國、女人〉，《讀書》1999年第3期。
6　陳順馨：〈強暴、戰爭與民族主義〉，《讀書》1999年第3期。

經有了一定程度的認識；而後者則成為當下小說普遍採用的修辭策略。比較而言，嚴歌苓的《金陵十三釵》在身體修辭上，在對女性身體修辭意蘊的開掘上，顯示出了自身獨特的思考和藝術追求。

嚴歌苓意識到，肉體必須拉住靈魂的衣角，才能完成文學性的詩學轉換。[7]這是因為，身體的肉體性（欲望對象）與身體的倫理性（價值承載者）都真實地生活在我們身體的完整性中，我們不可能將二者生硬地撕裂開。只有在對二者的辯證理解中，人們才能把握文學中身體修辭的方向。在《金陵十三釵》中，作者正是通過對身體的「肉體性」和「倫理性」的巧妙處理，來完成作品的修辭運作的。

在小說開始，作者顯然在追求一種聖潔與骯髒的對比效果。教堂樓上的女孩子們看著「不乾淨」窯姐們翻牆而入，「秦淮河上一整條花船都要在這塊淨土上登陸了。」教堂裡的人們，無論是英格曼、阿多那多，還是阿顧，幾乎是出於倫理本能，都嚴格區分著聖潔與骯髒，試圖阻止可能的影響、玷污和褻瀆。甚至希望那些「女孩子」，不要看見「她們」。窯姐們撒潑耍賴、死皮賴臉，外加神父的良心，使自己得以暫時安身於聖潔之地，隨著「她們」的進入，教堂也被劃分成兩半，教堂樓上與「倉庫北角」，彷彿成為了世俗倫理價值譜系兩端在文本中的隱喻性處所。這裡不僅有隔絕、對比，而且有對抗和仇恨。「女孩子」們鄙視「她們」，「她們」對「女孩子」和聖書又充滿了嘲弄和和褻瀆的快慰。

就整個故事而言，嚴歌苓在《金陵十三釵》中身體修辭運作，仍舊採用了老套的「殺身成仁」、「捨身取義」的策略，在對身體的「肉體性」否定中，完成對其「倫理性」的肯定。但作者通過細緻入微、循序漸進、匠心別具的修辭處理，使作品產生了耐人尋味的修辭效果。這主要表現在兩種不同的修辭運作上。

7　謝有順：《身體修辭》（廣州市：花城出版社，2003年）。

　　首先是對豆蔻這個人物的處理。豆蔻在出場時是一個下作無恥、潑皮刁蠻的「年少窯姐」：

　　　　慌亂中阿多那多揪住了一個正往門裡竄的年少窯姐。一陣稀哩
　　嘩啦聲響，年少窯姐包袱裡傾落出一副麻將牌來。光從那擲地
　　有聲的脆潤勁，也聽出牌是上等質地。一個黑皮粗胖的窯姐
　　喊：「豆蔻，丟一張牌我撕爛你大胯！」叫豆蔻的年少窯姐在
　　阿多那多手裡張牙舞爪，尖聲尖氣地說：「求求老爺，行行
　　好，回頭一定好好伺候老爺！一個錢不收！」豆蔻還是掙不脫
　　阿多那多，被他往教堂後門拽去。她轉向撲到麻將牌上的黑皮
　　窯姐喊：「紅菱，光顧你那日姐姐的麻將！……」

在故事中間，正是這個豆蔻在逃亡中要夜裡加餐，在大屠殺的悲傷肅穆中，為找米飯和女孩子們大打出手。然而，作者通過對其身世的敘述，通過對一個新兵和年少窯姐之間質樸、純真的情感的描述，漸漸使豆蔻贏得了讀者的同情，讓讀者看到了豆蔻內心深處的純真和善良。她後來所以被強暴、被傷害，正是為了讓王浦生聽到她彈的琵琶，讓王浦生「走」之前，原一個貧苦而不失爛漫的「甜美夢境」。這樣，豆蔻被綁在椅子上的身體姿態，不僅使民族的苦難和屈辱被賦形，而且她自己在某種意義上，也成為了神聖、純潔愛情的殉難者。
　　嚴歌苓的另一種修辭處理體現在「窯姐們」身上。她們進入教堂後，從身體感受到心理、行為都發生了微妙的變化：

　　　　女孩們已就寢，聽到鐘聲又穿起衣服，跑下樓來。窯姐們也圍
　　在倉庫門口，仰臉聽著鐘聲。鐘聲聽上去十分悠揚，又十分不
　　祥，她們不知怎樣就相互拉起了手。鐘聲奇特的感召力使她們
　　恍惚覺得自己失去了什麼。失去了的不止是南京城的大街小

巷，不止是她們從未涉足過的總統府。好像失去的也不止是她
們最初的童貞。這份失去不可名狀。她們覺得鐘聲別再響下去
吧，一下一下把她們掏空了。

這時，窯姐們在教堂中仍舊尋歡作樂，但她們還是感受到了某種莫名
的滲透和衝擊。她們失去的、被掏空的只能是她們沉淪其中的「肉體
性」的身體。鐘聲「清洗」了她們的身體，「肉體性」在走向沉默和
安靜的同時，她們「身體」的倫理性在慢慢的復活、覺醒。這一點不
僅表現在豆蔻身上，表現在她們基於恥辱的身體恐懼的生成上，還
表現在她們的日常行為上。一貫養尊處優、自感下賤的窯姐們，默默
地清洗著幾幅舊窗幔，用作傷員的鋪蓋。在這樣的鋪墊之後，她們在
伙房預備聖誕晚餐就顯得自然而然了。在作品的最後，窯姐們的被
「換名」，她們義無反顧的「殺身成仁」也就不顯得那麼突兀了。小
說寫道：

> 只有書娟一個走到窗子邊上，看見十三個白衣黑裙的少女排成
> 兩排，被網在光柱裡。排在最後的趙玉墨，她發現大佐走到她
> 身邊，本能地一躲，朝大佐嬌羞地一笑。像個小姑娘犯了個小
> 錯誤，卻明白這一笑討到饒了。日本人給她那純真臉容弄得一
> 暈。她們怎麼也不會把她和一個刺客聯繫到一起。

小說結尾充滿儀式色彩，窯姐的「身體」被唱詩班少女的「白衣黑
裙」所遮掩，小姑娘的嬌羞重又回到秦淮名妓趙玉墨的臉上。十三個
女人在完成由「窯姐」向「刺客」的身分轉換後，她們也就完成了骯
髒向聖潔、下賤向高貴、肉體向倫理的獻祭。小說也在老套的收殺
中，給讀者留下了意味深長的結局。身體最終拉住靈魂和神明的衣
襟，完成了自己的詩學轉換。

第七章
論遲子建小說創作中的宗教情懷
——由其長篇處女作〈樹下〉說開去

　　〈樹下〉是遲子建的長篇小說處女作，相較於《偽滿洲國》、《額爾古納河右岸》、《群山之巔》等作品，它更像是一位小說家成長中遺落的足跡：偶被提及，也是作為成長的注釋或者說明。多年後談到這部長篇，遲子建也意識到了其中存在的不足：太在意實用性，忽略了美觀；態度過於認真，顯得有些拘謹[1]。而這也是「處女作」經常出現的問題，因為與個人生活經歷密不可分，往往會觸動作者的切膚之痛，洋溢的激情和傾訴的欲望，淹沒了作者對技巧的有效控制，從而裸露出技術上的粗糙和稚嫩[2]。遲子建的創作始於一九八三年，《沉睡的大固其固》、《舊土地》、《在低窪處》、《無歌的憩園》、《北國一片蒼茫》、《北極村童話》、《遙渡相思》、《原始風景》等中短篇作品，很快就得到了人們的肯定。然而，一位以創作為志業的小說家，不會滿足於零碎地書寫世界的一個偶然的角落，他要經營、構建一個屬於自己的「世界」。在遲子建看來，這是作家「一生要做的事情」。[3]〈樹下〉正是遲子建的初步嘗試，以大型作品經營自己文學世界。在這裡，可以嗅到遲子建小說特有的氣味，領受到其中的清新、凜冽和溫暖。

1　遲子建：〈《樹下》自序〉，《鎖在深處的蜜》（杭州市：浙江文藝出版社，2016年），頁136。

2　遲子建：〈我們的源頭〉，《鎖在深處的蜜》（杭州市：浙江文藝出版社，2016年），頁7。

3　遲子建：〈作家的那扇窗〉，《中國青年》2010年第13期。

一　成長的憂傷與文學世界的初步經營

　　對於自己最初的寫作，遲子建的回憶美好而溫馨：「我與縫紉機有著不解之緣，我最初的作品就是在縫紉機上寫的」，「在縫紉機前工作，註定要有響聲發出。我縫跑球的時候，它發出的是嗒嗒嗒的聲響；而我寫作的時候，同樣也有響聲發出，那是筆唰唰唰地在紙頁上走動的聲音，聽起來既像風聲，又像鐮刀割麥的聲音。這種聲音縈繞著我，使我的心靈塞滿了情感的五彩絲線，用筆挑著它們，繡也繡不完。」[4]文本是「織體」，多年後的回憶，必然攜帶著遲子建對寫作行為的領會，從而使這段回憶具有了「神話」味道。雖然〈樹下〉和《原始風景》、《北國一片蒼茫》等作品是後來在檯燈下寫成的，但作為長篇處女作，作為一部典型的成長小說，必然縫綴著作者的童年生活經驗和浪漫而又浸透著憂傷的青春記憶。

　　如果把〈樹下〉放置在遲子建所有作品所構成的「大文本」中，我們能夠清晰地抽繹出作者許多人生經歷的「絲線」。例如，那個騎著小白馬的的鄂倫春小夥子，那清脆的馬蹄聲，是寄寓著美好、理想、自由和希望的修辭伏線，貫穿小說始終。而這一伏線，來自於作者童年時期一個鄂倫春小夥子的偶然的饋贈。再如，朱大有槍殺姨夫一家，是小說中的重要事件，也是七斗命運轉折的關鍵。遲子建幾乎原封不動移用了童年時期鄰居家發生的轟動全國的殺人案。案件發生在自己身邊，她甚至聽到了槍聲，看到了殺人者自殺時「脖子上咕嚕嚕冒著血泡的情景。」這一案件為〈樹下〉的前半部提供了核心事件，人物原型，以及敘述的基本空間。更重要的是，它讓我們看到了作者童年生活經歷向成年藝術經驗和「世界體驗」的轉化與生成。遲子建曾經說過，自己是嗅著死亡的氣息漸漸長大的，「從那時起，我

4　遲子建：〈女孩們〉，《我的世界下雪了》（杭州市：浙江文藝出版社，2016年），頁176。

便知道人活著有多麼糟糕，因為死亡是隨時都可能發生的事情，它同人吃飯一樣簡單。」[5]這樣，我們也就能夠理解，「死亡」為什麼構成了〈樹下〉的底色，成為了遲子建為自己這座最初的「大房子」鋪設的地板。〈樹下〉中與故事直接相關的死亡有十三處，死亡方式和原因多種多樣：自然死亡，疾病死亡，偶然的事故，絕望的自殺，殘暴的槍殺……在這個「世界」裡，死亡說來就來，說走就走，「就像上帝灑向人間的迷霧」。[6]當然，我們還可以抽絲剝繭，找到許多這樣的素材和原料，從而認識「處女作」對經驗的裹挾、容納和轉換，獲得拆解文本、窺破隱秘的欣悅。然而，生活畢竟不是藝術，任何人的生活經歷都是有限的、破碎的、不完整的。小說家要想營造自己的「世界」，還需要更多的虛構和想像，需要將人生經歷，轉化為藝術經驗，利用敘述和修辭技巧，完成對自己的「世界」的縫綴。只有在這些方面，才能真正顯示遲子建的藝術才華，讓我們看到那種仿若天賜的生命感悟能力。[7]

巴赫金認為，在作家長篇小說所營構的「世界」中，「目力所及和已經認識把握了的、真實可靠的東西，僅僅是地球空間裡的一個孤立的小碎塊，也只是從真實時間中分割出來的同樣不大的一個片段；其餘的一切都影影綽綽地消失在迷霧中，與彼岸世界，與孤立的、理想的、幻想的、烏托邦世界糾結交織在一起。問題不僅在於彼岸的和幻想的東西填補了貧乏的現實，把現實的碎片組合、充實而成為一個神話的整體。」更為重要的是，「彼岸的未來，脫離了地球空間和時間的水平線，作為彼岸的垂直線扶搖直上到達真實的時間流。這時，

---

5 遲子建：〈死亡氣息〉，《原來姹紫嫣紅開遍》（杭州市：浙江文藝出版社，2016年），頁150。

6 遲子建：〈雪山的長夜〉，《遲子建散文》（杭州市：浙江文藝出版社，2009年），頁34。

7 施戰軍：〈獨特而寬厚的人文情懷──遲子建小說的文學史意義〉，《當代作家評論》2006年第4期。

彼岸的未來使得真實的未來以及作為這一真實未來活動的舞臺的地球空間變得虛無空洞，使一切都披上了一層象徵的意義，凡是不能作為象徵理解的，則全都失去了價值而被棄置腦後。」[8]巴赫金這段話，描述了作家所經營的「世界」的構成，揭示了其意義的生成機制。如果「地球空間」與「文學世界」之間，真的存在一條象徵的「垂直線」，那麼，在〈樹下〉中，這條「垂直線」則可以形象而直接地兌現為接天連地的「樹」的意象。據遲子建回憶，〈樹下〉在《花城》發表後，上海文藝出版社要出單行本，她聽從編輯的建議，「糊塗地把它更名為『茫茫前程』」，書一出來遲子建後悔不迭，覺得還是「樹下」更符合這部長篇的韻味。[9]遲子建的感覺是敏銳的。「茫茫前程」固然可以凸顯成長主題，但作品所傳達的世界體驗和人生覺悟，則無形中被遮蓋了。「樹」意味著生長，但這種「成長」聯結著死亡體驗，正是這種世界性體驗，使七斗在心智上走向成熟，完成了從承受個人痛苦向承載眾生苦難的精神蛻變。無疑，「樹下」更能彰顯作品內涵的豐富與複雜，體現作者出色的意義展布能力和意象經營能力。

〈樹下〉是成長小說，有論者認為，小說的獨特之處在於，作者不其然間撕裂了少女成長的預設：由少女成長為女人在生命與身體方面的成熟。「如果說，在少年的成長故事中，遭遇異性、經歷性愛，是跨越成人式的門檻。那麼在遲子建這裡，類似奇遇卻更像一種摧殘、一份劫數。」[10]這可能是迄今為止從性別角度對〈樹下〉成長主題所做的最為深入的論述。這裡值得進一步探究的是，在少女成長主題的展開中，在對自己「世界」的初步經營中，遲子建在敘事、修辭方面，展示出來了怎樣的能力和潛力。〈樹下〉的成長主題由身體、

8　〔俄〕巴赫金：〈教育小說及其在現實主義歷史中的意義〉，《巴赫金全集》（石家莊市：河北教育出版社，2009年），卷3，頁254。

9　遲子建：〈《樹下》自序〉，《鎖在深處的蜜》（杭州市：浙江文藝出版社，2016年），頁137。

10　戴錦華：〈遲子建：極地之女〉，《山花》1998年第1期。

心智和精神三個方面構成。七斗心智的成熟和精神的蛻變，後面結合宗教情懷問題，再做具體論述。這裡只就身體成長的書寫稍事闡發。

　　七斗從五、六年級學生到為人妻母的成熟女性，身體成長各時期在體貌、性徵、風韻上的變化，甚至少女的初潮體驗，小說都有準確、細膩的把握和敘述。但是，這只是〈樹下〉身體書寫的表層，在表層之下，遲子建還埋設了兩條充滿張力的修辭伏線：一條以「糧食」為表徵，在文本中表現為強調吃飯、人物命名（如七斗、米三樣、米酒、多米等）和命運暗示等，它們意味著在生存和日常生活層面，「身體」對安定、安穩和安托感的尋找。七斗經歷一系列漂泊，在麥田遍地的農場找到歸宿，正是由這條修辭伏線決定的。這樣的設置，也使小說呈現出了某種宿命的色彩。在這條伏線上，蘇大媽、欒老太太、葛蘭姝老太太都是七斗成長的引導者；另一條修辭伏線標識著身體欲望，它在七斗的情竇初開、遭遇摧殘、情感糾葛和婚姻生活中逐步展開。特別是姨夫一家被槍殺後，七斗成為了自身情感的主宰，在她與強勢而又渴望重組家庭的米三樣、溺水而亡的青年水手、精神逐漸失常的船長和自殺未遂後精神失常的畫家之間的情感糾葛中，母性的撫慰與情欲的舒展，被作者處理得微妙而含蓄。但無論身處何地，寄寓著清純情欲的鄂倫春青年和白馬，都會如影隨形，與七斗的生活擦肩而過，暗示著七斗內心對自由、理想和希望的堅守。這兩條修辭伏線貫穿小說始終，它們之間的張力，為小說敘述提供了一種內在驅動。直到最後，二者也未達成和解，從而使小說結尾獲得了一種開放性。[11]這樣的修辭策略，使小說的身體書寫獲得了層次感，也顯示了作者對「身體」認知的深度。

11　身體書寫中「自由」、「放縱」與「安托」、「歸屬」之間的張力，在後來的《第三地晚餐》中得到了更為直截了當的表達。在敘述中，遲子建讓「第三地」和「晚餐」直接正面衝撞，而令人恐懼的情殺，隨時可能到來的死亡，對底層生活的悲憫審視，最終使二者達成了某種程度的和解。

　　此外，遲子建在小說中還設置了很多修辭伏線，與成長主題相互纏繞。例如，與白馬和鄂倫春青年相對應，拉著死者棺材駛向墓地的四匹紅馬，不時在文本間浮動，牽動著七斗對死者的思念，對亡靈世界的想像；策略性插入的夢境書寫，顯示著七斗的寬厚和悲憫；每有出現就會給七斗帶來摧殘和劫難的白骨美人，更是昭示著遲子建小說獨異的思想和情感意趣。除此之外，細節的準確把捉，邊地自然景觀的生動描寫，富有地域特色的民俗展示，都使遲子建對自己「世界」的初步營造顯得豐滿細密，燦然可觀。然而，一個小說家所經營的「世界」既是物質的、現實的，又是心靈的、形而上的。這個「世界」還需要光的照臨。在我看來，〈樹下〉的更大價值在於：昭示了遲子建小說情感形態和思想內涵的獨異性；呈現了遲子建小說創作中所隱含的宗教情懷。

二　宗教情懷的紋理與質地

　　遲子建在〈樹下〉再版自序裡寫道：「那時的〈樹下〉有些什麼呢？我想我傾注了童年的生活體驗和青春的那種浸透著憂傷的浪漫，它的故事充滿了哀愁。對，就是哀愁。我喜歡哀愁，哀愁有什麼不好？哀愁給人一種濕漉漉的感覺，它能讓人心有所動。因為哀愁往往是由於對美的傷懷而衍生出來的。」[12]而生活、自然中美好事物的死亡、消逝和摧折，隨時隨處都可能發生，都會讓人產生難以排遣的哀愁。在遲子建的「世界」裡，民間傳奇、蒼涼世事以及風雲變幻的大自然，像三股弦擰結在一起，奏出了「哀愁」的旋律。[13]這種「哀愁」的形成，當然有古典抒情傳統中傷逝之懷、遷世之悲的影響，但

---

12 遲子建：〈《樹下》自序〉，《鎖在深處的蜜》（杭州市：浙江文藝出版社，2016年），頁137。

13 遲子建：〈是誰扼殺了哀愁〉，《青年文學》2006年第21期。

在我看來，遲子建的人生經歷和個人閱讀史，也許起著更為重要的作用。遲子建生於漠河，漫長的寒冷令她記憶深刻，「我經常看見的一種情形就是，當某一種植物還在旺盛的生命期的時候，秋霜卻不期而至，所有的植物在一夜之間就憔悴了，這種大自然的風雲變幻所帶來的植物的被迫凋零令人痛心和震撼。我對人生最初的認識，完全是從自然界的一些變化而感悟來的。」[14]摧折、凋零、枯萎和死亡，是自然秩序的必然環節，這種源於童年記憶的自然觀和人生觀，往往會在一個人的文學世界裡得到直接複寫。另外，在遲子建的個人閱讀史中，艾托馬托夫的《白帆船》、屠格涅夫的《白色草原》、阿斯塔菲耶夫的《魚王》有著重要地位。在她看來，俄羅斯是一個擁有偉大哀愁的民族，「那裡的森林和草原似乎散發著一股酵母的氣息，能把庸碌的生活發酵了，呈現出動人的詩意光澤，從而洞穿人的心靈世界。他們的美術、音樂和文學，無不洋溢著哀愁之氣。」[15]可以肯定地說，俄羅斯文學、藝術作品中所顯示的憂鬱氣質，為遲子建的「哀愁」，提供了足夠的源於異域的滋養。

　　認識到遲子建小說中的「哀愁」，認識到此種「哀愁」形成的原因，可以使我們對〈樹下〉和七斗這一人物有更深切的理解。對於姨夫的強暴和摧殘，小說寫到了傷害，寫到了七斗對痛苦的承受，以及在躲避和周旋中七斗心智的逐漸成熟，但遲子建並沒有常規地書寫仇恨和復仇心理，姨夫一家被槍殺後，七斗內心深處所縈繞的更多的是憂傷和溫情。而這一切是由一系列的夢境書寫來完成的。夢中的姨夫是憂鬱的，他對七斗的關切，甚至替代了七斗對父愛的渴求。在某種意義上，《晚安玫瑰》中趙小娥這一形象，是遲子建在同一問題上的反向思考。「小娥」是復仇的化身，這一命名本身，就攜帶著復仇的文化信息。復仇淹沒了趙小娥的本性，她執著追凶，最後逼死強姦自

---

14 遲子建：〈寒冷的高緯度——我的夢開始的地方〉，《小說評論》2002年第2期。
15 遲子建：〈是誰扼殺了哀愁〉，《青年文學》2006年第21期。

己母親的生父，自己也一度墜入瘋狂。雖然精神恢復了正常，繼承了猶太人吉蓮娜的三層小樓，但沒有對吉蓮娜心靈「遺產」的承繼，她所經歷的痛苦，可能還會回來。在那座優雅的俄羅斯花園式小樓裡，趙小娥甚至希望自己凝固在「死去的時間裡」，靜待生命與生活的枯萎和零落。其實不難發現，遲子建更為看重慈悲和溫情，在死亡的底色上書寫人性之惡、人間之罪，但字裡行間所浮動的，往往是一種曠世的「哀愁」。

　　「哀愁」衍生於「對美的傷懷」，而「傷懷之美」所以能打動人心，「只因為它浸入了一種宗教情懷」。[16]宗教情懷源於宗教意識，托爾斯泰認為：「在每一個既定的歷史時期，在每一個既定的人類社會，都有一種只有這個社會的人才可能有的對生活意義的崇高的理解，它確定了這個社會所努力爭取的崇高的幸福。這種對生活意義的理解就是該時期、該社會中的宗教意識。」[17]宗教意識體現在一個人的情感和精神懷抱上，就形成了他的宗教情懷。從托爾斯泰的論述不難看出，歷史時代、社會生活、文化背景不同，人們所擁有的宗教情懷的具體內涵也會不盡相同。但是有一點卻是肯定的、共通的：對幸福和意義的追求，可以使人類在面對世界和生活時，獲得一種超越的生命態度。而這正是文學創作中「價值」生成的根基所在。就像有些研究者所描述的那樣，宗教情懷對文學具有一種蒸發的作用，「它使蘊藏在具體描寫中的精神水分化作水蒸氣升騰起來，構成一種濃郁的精神氣氛。」[18]當然，對於文學而言，這種超越性既是心靈的、精神的，也是審美的。然而，在以往研究中，人們看到遲子建小說中的「傷懷之美」，也看到了其中傾注的「溫情」，甚至將她稱為「溫情主

---

16 遲子建：〈傷懷之美〉，《遲子建散文》（杭州市：浙江文藝出版社，2009年），頁20。

17 〔俄〕列夫・托爾斯泰：〈什麼是藝術？〉，《列夫・托爾斯泰文集》（北京市：人民文學出版社，2010年），卷14，頁247。

18 賀紹俊：〈從宗教情懷看當代長篇小說的精神內涵〉，《文藝研究》2004年第4期。

義者」。但是，如果忽視了「溫情」、「傷懷」、「哀愁」背後所浸透著的宗教情懷，不僅會使我們的理解失之浮泛，而且還會使我們與遲子建小說的情感形態和審美特質失之交臂。在遲子建看來，「溫暖」不是簡單的詩情畫意，真正的「溫暖」來自於蒼涼和苦難，代表著宗教的精神[19]。也就是說，在遲子建那裡，「溫暖」是一種日常情感，更是一種應世的、具有超越性的生命態度。

就總體而言，遲子建小說創作所顯示的宗教情懷，是一種綜合性的對宗教的理解、認識和情感體驗，其中既有基督教、猶太教、薩滿教元素，又有道教、佛教的薰習濡染。它們能夠通融共處，主要源於她對世間萬物的深情，對人間苦難的愛意傾注。所以，在遲子建筆下，對猶太教生活的持守，可以領會出「慈悲」；(《晚安玫瑰》)嫗高娘的算命迷信(《沉睡的大固其固》)，妮浩薩滿的舞蹈，(《額爾古納河右岸》)都是對人間苦難的擔當與承載，顯示出飽含宗教精神的人間大愛；群山之巔供奉的土地爺臉上，也可以浮現出菩薩的面容和光彩：既可守護自然，又能福佑人間。(《群山之巔》)值得注意的是，遲子建宗教情懷的養成，並不是來自對宗教生活和宗教誡命的堅嚴持守，更不是對某種宗教思想的深入思考、猛證狂參。她的宗教情懷更多源於「自性」，得自於對日常生活的體察和瞬間領悟。對遲子建而言，脫離凡塵是不可能的事情，即使身處香煙繚繞的寺廟，磕頭祈禱，她內心所關注的還是「人間煙火的事情」[20]；在她眼裡，宗教是樸素的，不是大教堂的奢華，而是在小教堂中低頭打掃燭臺下的老婦人身上，煥發出了「一種永恆的光明」，體現著一種宗教的精神和力量[21]。在「人間煙火」之中，在營營役役的眾生身上，宗教情懷使遲

19　遲子建：〈鎖在深處的蜜〉，《北京文學》2008年第1期。

20　遲子建：〈晚風中眺望彼岸〉，《花城》1997年第4期。

21　遲子建：〈光明於低頭的一瞬〉，《遲子建散文》(杭州市：浙江文藝出版社，2009年)，頁54。

子建看到了生命的更高的含義，存在的更高的意義。

　　遲子建的宗教情懷雖然是綜合的、兼容的，但佛教在其中起著融貫化通的作用。遲子建的母親信佛，初一、十五經常陪母親吃素，日常濡染，使她感受到佛法對心靈的引導：「波折起伏，最能修煉心性；動盪顛簸，才會大徹大悟。」[22]這樣的引導，使遲子建獲得了一種心靈的內在超越。如果看不到這種超越，就會產生這樣的印象：遲子建小說不具有足夠的複雜性、深邃性，不能讓人重新審視人生的悖謬和神秘。然而，遲子建小說認識方式和情感形態的獨異性恰恰在於：她將人、社會、歷史置放在死亡和白骨之上，讓讀者在敘述中見證「死亡中的活力」[23]，感受死亡中的溫暖[24]，從而實現情感從個人的「傷懷」、「哀愁」向「溫情」的轉化和提升。在遲子建對文學、藝術的理解中，「白骨」意象特別值得玩味。「白骨」是死亡的極致表達，也許是受到了佛子舍利的啟發，她要在對「白骨」的理解和書寫中，開出一個精神的向度，她要「撥開那累累的白骨，探尋深處哪怕磷火般的微光，將那縷死亡陰影籠罩下的生機，勾勒出來。」[25]她甚至用「白骨」，為自己的小說藝術，標識出一種「遙遠的境界」：

　　　　我知道我死期臨近時會像我出生時一樣，有一件更大的襁褓會把我裹起，在風聲中送我歸入黃土。但要不了多久，那件人類附加於我的最後的襁褓就會在夜鶯的鳴叫聲中腐爛，我的血肉也會腐爛，上帝收回我的，只不過是一副空空的骨架而已。

22　遲子建：〈風雨總是那麼的燦爛〉，《遲子建散文》（杭州市：浙江文藝出版社，2009年），頁58。

23　遲子建：〈後記‧珍珠〉，《白雪烏鴉》（北京市：人民文學出版社，2010年），頁256。

24　遲子建：〈後記‧每個故事都有回憶〉，《群山之巔》（北京市：人民文學出版社，2015年），頁327。

25　遲子建：〈後記‧珍珠〉，《白雪烏鴉》（北京市：人民文學出版社，2010年），頁255。

也的確，在人間走一回，就要把血肉留下。

我還要說，真正的藝術是腐爛之後的一個骨架，一個純粹的骨架，它離我們看似很貼近，其實卻是十分遙遠的。[26]

回望中國文學，很少見到有誰將自己的藝術境界描述的如此遙遠，如此奇異。我不認為遲子建接觸過《禪密要法》之類的佛典；甚至也不認為，遲子建閱讀過南懷瑾的《禪觀正脈研究》，雖然後者的書隨處可見。我還是堅持認為，遲子建的理解源於「自性」，源於她對生命本質的理解和洞視，而非對後天習得的佛學觀念。她的相關論說與佛教「白骨觀」[27]極為近似，這種「近似」也許正是遲子建小說創作的「鎖在深處的蜜」。藝術觀念和小說書寫所體現的認知、情感及審美型態與「白骨觀」的同構，可以幫助我們認識遲子建宗教情懷的內在紋理：白骨──死亡──慈悲──傷懷──哀愁──溫暖，其中呈示著「心靈超越」的清晰路徑。在「溫暖」之下，蘊藏一種抵達生命根底的清寒與荒涼。這是「溫情主義」一詞所涵蓋不了的。

直到這時，我們才訝異地發現：那只美輪美奐的白骨美人，就像是作者放置的一把「鑰匙」，用它可以幫助我們打開〈樹下〉中所隱藏的宗教情懷。

三　宗教情懷向審美的生成

七斗的白骨美人是福根贈送的，後來福根寫信說明了骨人的來

---

26 遲子建：〈遙遠的境界〉，《鎖在深處的蜜》（杭州市：浙江文藝出版社，2016年），頁6。

27 白骨觀為佛家修持方法之一，由不淨觀、白骨觀、白骨生肌、白骨流光四個環節和過程組成，主要目的是熄滅對色身的貪戀。詳細可參閱南懷瑾《禪觀正脈研究》，中國世界語出版社，一九九六年。該書前面整理了《禪秘要法》，後面有對修持白骨觀各環節的闡釋和解說。值得一提的是，《西遊記》「三打白骨精」和《紅樓夢》「風月寶鑑」都與佛家白骨觀有直接關聯。

歷。在小說中，骨人身上纏繞著一段祖輩的愛怨情仇。得到骨人後，七斗三次拿出骨人，每次姨夫的強暴便接踵而至。最後，七斗在林場工區把骨人扔進了暴風雪。拋擲骨人，其實是七斗成人禮的完成，這不只意味著擺脫生活中的困厄和劫難，還意味著一種宗教情懷在七斗內心深處的生成。明確了七斗思想和情感變化的軌跡，也就明白了骨人的修辭內涵：只有經歷劫難，直面生活和生命本相，才能領悟幸福的根本所在。在這裡，有作者在人物命名上所實施的極其細微的修辭，更有七斗心靈上由承受個體痛苦向承載眾生苦難的超越與提升。在此後的故事裡，表面是為報救命之恩，七斗許諾嫁給米三樣；而實際上，她的許諾卻是一種犧牲式的愛，客觀上避免了李玲菲和父親之間可能發生的不倫慘劇。在後來的漂泊中，對於他人苦難，七斗始終持幫助、寬容和撫慰的態度，並在經歷了一系列死亡事件之後，（包括那個鄂倫春人和兒子多米）最終跪倒在樹下，為所有的生命祈禱。在這個過程中，七斗也懂得了對自身欲望的制馭，使作品的「哀愁」書寫，在指向眾生苦難的同時，也指向自身生命得內部。這是宗教情懷在另外一個維度上的呈現。

如果撇開世俗偏見，〈樹下〉中的七斗，很容易讓人想到賈平凹《高興》中的孟夷純。她們本質上都具有「鎖骨菩薩」的品性：一方面是「慈悲喜舍，世之所欲，無不徇焉」；另一方面卻是「聖潔與污穢」的結合。[28]七斗與孟夷純都是與白骨、骨架有關聯的人物，表達著作者對生活真實狀況和生命本質的認識。遲子建沒想把七斗塑造為清純少女，冰清玉潔的女人。七斗的命運讓人們認識到，有人類的地方，就會有罪惡、腐臭和腥膻。遲子建知道，北方初春的骯髒，恰恰來自純潔無瑕的雪；雪的消融，給這大地製造的空前的泥濘。[29]正是

28　參見賈平凹：《高興》（合肥市：安徽文藝出版社，2010年），頁76。
29　遲子建：〈泥濘〉，《原來姹紫嫣紅開遍》（杭州市：浙江文藝出版社，2016年），頁12。

有了這樣的認識，在遲子建的小說中，聖潔與污穢，美麗與醜陋，生機與死亡，純潔無暇與骯髒泥濘，粼粼白骨與磷火般的微光，往往相反相成地寄寓、糾纏在一起，讓人們在心靈的超越之外，看到了一種辯證的、超越性的審美思維，一種遲子建自己的死亡美學：死亡不是思考對象，而是生存事實；不是向死而生，而是生於死亡之中。在死亡所充斥的生存境況裡，以慈悲之心，悲憫之懷，在生命的摧折與凋零中，尋找人性中美的閃光。從《沉睡的大固其固》、《北極村童話》直到《白雪烏鴉》、《群山之巔》，這種「死亡美學」貫穿始終。在根據墨西哥電影《蘑菇人》改寫的童話式散文裡，遲子建的「死亡美學」表達得集中而清晰。「蘑菇人」是嚐蘑菇驗毒的人，在白衣女孩的注視下，蘑菇人一個個死去；直到那個沒家教、沒地位、在自然中成長的黑人男孩被莊園主裁決為「蘑菇人」：

> 嚐毒，意味著死亡。那是一幅多麼美妙多麼激動人心的畫面：他倚在莊園的柵欄前，坦然、自信、真誠、果敢而又悠然地揀起藍中的一只鮮蘑菇，眨著那雙黑白分明、清澈如水的眼睛，把蘑菇放在嘴裡。他那癡心的女孩子擔心地遠遠地望著他。他在咀嚼時突然發現她在看他。他停止了咀嚼。默默地會意地沖她笑了。那無邪的笑容，那一口白潔的牙齒，那瀕臨死亡時仍然充盈著深沉愛意的雙眸！

蘑菇是有毒的。男孩源於自然的體魄，獨具的心胸，應對自然植物時的超能量，使他改變了蘑菇人的命運，挺過了死亡，戰勝了死亡。男孩沒死，其他人以為沒毒，吃完蘑菇後在狂亂中死去。那黑人男孩最終失去了那個女孩[30]，他赤條條地站在薄霧輕湧的飛瀑前，慢慢地微

---

30 電影中女孩埃瑪是毒蘑之宴的倖存者，後來要和男孩一起重回深山時，被自己豢養

笑著回歸自然。《蘑菇人》是一部具有生態主義色彩的電影，但在遲子建筆下，《蘑菇人》儼然是自己的「死亡美學」的神話：「文學原來是這樣成為文學的。」[31]

實際上，在遲子建的小說創作中，宗教情懷、心靈的內在超越和死亡美學構成了潛在的「三位一體」：以溫暖的應世態度，正視生活中的骯髒、醜陋、罪惡和苦難；在對死亡的書寫中，超越恐懼和絕望，尋找生命的輝光；而超越所帶來的生命的充盈，又使作品流溢出令人心動的美學光澤。它們共同支撐起了遲子建的文學世界。在這個世界裡，有了七斗對眾生苦難的承載，也就有了《額爾古納河右岸》中「我」的蒼老的自述；有了〈樹下〉在長篇中對「死亡美學」的初步實踐，也就有了《群山之巔》中法警安平講述的裏挾在死亡中的溫暖的故事，就有了殯儀館整容師李素貞如豐唇一樣的雙手，給死者的臉，留下人世最後的、溫暖而純淨的吻。在後來的寫作中，白骨、死亡所帶來的最低平等和共同歸宿，使「眾生」成為了遲子建小說真正的主人公。在遲子建的心目中，一個優秀作家的最主要的特徵，不是發現人類的個性事物，而是體現那些共性的甚至是循規蹈矩的生活。因為只有這裡，才包含著人類生活中永恆的魅力和不可避免的侷限。「我們只有在擁抱平庸的生活後才能產生批判的力量。」[32]眾生，也只有眾生，才能向她提供循規蹈矩的生活，讓她思考人類的共性，尋找人類生活中永恆的魅力。與此相關聯，在後來的《偽滿洲國》、《白雪烏鴉》、《群山之巔》等作品中，以家庭為單位，將多個家庭和家庭成員勾連、套疊在一起，多線頭推進故事，也就成為了遲子建小說眾

的豹子野性發作咬死了。電影要表達的是，現代文明中養育、成長起來的人，已無法重歸自然。

31 遲子建：〈「蘑菇人」及其他〉，《原來姹紫嫣紅開遍》（杭州市：浙江文藝出版社，2016年），頁103。

32 遲子建：〈關於創作的札記〉，《鎖在深處的蜜》（杭州市：浙江文藝出版社，2016年），頁58。

生書寫的結構常規。

　　此外，宗教情懷還使遲子建獲得了饕餮般克化材料的能力，使她的寫作擺脫對個人經驗的依賴，在整體格局上得到不斷的拓展和提高。用她自己的話說，自己就像悶頭吃草的豬，心無旁鶩，尋找、消化可供寫作使用的素材和資料。《偽滿洲國》、《額爾古納河右岸》如此，《白雪烏鴉》同樣如此：「我在籌備《白雪烏鴉》時，盡可能大量地吞吃素材」，「把能搜集到的一九一〇年哈爾濱大鼠疫的資料，悉數收歸囊中，做了滿滿一筆記本，慢慢消化。黑龍江省圖書館所存的四維膠片的《遠東報》，幾乎被我逐頁翻過。那個時期的商業廣告、馬車價格、米市行情、自然災害、街市佈局、民風民俗，就這麼一點點地進入我的視野，悄然為我搭建起小說的舞臺。」[33]然而，就像前文所論，事件、細節只是文學世界構成的事實元素，是真實性幻覺得以維持的物質基礎；它們要想獲得生機，還需要一盞放置在內心深處的「檯燈」的照臨；而宗教情懷正是這樣的「檯燈」，它打通了遲子建的心靈，使她的「世界」有了光，飄出了特有的氣味。其實《群山之巔》又何嘗不是如此，只不過這時遲子建所要克化的對象，換成了那個老兵和老法警們特殊的人生經歷罷了。在這個過程中，宗教情懷，具體說是慈悲，可以使人們去除心靈的蔽障，認識到人世間苦難，認識到一切眾生都是相同的，都在以同樣的方式受苦。尊崇一切受苦的眾生，意味著「你既離不開任何眾生，也不高於任何眾生」。[34]在某種意義上，慈悲是生命本身的一種自覺的同化，在它的催化和發酵之下，消失的歷史、異族的遊獵生活、特定地域的災疫、特殊的職業經歷，都會被吸納、轉化為遲子建自己的藝術經驗，在小說寫作中重獲生機。這樣的寫作，實質上是一種共在寫作。這裡所謂「共在寫

---

33 遲子建：〈後記‧珍珠〉，《白雪烏鴉》（北京市：人民文學出版社，2010年），頁253-254。

34 索甲仁波切：《西藏生死書》（杭州市：浙江大學出版社，2011年），頁231。

作」，是指對人類共通情感和價值的書寫和探求。對作者而言，意味著他必須參與人類的共同生活，在情感、心靈和精神上介入這種生活；對作品而言，意味著對藝術感染力、對接受和理解的最大限度的追求。正像托爾斯泰所說的那樣，「如果一個人讀了、聽了或者看了另一個人的作品，不必自己作一番努力，也毫不改變自己的處境，就能體驗到一種心情，這種心情把他跟這另一個人結合在一起，也跟其他與他同樣領會這藝術作品的人們結合在一起，那麼喚起這樣的心情的那個作品就是藝術品。」[35]這樣的寫作，這樣的藝術品，所喚醒的，正是人類日常存在的共通情感、「共在」本性。[36]只有在這樣的寫作中，遲子建所強調的對人類「共性」的發現和批判，或者說對「共在」的探究，才有可能得到有效的實施。

　　米蘭‧昆德拉在中國影響很大，他對小說藝術的論說，常常為中國的作家和評論家所引述。例如：小說是「對被遺忘了的存在進行探究」，「任何時代的所有小說都關注自我之謎」，小說家是「存在的探究者」[37]，等等。要說的是，昆德拉對「存在」的理解源自海德格爾，而在海德格爾那裡，在日常狀態下，人的「共同存在」與他人的「共同此在」是內在地統一在一起的。如果忽視了這一點，很容易對昆德拉的相關論述產生誤解。此前很長一段時間，關於「底層寫作」產生過很大爭議：「底層」作為寫作主體的階層規定，於是就有了底層人或打工者的寫作；「底層」作為素材來源，也就有了作家的「底

---

35 〔俄〕列夫‧托爾斯泰：〈什麼是藝術？〉，《列夫‧托爾斯泰文集》（北京市：人民文學出版社，2010年），卷14，頁244。

36 〔德〕海德格爾撰，陳嘉映譯：《存在與時間》修訂本（北京市：生活‧讀書‧新知三聯書店，2000年），頁138。原文：「此在的世界是共同世界。『在之中』就是與他人共同存在。他人的在世界之內的自在存在就是共同此在。」也就是說，此在方向的「共同存在」，他人方向的「共同此在」，決定著人類存在的共在性。海德格爾的思考，有助於我們認識和理解寫作主體與他人及他人生活之間的關係。

37 〔捷克〕米蘭‧昆德拉撰，董強譯：《小說的藝術》（上海市：上海譯文出版社，2014年），頁5、29、56。

層」題材的寫作。爭論焦點之一就是：何者才是真正意義上「底層寫作」？而在遲子建看來，無論何種寫作，如果心中已不再有「哀愁」，那些自詡切近底層生活的貌似飽滿的東西，「散發的卻是一股雄赳赳的粗鄙之氣」。[38]「哀愁」浸透著宗教情懷，缺乏宗教情懷，會使人們遺忘人類日常生存的共在性，難以跨越寫作主體與他人之間的藩籬，有效擁入他人生活，從而使自己的寫作，要麼簡單複寫生活經歷，淪為粗鄙無味的生活報告；要麼瞎編亂造，乾癟虛假，使作品流於矯情空泛。正是有了「宗教情懷」的浸透和滋養，使遲子建對眾生苦難感同身受，寫出了《世界上所有的夜晚》、《踏著月光的行板》、《野炊圖》、《零作坊》、《起舞》、《福翩翩》、《泥霞池》、《雪窗簾》、《花瓣飯》、《盲人報攤》、《花牤子的春天》、《門鏡外的樓道》等優秀的反映底層生活的作品，讓人們見證了「共在寫作」所具有的價值和意義，看到了這樣一種寫作方式所具有的現實性和發展潛力。這也許是遲子建的小說創作，給當下文壇，給底層寫作，帶來的最為重要的一個啟示。

　　葛蘭姝老太太在〈樹下〉中曾經說過，七斗不是指北斗七星，斗是用來盛糧食的。指紋是「斗」還是「簸箕」，預示著一個人的運命。北方各地都有這樣的童謠：「一斗窮二斗富，三斗四斗開帳鋪，五斗六斗編花簍，七斗八斗滿街走……」不知遲子建幾個斗，我想，寫完〈樹下〉，她肯定特別喜歡這種「上路」或「走在路上」的感覺。

---

38 遲子建：〈是誰扼殺了哀愁〉，《青年文學》2006年第21期。

第八章
人應當心明眼亮，走在黑暗之中
——陳希我論

　　陳希我是孫紹振先生發現的。在寫作課上，陳希我把自己的小說《墳墓》當作業交了上去，孫先生讀後極為震驚：怎麼一個十八歲的孩子，就有這麼黑暗的心理？在一團「黑暗」中，孫先生發現了一塊「天生就是當作家的料」。後來陳希我一直在寫，一如既往地執著於黑暗，沉溺於黑暗，將黑暗作為自己的生存方式。陳希我說：「黑暗是我的生命之痛，但是就像牙疼，越是怕痛，就越是要拿舌頭去頂傷口，在痛中得到確認，在痛中得到慰藉。文學就是與苦難調情，從而使苦難變得迷人，產生極端的欣悅，從而超越苦難。」[1]從表面看，陳希我對文學的理解有點邪性，帶著病態。然而，一旦進入他的作品，我們就會發現一縷「斜光」：抑鬱、沉重、扭曲，沒有溫度，帶著絕望。但是，它會給人帶來光感，照亮生命中的麻木與灰暗。就此而言，陳希我的寫作就像尼采所說的那棵樹：「它越是想長到高處和光明處，它的根就越是力求扎入土裡，扎到幽暗的深處——深入到惡裡去。」[2]這樣的寫作，為向上而向下，為光明而黑暗，為趨善而逐惡；在善與惡、光明與黑暗、天堂與地獄之間，承受靈魂的撕裂之痛。

1　陳希我：〈我的黑暗寫作〉，《藝術廣角》2011年第5期。

2　〔德〕尼采撰，孫周興譯：《查拉圖斯特拉如是說》（上海市：上海人民出版社，2009年），頁45。

一　尋求一種建設性的摧毀

　　「語言是思想的直接現實。」[3]由語言進入一個人的作品，可以直接把握作者最為內在的思想和思維的情狀。細讀陳希我小說我們會發現，「驀然」一詞重複率極高，它標識出了作者在思維上的一個習慣性動作。在陳希我那裡，「驀然」是突然，是反觀，是凝目而視，是瞬間醒悟，是他審視人物面臨「心靈深淵」時的短暫猶豫。長篇小說〈抓癢〉是陳希我的代表作之一，語言極富個性，行文間「驀然」反覆出現了將近五十次。「驀然」就像一塊堅硬的石頭，裸露在陳希我小說文本的表層，包裹著他對人的日常生存的追壓和追問。在後來的小說中，這塊「石頭」風化了，降解了，但並未隱沒消失，而是蛻變為一種「永遠問題化」的精神氣質，充斥在陳希我小說的角角落落。也正是在這裡，陳希我的寫作為中國小說提供了某種可能：「向著我們的經驗、生活、靈魂發問的強硬態度，不躲閃、不苟且，如果有深淵那就堅決向著深淵去。」[4]

　　陳希我被視為先鋒作家，但與一般先鋒寫作不同，他很少標榜自己小說的技術，他更為看重思想鋒芒，看重精神探索的力度。所以，他的寫作拒絕世俗的倫理成規、流俗的苦難敘述和對私人生活的簡單暴露，拋卻繁瑣的細節、廉價的情感投入，他要在偏至的想像和錘擊般的追問中侵蝕、還原當代人維持日常生存的精神幻象。《曬月亮》寫兩個中學生的早戀和他們二十年後的相聚。上世紀八十年代，早戀充滿罪感和恐懼。那樣的戀情刻骨銘心，充滿折磨。為了能夠真正擁有對方，擺脫一種虛幻的處女膜恐懼，二人甚至想方設法，讓女方與家裡介紹的副區長的兒子發生關係。《我們的骨》寫「我」的父母，

3　〔德〕馬克思、恩格斯：《德意志意識形態》，《馬克思恩格斯全集》（北京市：人民出版社，1960年），卷3，頁525。

4　李敬澤：〈序〉，《我疼》（北京市：人民文學出版社，2014年），頁2。

他們艱苦過，奮鬥過，晚年過著衣食無憂的日子，成天為吃什麼而發愁。一次偶然的機會，他們在菜市場發現了瓢骨（肩胛骨），那可是艱苦年月憑供應票、病員證、領導批的條子才能弄到的。他們一下子墜入了由幻覺支配的心靈深淵：想盡一切辦法，一定要弄到瓢骨。然而，在今人眼裡，它沒有營養，一錢不值。肉販白送，他們不幹，他們要買，要證明瓢骨的價值，為此甚至不惜與人衝突，不惜到超市去掉包，到市場去盜竊。最終雖被免於追責，母親還是要跑回派出所，執意要求對自己的處罰。不處罰，瓢骨就沒有價值。《我們的骨》是戲劇化的，是一則我們不願面對的、充滿荒誕性的生命寓言：生命由假相和幻覺支配。「人生就是一程一程的安慰，或者說是一場一場的誆騙」。

　　《冒犯書》和《我疼》是兩個中篇小說集，陳希我希望通過「篇」、「章」設計，使十四個中篇獲得整體效果。表面看，這樣的設計很牽強，但就整體而言，這些作品之間的確存在一條貫穿性的線索：破幻尋真，哪怕是面對黑暗、醜陋、骯髒，是純粹的惡，他也要無情地、陰狠地撕破一切所謂文明、文化、倫理和道德的偽飾，去追尋人性得以奠基的「不可摧毀之物」。這時的陳希我尖銳、瘋狂，他的寫作呈現出撒旦的一面：「你想好了嗎？」「你可以選擇合上。」「你確定要進入嗎？」這是挑釁，也是誘惑。進入他的故事，你要有心理崩潰的準備。一對中年夫妻生活幸福美滿，散步時親言膩行，就像一對戀人。好奇使「我」偷窺他們的家庭生活：妻子在廚房忙活，丈夫在床上自慰；丈夫腎虧，妻子想方設法為他補腎；丈夫不行，就用手滿足妻子；為給丈夫補腎，妻子甚至不惜犯罪，去買盜賣的人腎。然而，令「我」震驚的是，她實際上對一切心知肚明。她需要愛，依戀丈夫，渴望纏綿。她依靠自欺，去承受絕望而荒涼的家庭生活。(《補腎》)

　　陳希我的寫作貫穿著揭破與追尋的衝動，而在所有作品中，《我

疼》無疑具有根本性的原型意義。小說以第一人稱女性視角直線闡釋
生命的疼痛：頭疼、牙疼、肩疼、跌打損傷疼……父親的疼痛（肝
癌）更加令人絕望，父親的臨終醒悟是：「人生不過是一個大全套！
自己被套住了。」在小說中，「我」被痛經折磨著，疼得在血中打
滾，渾身黏糊糊的。婦科主任說結了婚就會好，但是：

> 結了婚就會好起來？為什麼？我不知道。結婚……我只隱隱感
> 覺到結婚是一種更大的疼，被蹭，被壓，被屠戮……然後，子
> 宮被無情地脹大，肚皮被撐大，再陰道撕破生育，就好像便
> 秘。你抓哪裡都沒用，扯斷自己的手也沒有用，沒有救命稻
> 草，你只能後悔，後悔！後悔為什麼要結婚，種下孽種！為什
> 麼她們對結婚、對生育、對活著如此歡天喜地充滿了希望？莫
> 非就是一種誆騙？婦科主任誆騙女病人，老女人誆騙年輕女
> 人，熬成婆了的誆騙還在當小媳婦的，婦女誆騙處女，母親誆
> 騙女兒，孕婦自己誆騙自己，痛過就忘，又想第二胎，痛苦到
> 底有沒有記性？誆騙到底有沒有窮盡？

追問之下，生存幻象層層剝落，生命本相漸次澄清。最終，「疼」上
升為一種本體感受：「我只是疼！疼！純粹的疼！」《我疼》觀念性極
強，陳希我要告訴你的是：「確認了疼痛，存在感才會產生了」。[5]
　　有論者認為，陳希我是「存在的發問者」，「他關注存在，關注平
常的生活內部顯露出的存在危機。」「他把我們貌似平常的生活推到
存在的聚光燈下，從而使生活中的荒謬、匱乏與絕望悄悄顯形。」[6]
這一論述極為敏銳，抓住了理解陳希我寫作的關鍵。但是，我們應該

5　陳希我：〈跋〉，《我疼》（北京市：人民文學出版社，2014年），頁354。
6　謝有順：〈成為一個存在的發問者——以陳希我的小說為例〉，《小說評論》2003年
　　第1期。

看到，陳希我於存在主義較少正面接觸，其小說所呈現的「存在」意識，更多源自他對陀思妥耶夫斯基、卡夫卡、魯迅等人的閱讀，更多體現為與存在主義在主題上的耦合。例如「自欺」、「愛的衝突」以及對與「他人」基本關係的理解等。在我看來，陳希我出發的角度可能更低，與其說他是「存在的發問者」，毋寧說是身體的勘探者。一切從身體出發，一切社會、文化、道德、倫理問題都必須以身體為標準重加考量。這才是陳希我小說在思想上最為堅硬的部分。在別人那裡，「存在」是在「是」中得到確認；而在陳希我那裡，「存在」必須經受「不就是」的還原。「不就是」是陳希我小說中人物經常掛在嘴邊的口頭語，在他的隨筆寫作中也時露崢嶸。它的作用就像陳希我小說話語中的「硫酸」，將維持人的日常生存的各種假相和幻覺侵蝕殆盡，最終在「身體」層面達成一種「建設性的摧毀」。[7]

在陳希我的寫作中，「身體」帶有覆蓋性。就已發表的作品看，除〈我們的骨〉、〈上天堂〉、〈歡樂英雄〉、〈母親〉等四個中篇外，其餘十幾個中篇、三部長篇都與性、欲望和身體有著直接關係。更為重要的是，陳希我許多小說都涉及到了施虐、受虐、享虐等非常極端的身體書寫。在當下文壇，這些極端內容還很難得到有效理解，因此也招致許多批評和質疑。對於自己作品中的性和身體書寫，陳希我有自己的認識。他認為寫性曾經被認為是一種反叛，但是到現在已氾濫成災，已經不是反叛了，反而是一種媚俗。在他看來問題的關鍵不在於是否寫了性，而在於是否媚俗地寫性。「現在有太多『如家常便飯稀鬆平常』的性描寫了，這恰是我要閃避的，也因此我筆下的性不自覺地比較極端吧，並不帶著快感。中國人總把性當作快感，一個事物一旦激發的是快感，就丟失了深度。」[8]

7　〔奧〕卡夫卡：〈隨筆〉，《卡夫卡全集》（石家莊市：河北教育出版社，2001年），卷4，頁80。

8　薛昭曦、郭洪雷、陳希我等著：〈近觀陳希我〉，《南方文壇》2014年第4期。

二　喚醒文學中沉睡的身體

　　當然，要想形成對陳希我的有效理解，還要從他的作品出發，從他小說中性話語和身體書寫的特點出發。整體而言，陳希我小說中的性話語大多經過「冷處理」，其中沒有任何基於快感的敘述和描寫。他所寫到的性愛和身體，全部是失敗的、殘破的、慘烈的。它們更多是陳希我小說修辭的載體，提問的基線，而不是生理歡愉的調節器。他的極端性身體書寫，更多是他思考、追尋道德超越的可能性的路徑，他從中所要汲取的是迫人思考的力量和徹底的否定精神。[9]李敬澤認為，陳希我回應了中國小說一個根本的疑難：「精神敘事何以成立？」[10]陳希我小說的修辭路線，無疑對這一根本疑難給出了自己的回答：一切從身體出發，破幻尋真，探索重繪人類生存道德圖景的可能性。而在文學寫作中，這種反思、批判和探索得以成立的根據在於：當談論性、欲望和身體時，我們的認識無法脫離對精神世界的思考；同樣，對精神世界的思考，也無法脫離身體、欲望和性。[11]

　　說到身體，人們往往單向度地想到性、色情和欲望，想到所謂的「身體寫作」。但在陳希我的小說中，身體是一個複雜的能指，一個意義的結點，一個刻錄故事的地方，是構築在性和好奇心之上的認知的衝動，是一把「通往知識和力量的鑰匙」。[12]其所發揮的作用、所呈現的意義，較之低俗的身體書寫要複雜得多，深刻得多。首先，陳希我在小說中將自己的思考指向了身體和欲望本身。例如，《曬月亮》寫了一段殘破而令人恥辱的戀愛。但在更深的層面上，小說卻揭示了

9　參見〔法〕喬治·巴塔耶撰，劉暉譯：《色情史》（北京市：商務印書館，2003年），頁151-153。

10　李敬澤：〈序〉，《我疼》（北京市：人民文學出版社，2014年），頁3。

11　〔法〕喬治·巴塔耶撰，劉暉譯：《色情史》（北京市：商務印書館，2003年），頁14。

12　〔美〕彼得·布魯克斯撰，朱生堅譯：《身體活——現代敘述中的欲望對象》（北京市：新星出版社，2005年），頁7、3。

這樣的事實：你的欲望和激情與源自世俗觀念的恐懼和禁忌實則一體兩面。後者消失，也就意味著前者的煙消雲散。你的憤怒、折磨和反抗，在相反的方向上，證明著後者存在的合理和必然。這樣的事實荒誕，但卻是難以否認的身體真相。同樣，《帶刀的男人》中「他」是當紅評論家，「她」是急於成名的詩人。「他」要利用自己的權力獲得「她」的身體。然而，「他」的欲望和衝動，恰恰來源於「她」的推諉和抗拒，「她」與一攻即破的「她們」的不同。一旦被糾纏不過，「她」冷靜地、功利地與「他」做，「他」的「刀」也就成了被利用的工具。而「他」承受不了這樣一種被物化、被客體化的「注視」，最終以菜刀自宮。這是一個很薩特的故事，雖然情節的推進過於觀念化，但它讓我們看到，陳希我就像昆德拉所說的那樣，沒有簡單地敘述、描寫一個關於身體的故事，而是在思考一個身體的故事，從而揭示出身體、欲望、性自身內部存在的悖謬。

　　身體是愛的自然基礎，陳希我從身體出發，深刻地揭示了歡愛、激情背後的虛無和荒謬。《旅遊客》是《玩偶之家》的當代續寫。當錢不是問題的時候，陳希我將魯迅在《娜拉走後怎樣》中的思考轉換到了身體上面。娜拉和海茂兩地分居，婚姻形同虛設。「我」與娜拉關係曖昧，但始終得不到她的身體。一次旅遊終於使「我」如願以償。但是，你真的能夠承受她的沉溺、糾纏和束縛嗎？你能忍受她客體化的虐戀馭使嗎？這時你會醒悟，所謂的「愛」只不過是一種謀求主體化的衝動。當她也提出主體要求時，你才看到自己激情背後的虛弱。《上邪》中詩人葉賽寧窮追茶樓老闆娘如洇，當他發現如洇和老婆秀貞其實一樣，身體下面有著同樣的「臭海蠣味」時，他方才明白，自己的渴望不過是「行為藝術」，自己的痛苦不過是「假瘋假癲」罷了。葉賽寧的二度自殺讓我們看到：沒有愛情的婚姻固然是不道德的；但是，沒有對身體的認同和承受，任何的愛情都是虛弱的，無所附麗的。

　　對身體的單向度理解其實是一種遺忘，一種遮蔽。陳希我要喚醒文學中沉睡的身體，特別是那些被遮蔽的功能和事實。在他對日常倫理、道德的審視和反思中，「身體」是追問的出發地，也具有激越的啟蒙功能。新作《命》寫「我」的一對母女鄰居。母親把自己沒能實現的夢想全都堆在女兒身上，學這學那，與其說培養，不如說折磨。最終女兒學業無成，工作無著。母親老了，只能用語言譴責、摧殘女兒，不斷抱怨自己渾身病痛都是生女兒時落下的。女兒的生命在不斷的踐踏中枯萎了、麻木了，只能忍受，只能感恩、盡孝。女兒甚至暗自用小刀在腹部刻劃條紋，去感受、抵償母親產生妊娠紋時的疼痛。然而，「我」踐踏了那個被自己母親踐踏的女人，喚醒了她的身體。一聲大叫讓她明白：一切都是謊言，都是騙子。小說中陳希我將審視的目光投向了功利的教育，投向了包裹著厚厚護殼的日常倫理：孩子無法選擇來到這個世界，但身體歡愛是你自己的選擇。選擇意味著更大的責任。正像巴塔耶所說的那樣，文學中的黑暗和惡並不否定倫理道德，它要求的是「高超的道德」。[13]而這裡所謂的「高超的道德」並不是傳統倫理道德的簡單刷新，而是將它的根基深植於人類生命的自然體驗之中，在人性的根本處獲得全新的理解。

　　底層寫作是人們經常談論的話題，許多作家都在講述底層故事，在對苦難的敘述中表達關愛和同情，在艱苦而灰暗的生活中發現人性的美好和善良，在弱者對命運的抗爭中，表現堅韌的意志和不屈的精神。陳希我的許多小說也在講述底層故事，但他反對「雞湯化」的底層寫作，他要透過身體去逼視底層的生存危機和精神困境。「她」是一個被人忽視的機場清潔工，相貌平平。午間請假去影樓拍婚紗照，卻落入撲朔迷離的被攝影師強姦的傳聞。「她」自殺了，自殺前銷毀了自己所有的照片，只留下那張婚紗單人照當遺像。而正是攝影師的

---

13 〔法〕喬治・巴塔耶撰，董澄波譯：〈原序〉，《文學與惡》（北京市：北京燕山出版社），頁2。

「流氓」，激發了她的美。她渴望被欣賞，被勾引，被騙。她的身體在攝影師的追逐和暗示下完全綻放了。那婚紗單人照，也成了她一生中最美的一張照片。「她」是貧窮的，但比貧窮更可怕的是身體的荒蕪，精神的荒涼。(《飛機》) 在某種程度上，在《又見小芳》中陳希我延續著自己的思考，「她」有錢了又能怎樣？小芳來自底層，經過打拼現在有錢了：當老總，開寶馬，住別墅。但隨著錢的膨脹，她的身體也在膨脹——一身甩不掉的肥肉。她減肥，她折騰自己，但最終無濟於事。她失去了被愛的可能，所有圍著她的男人都盯著她的錢。明知「我」為錢而來，但她還是相信那是「真情一抱」，並在自欺的滿足中為自己的生命定格。從底層寫作看，《我愛我媽》非常尖銳，小說寫逼仄生活之中的身體之惡，寫極端情境之下的母子亂倫。如從正面看，這樣的作品很少積極意義，但是，面對人倫之惡，我們必須承受這樣的拷問：是什麼造成了這樣的人倫慘劇？我們真的了解底層嗎？我們的道德生活真實嗎？我們真的有勇氣去抵近、去直面那個慘烈而絕望的精神世界嗎？

　　我們從身體和性的角度介入陳希我的寫作，並非要截斷眾流，否定以往對他的評價和認識，特別是從存在角度展開的相關研究。正如梅洛・龐蒂所言，「一個人的性經歷之所以是他生活的關鍵，因為他把在世界、即在時間方面和在其他方面的存在方式投射在人的性欲裡」；「之所以我們的身體在我們看來是我們存在的鏡子，無非是因為我們的身體是一個自然的我」[14]。從梅洛・龐蒂的話中可以看出，身體與存在緊密相關，但也存在差異。相較於「存在」，身體具有更強的工具性和自然性。「一切從身體出發」，可以給陳希我帶來兩個方面的便利：其一，利用身體、性與世界之間的投射關係，使自己的寫作獲得象徵和隱喻的力量。從前面的分析可以看到，《我疼》、《我們的

---

14 〔法〕梅洛・龐蒂撰，姜志輝譯：《知覺現象學》（北京市：商務印書館，2005年），頁209、225。

骨》、《暗示》、《旅遊客》等作品，都帶有很強的隱喻性。在這些作品裡，陳希我將世界之中的權力關係在人的身體上重新編碼，通過身體書寫來折射他對社會、對時代、對人的精神和靈魂世界的判斷和認識；其二，利用身體的自然性，使自己的追問獲得了更低的位置，獲得了一種更為徹底的態度。陳希我小說突出人的感性、激情和衝動，而這些背後所映襯的，正是人類身體的自然屬性——動物性。

三　在悖謬中尋求突圍

「動物性」是人性思考中一個黑暗的區域。在文學世界中，動物性往往意味著惡。陳希我要想探索重繪人類生存道德圖景的可能性，如何書寫黑暗、骯髒、醜陋，如何書寫人性之惡，是他必須思考的問題。而在文學作品中，書寫人身上的動物性是一把「雙刃劍」：直面人性之惡，可以使相關思考獲得深度；但過多的記述、描寫，則會觸碰甚至穿越寫作的倫理底線。而在這方面，李敬澤曾有過委婉的批評，他認為陳希我像個偏激的外科大夫，「只管看病不管救人」[15]；王兆勝則表達了強烈的否定，認為長篇小說〈抓癢〉從根本上是失敗的，「這是一部深度異化的作品。」[16]這些批評都是真誠的，他們擊中了陳希我小說寫作某種內在的侷限性。當然，對於陳希我的道德激情，也有許多肯定意見。謝有順指出：「在陳希我的小說中，你很難看到精神的屈服性，他對生活是有抗議的，儘管這樣的抗議常常與生活一同陷落在荒涼而絕望的光景中，但帶著這樣的荒涼與絕望正是勇氣的象徵。」[17]賀仲明則認為，在陳希我小說中，也偶爾可以看到

---

15 李敬澤：〈序〉，《我疼》（北京市：人民文學出版社，2014年），頁4。

16 王兆勝：〈文學創作的深度異化——評陳希我小說《抓癢》〉，《當代文壇》2007年第5期。

17 謝有順：〈為破敗的生活作證——陳希我小說的敘事倫理〉，《小說評論》2006年第1期。

「隱藏在背後的內心痛楚和對理想人性的追求，」在他所表現的虛無生活的背後，「也可以看到愛的一絲光明。」[18]

　　在諸多評論中，青年學者唐詩人的觀點頗具啟發性，他從小說修辭學出發，理解陳希我的惡性寫作。他認為：「陳希我之所以要那麼陰狠，要讓人不舒服，特意去尋找冒犯的筆法，其實是想讓故事具備震撼的效果。為此，我們最好不要去尋找具體的悲憫細節，不從具體的語段中發現作者流露了哪些悲憫。陳希我的悲憫不是字面上的感傷、感慨，而是讓故事結束後，讓讀者感受到『惡』所造成的驚懼和恐怖，進而在具體的世俗中避開惡、防範惡。」[19]小說修辭學的好處在於，它可以明確作者的修辭策略，有效確立作者、讀者的「外位性」。這樣在閱讀中就可以感受到近似悲劇淨化的效果。畢竟，像看戲那樣觀看人類內在的痛苦與惡，是比經受痛苦與惡更高的一個層次[20]。這樣的理解，使陳希我的惡性書寫獲得學理的合法性。沿著小說修辭學路徑，我們可以展開進一步的思考。現在的問題是：「惡」在小說中不只存在於故事層面，它還可能存在於修辭行為層面。在T.S 艾略特在《教堂謀殺案》中，坎特伯雷大主教貝克特曾說過一句很有名的話，「人類不能承受過多的現實。」一個作者如果把巨量的、超出承受範圍的現實呈現給讀者，可能也意味著一種「惡」[21]。在我看來，對於陳希我小說的惡性書寫而言，理解後面一種「惡」，具有更為關鍵性的意義。

18　賀仲明：〈尖銳的撕裂與無力的喚醒──評陳希我的小說〉，《小說評論》2007年第3期。

19　唐詩人：〈惡性書寫的倫理價值──我們該如何理解陳希我？〉，《山花》2015年第6期。

20　〔德〕尼采撰，林笳譯：《重估一切價值》（上海市：華東師範大學出版社，2013年），下卷，頁650。

21　〔美〕萊昂內爾·特里林撰，余婉卉、張箭飛譯：《文學體驗導論》（南京市：譯林出版社，2011年），頁22。

　　從小說修辭學角度看，從「有血有肉的作者」經由「隱含作者」到故事中的敘述者和人物，這中間有一段絕對的、不能跨越的距離。但這段距離不是固定的，而是有彈性的：距離遠，意味著冷靜客觀；距離近，則反映著介入或越位的衝動。在實際創作中，每位作者的選位都是不同的，不固定的。即使同一作者，在不同作品中的選位也不盡相同。它與作者的精神氣質、寫作風格及具體的修辭目的和修辭效果的設定有著緊密的關係。就整體而言，陳希我屬於距離近的一類，並且在多數小說中，他都想盡辦法極力擠壓這段「距離」，謀求修辭策略與寫作原初衝動的疊合，從而產生這樣一種效果：「有血有肉」的陳希我，彷彿可能通過各種管路，滲透到自己的故事之中。例如，在〈抓癢〉、《歡樂英雄》等作品中，作家「陳希我」會以「網絡留言」方式直接出場，直陳己見，直抒胸臆；再如，他的作品中經常出現大段的無人稱議論。這些議論會馬上讓人想到沒了鼻子的薩克雷；又如，他在敘述中往往追求人物、敘述者和「隱含作者」在精神氣質上的近似或一致，等等。而在所有這些努力中，陳希我下功夫最大的是在人稱方面。

　　在中國當代小說家中，陳希我可能是在人稱方面探索最多、走得最遠的一個。陳希我原名陳曦，後來筆名換了幾個，換來換去換成筆劃少的陳希，怕重名，又加一個「我」。後加這個「我」，仿如心理暗示，使他特別用力於對「我」的探索。在陳希我的小說中，「我」可以是主人公，也可以是敘述者、反映者、見證者、偷窺者、審判者。在小說人稱中，「我」絕不意味著作者的親歷親為，但卻是在場感最強的一個。《我愛我媽》中人稱轉換特別是第一人稱的靈活使用，極大加強了小說審判反轉的力度：「我」是在場的審判者，但面對人倫之惡，「我」必須承受來自「人倫之惡」的反訴。《罪惡》四人同述一個中毒致死事件，作者執意使用第一人稱，小說在對《羅生門》的仿擬中，使「怨恨之圈」連接成型，也使每個人的「罪惡」在「我」的

敘述中自行呈現。更為重要的是，陳希我通過「我」的自我對象化，愣是從「我」中撕出一個「你」，或者蠻橫地、不講道理地將敘事人稱強行切換成「你」，從而使自己的敘述產生強烈的捲入性和代入感，逼迫讀者進入故事，去經受、去見證黑暗、醜陋、骯髒、苦難和人性之惡。這是他最為陰狠的地方。正是經由以上諸般努力，陳希我達成了修辭策略與寫作原初衝動的疊合，故事之「惡」與修辭行為之「惡」的交合混溶。這樣，我們也就能夠理解「我的所有冒犯首先都是針對自己」[22]這句話了。

　　卡夫卡對陳希我影響很大，從卡夫卡那裡，我們也許能夠尋找到理解陳希我寫作的方向。卡夫卡隨筆中有一則非常突兀的命題：「善在某種意義上是絕望的表現。」[23]如果結合《訴訟》、《城堡》、《在流刑營》等作品所顯示的思想看，這句話同時也意味著：「惡在某種意義上是希望的表現」。例如，《在流刑營》寫了一臺獨特的裝置和一個軍官──裝置的崇拜者。這一裝置是精心設計的，毫無人道，極其邪惡。為證明裝置有效，軍官以身試刑，最後被釘死在裝置上。這篇小說以寓言的方式寫了一種殘忍、不合邏輯但又是絕對的「公正」。這一「公正」源自上帝，是「不可摧毀的東西」。[24]讀陳希我的小說，他對黑暗、對惡的書寫方式，很容易讓人想到那個軍官。現在的問題是，在一個沒有上帝、沒有彼岸的世界裡，陳希我要想探索重繪人類生存道德圖景的可能性，他在人類精神的絕對高處不可能找到任何參照。這樣，拉低視線，在相反的方向上，在人類的身體、身體的自然性、人性之惡中，去尋找奠基人性與重建道德的絕對依據──一個相

---

22 陳希我：〈跋〉，《我疼》（北京市：人民文學出版社，2014年），頁353。

23 〔奧〕卡夫卡：〈隨筆〉，《卡夫卡全集》（石家莊市：河北教育出版社，2001年），卷4，頁6。

24 〔奧〕馬克斯‧布羅德撰，張榮昌譯：《灰色的寒鴉──卡夫卡傳》（北京市：北京十月文藝出版社，2010年），頁175。

對方向上的、同樣不可摧毀的「公正」，也就成了陳希我的必然選擇。但是，踏上這條道路，也許真的意味著「死無葬身之地」[25]。

如果拉回視線，從文學史角度理解陳希我，那麼，我們會發現，陳希我自覺傳承了由魯迅所開啟的「抉心自食」的傳統。魯迅在給許廣平的信中曾說：「我的作品，太黑暗了，因為我覺得惟『黑暗與虛無』乃是『實有』，卻偏要向這些作絕望的抗戰，所以很多著偏激的聲音。」[26]陳希我時常閱讀魯迅，對魯迅的黑暗體驗有自己獨到的領會。在他看來，「魯迅是抓鬼者，同時也是鬼；……他企盼的光明，與其是祛除黑暗之後獲得的光明，毋寧是黑暗中的光明。」[27]在某種程度上，陳希我領會到了魯迅希望「沉沒在黑暗裡」[28]的衝動。比較而言，陳希我也許沒有魯迅那樣的深刻，但卻有著同樣的反抗精神，有著也許更為偏激的態度：他不想像魯迅那樣，保持對自己身上鬼氣和黑暗的警惕。而是要推開黑暗的門，沉溺在黑暗之中。魯迅鐵屋子的寓言指向社會，希望喚醒那些沉睡的人，所以他要吶喊；而陳希我則要喚醒人們沉睡的身體，所以他要叫喊疼痛。魯迅要揭出病痛，以引起療救的注意；而陳希我則被批評為「只管看病不管救人」。但是，在我看來，如果文學非要承擔「療救」的功能，那麼，陳希我的救治方式更像是「蛆蟲療法」：極端，醜陋，噁心，令人不忍聞看。但你也不能不承認，它有自己非常的治療效果。[29]只不過人們不肯輕易接受罷了。

在一個消費時代裡，在一個精神極度異化、靈魂失去重量的時代

---

25 陳希我：〈一個理想主義作家的告白〉，《山花》2015年第1期。

26 魯迅：〈兩地書〉，《魯迅全集》（北京市：人民文學出版社，2005年），卷11，頁20。

27 陳希我：〈文學的邏輯〉，《文藝爭鳴》2008年第2期。

28 魯迅：〈野草·影的告別〉，《魯迅全集》（北京市：人民文學出版社，2005年），卷2，頁169。

29 郭洪雷：〈「蕭然」的詩學——讀陳希我小說集《我疼》〉，《執著於文本的批評》（北京市：人民出版社，2015年），頁184。

裡，文學必須對「人」給出新的說明，對人類生存的道德圖景做出新的籌劃。陳希我要在身體中開出精神的路，這是一個從一開始就陷入悖謬的選擇。但我們現在還不能否定這樣一種可能：人在悖謬中模鑄自己，精神在悖謬中發明自己，道德在悖謬中超越自己。直面悖謬，文學才能對「人」給出新的肯定和祝贊。雅斯貝爾斯曾經說過，當人陷入對自己的沉思時，如果我們不想掩蓋事實，而想誠實地思考，我們就需要勇氣。「我們應當心明眼亮，走在黑暗之中。」[30]

---

30 〔德〕卡爾・雅斯貝爾斯撰，夢海譯：《哲學思維學堂》（上海市：同濟大學出版社，2012年），頁42。

作者簡介

郭洪雷

　　生於一九六九年一月，河北興隆人。二○○六年畢業於山東大學文學與新聞傳播學院現當代文學專業，獲博士學位。福建師範大學文學院教授，博士生導師。研究範圍涉及中國現當代文學史、小說理論、文學批評等方面。在《文學評論》等刊物發表論文五十餘篇，出版專著兩部。主持國家社會科學基金、教育部人文社會科學基金、博士後基金項目、福建省社科規劃項目各一項。二○一六年獲福建省優秀社會科學成果二等獎。

本書簡介

　　本書分上、下兩輯。上輯主要是對中國小說修辭研究的進程、理論及修辭意識發展歷史的追蹤和研究。下輯以個案批評為主，通過對汪曾祺、莫言、賈平凹、嚴歌苓、畢飛宇等人作品的解讀和分析，探索修辭研究的方法潛力，進而考察中國小說修辭意識的發展現狀。

福建師範大學文學院百年學術論叢·第五輯　1702E05

小說修辭研究論稿

作　者	郭洪雷	
總 策 畫	鄭家建　李建華	
發 行 人	陳滿銘	
總 經 理	梁錦興	
總 編 輯	陳滿銘	
副總編輯	張晏瑞	
編 輯 所	萬卷樓圖書股份有限公司	
排　版	林曉敏	
印　刷	百通科技股份有限公司	

發　行　萬卷樓圖書股份有限公司
　　　臺北市羅斯福路二段 41 號 6 樓之 3
　　　電話 (02)23216565
　　　傳真 (02)23218698
　　　電郵 SERVICE@WANJUAN.COM.TW
香港經銷　香港聯合書刊物流有限公司
　　　電話 (852)21502100
　　　傳真 (852)23560735

如何購買本書：

1. 劃撥購書，請透過以下郵政劃撥帳號：
　　帳號：15624015
　　戶名：萬卷樓圖書股份有限公司
2. 轉帳購書，請透過以下帳戶
　　合作金庫銀行　古亭分行
　　戶名：萬卷樓圖書股份有限公司
　　帳號：0877717092596
3. 網路購書，請透過萬卷樓網站
　　網址 WWW.WANJUAN.COM.TW

大量購書，請直接聯繫我們，將有專人為
您服務。客服：(02)23216565 分機 610

國家圖書館出版品預行編目資料

小說修辭研究論稿 / 郭洪雷著. -- 再版. --
臺北市 ： 萬卷樓, 2019.05
　面 ；　公分. -- (福建師範大學文學院百
年學術論叢. 第五輯 ；1702E05)
ISBN 978-986-478-261-1(平裝)

1.中國小說　2.現代小說　3.修辭學

820.8　　　　　　　　　　　108000219

ISBN 978-986-478-261-1
2019 年 5 月再版
2019 年 1 月初版
定價：新臺幣 420 元